A
normalista

Título – A Normalista
Copyright da atualização © Editora Lafonte Ltda. 2021

Todos os direitos reservados.
Nenhuma parte deste livro pode ser reproduzida por quaisquer meios existentes sem autorização por escrito dos editores e detentores dos direitos.

Direção Editorial Ethel Santaella
Revisão do texto Denise Camargo
Textos de capa Dida Bessana
Diagramação Demetrios Cardozo
Imagem de capa Chief Crow Daria / Shutterstock

Dados Internacionais de Catalogação na Publicação (CIP)
(Câmara Brasileira do Livro, SP, Brasil)

Caminha, Adolfo, 1867-1897
 A normalista / Adolfo Caminha. -- São Paulo : Lafonte, 2021.

 ISBN 978-65-5870-176-7

 1. Romance brasileiro I. Título.

21-79586 CDD-B869.3

Índices para catálogo sistemático:

1. Romances : Literatura brasileira B869.3

Maria Alice Ferreira - Bibliotecária - CRB-8/7964

Editora Lafonte
Av. Profª Ida Kolb, 551, Casa Verde, CEP 02518-000, São Paulo-SP, Brasil - Tel.: (+55) 11 3855-2100
Atendimento ao leitor (+55) 11 3855- 2216 / 11 – 3855 - 2213 – *atendimento@editoralafonte.com.br*
Venda de livros avulsos (+55) 11 3855- 2216 – *vendas@editoralafonte.com.br*
Venda de livros no atacado (+55) 11 3855-2275 – *atacado@escala.com.br*

A normalista

ADOLFO CAMINHA

Lafonte

Brasil - 2021

"Uma das obrigações que o cronista dos costumes não deve deixar de cumprir é a de não adulterar a verdade com arranjos aparentemente dramáticos, sobretudo quando a verdade se deu ao trabalho de se fazer romanesca."

Honoré de Balzac
A última encarnação de Vautrin

CAPÍTULO I

João Maciel da Mata Gadelha, conhecido em Fortaleza por João da Mata, habitava, há anos, no Trilho, uma casinhola de porta e janela, cor de açafrão, com a frente encardida pela fuligem das locomotivas que diariamente cruzavam defronte, e de onde se avistava a Estação da linha férrea de Baturité. Era amanuense, amigado, e gostava de jogar víspora em família aos domingos.

Nessa noite estavam reunidas as pessoas do costume. Ao centro da sala, em torno de uma mesa coberta com um pano xadrez, à luz parca de um candeeiro de louça esfumado, em forma de abajur, corriam os olhos sobre as velhas coleções desbotadas, enquanto uma voz fina de mulher flauteava arrastando as sílabas numa cadência morosa: — Vin... te e quatro!

Sessen...ta e nove!... Cinquen...ta e seis!...

Havia um silêncio morno e concentrado em que destacava o rolar abafado das pedras no saquinho da baeta verde.

A sala era estreita, sem teto, chão de tijolo, com duas portas para o interior da casa, paredes escorridas pedindo uma caiação geral. À direita, defronte da janela, dormia um velho piano de aspecto pobre, encimado por um espelho não menos gasto. O resto da mobília compunha-se de algumas cadeiras, um sofá entre as duas portas do fundo, a mesa do centro e uma espécie de console, colocada à esquerda, onde pousavam dois jarros com flores artificiais.

De onde em onde zunia o falsete do amanuense:

— Quadra! Ou caçoava: — Os anos de Cristo!... Os óculos do Padre Eterno!

Risadinhas explodiam a espaços, gostosas, indiscretas — uma pilhéria ricocheteava nos quatro ângulos da mesa.

— É boa! É boa! — fazia João da Mata erguendo a cabeça, mostrando a dentuça.

Depois voltava o silêncio, e a voz fina de mulher continuava a cantar os números solenemente.

— Víspora! — saltou de repente um rapazola de óculos, bigodinho fino, flor na botoeira do fraque de casimira clara.

Toda a gente o conhecia — era o Zuza, quintanista de direito, filho do coronel Souza Nunes.

— Podem conferir — disse erguendo-se, risonho —, segunda linha.

E estendeu o braço, passando o cartão para o amanuense.

— Não desmarquem, não desmarquem — recomendou este espalmando a mão. Pode ter sido engano. *Errare humanum est...*

Houve um ligeiro sussurro de vozes e de caroços rolando sobre a mesa com um surdo ruído de contas desfiadas. Todos desfizeram as marcações.

Numa das extremidades, sentava-se João da Mata, de paletó de fazenda parda sobre a camisa de meia, costas para a rua.

À direita, mexia-se uma senhora gorducha, de seus trinta anos, metida num casaco frouxo de rendas, cabelo penteado em cocó, estampa insinuante, bons dentes: era a mulher do amanuense, que passava por sua legítima esposa não obstante as insinuações malévolas da alcovitice vilã que entrevira escândalos na vida privada de D. Terezinha. Contudo, era tida em conta de excelente dona de casa, honesta, dizendo-se relacionada com as principais famílias de Fortaleza.

Ninguém ousava mesmo dirigir-lhe um gracejo de mau gosto, uma pilhéria calculada.

Inventava-se — calúnias do populacho — que se correspondia ocultamente com o presidente da província. Ela, porém, gabava, batendo no peito com orgulho, que tinha uma vida limpa, graças a Deus; que isso de patifarias não lhe entrava em casa, não, mas era o mesmo. Estava ali o Janjão que não a deixava mentir.

Ao pé de D. Terezinha, aprumava-se Maria do Carmo, afilhada de João, uma rapariga muito nova, com um belo arzinho de noviça, morena-clara, olhos cor de azeitonas, carnes rijas, e cuja atenção se volvia insistentemente para o Zuza.

As outras pessoas eram também da intimidade: o Loureiro, guarda-livros da firma Carvalho & Cia., o Dr. Mendes, juiz municipal, mais a senhora, a Lídia Campelo, filha da viúva Campelo, e o estudante. Às vezes ia mais gente e a víspora prolongava-se até meia-noite.

João da Mata era um sujeito esgrouvinhado, esguio e alto, carão magro de tísico, com uma cor hepática denunciando vícios de sangue, pouco cabelo, óculos escuros através dos quais boliam dois olhos miúdos e vesgos. Usava pera e bigode ralo caindo sobre os beiços, tesos como fios de arame; a testa ampla confundia-se com a meia calva reluzente. Falava depressa, com um sotaque abemolado, gesticulando bruscamente, e, quando ria, punha em evidência a medonha dentuça postiça. Noutros tempos fora mestre-escola no sertão da província, de onde se mudara para a capital por conveniências particulares. Era então simplesmente o professor Gadelha, o terror dos estudantes de gramática. O sertão foi-lhe aborrecendo; estava cansado de ensinar a meninos, era preciso fazer pela vida noutro meio mais vasto onde as suas qualidades, boas ou más, fossem aquilatadas com justiça. Estava perdendo-se, inutilizando-se e fossilizando-se, por assim dizer, entre um vigário seboso e pernóstico e um delegado de polícia ignorante: — "Não era um águia, um Abílio Borges, um Macedo... mas reconhecia que também não era burro. Até podia fazer figura em Fortaleza".

E abalou com tanta felicidade que não tardou ser nomeado comissário de socorros ao tempo da grande seca de 1877, dois anos depois de sua chegada à capital. Desde logo, tornou-se conhecido, suas façanhas corriam impressas nos pasquins domingueiros. De uma feita escapou milagrosamente de ser preso por crime de defloramento numa menor, criada do Dr. Moraes e Silva; de outra feita, apanhou de rebenque na cara por haver caluniado um capitão de infantaria propalando uma infâmia. Toda a gente o conhecia muitíssimo bem, por sinal tinha uma cicatriz oblonga e funda na têmpora esquerda, e não largava o mau vezo de roer o canto das unhas.

Depois da seca, entregou-se de corpo e alma à polícia, à intriguinha partidária, à rabulice, à cabala eleitoral, à chicana. Toda vez que se anunciava um pleito, punha em jogo as mil e uma sutilezas que só o seu espírito sagaz podia conceber. Ninguém como ele sabia copiar uma chapa em letra firme e aprumada. Aquilo a pena cantava no papel que nem o lápis de um taquígrafo. E que letra, que esplêndido talhe! Dir-se-ia traçada a nanquim, delicadamente, com a paciência de um chinês. Ninguém como ele sabia tirar proveito duma vitória alcançada pelo partido. Discutia, falava alto, berrava... impunha-se!

— Extraordinário homem! — diziam os chefes políticos. — Destes é que nós precisamos, destes é que precisa o partido.

Mas João sabia vender caro seu peixe. Fazia política por uma espécie de ambição egoísta, visando sempre tirar resultados positivos de suas artimanhas, embora com prejuízo de alguém.

Dinheiro é o que ele queria, não lhe fossem falar em política sem interesse pessoal.

"— Histórias, homem, histórias! Isso de patriotismo é uma patranha, um rótulo falso! O que se quer é dinheiro, o santo dinheirinho, a mamata. Qual pátria, qual nada! Patacoadas!"

Ele, João, trabalhava, lá isso era inegável: dava o seu voto, cabalava, servia de testa de ferro, mas... tivessem paciência — era mão para lá mão para cá... Porque — argumentava — a política é uma especulação torpe como outra qualquer, como a de comprar e vender couros de bode na praia, a mesmíssima coisa; pois não é? Pra tudo é preciso jeito, muito jeitinho...

Agora, porém, andava meio retraído, dava o seu voto, calado, e — passe muito bem! — A política só lhe trouxera desenganos e inimigos. Não estava mais para servir de degrau a figurão algum. Que se fomentassem! É boa! Trabalhara que nem besta de carga para no fim de contas ganhar o quê? Um pingue lugar de amanuense? Um miserável emprego que se anda oferecendo aí a qualquer vagabundo? Decididamente não o pilhavam mais para a canga...

Estava experimentado, meus senhores, experimentadíssimo.

E agora, com efeito, ninguém o via mais nas redações, entre os jornalistas da terra, a esbravejar contra os adversários, nem nos cafés, quanto mais em dia de eleição, sentado, como dantes, na sua cadeira de mesário, carrancudo, circunspecto, a contar votos, a lavrar atas. Estava outro homem, completamente outro: amigo de casa, vivendo para si, com poucas amizades, metódico, econômico, às voltas com a sua atrabílis crônica, sem ambições, sem dívidas.

A sua grande paixão, o seu fraco era a Maria do Carmo, a menina de seus olhos, a afilhadinha; queria um bem extraordinário à rapariga e tratava-a com um carinho lânguido de amante apaixonado no supremo grau do amor incondicional. Criara-a desde pequena, era como se fosse pai, tinha direitos sobre ela; podia mesmo beijá-la — sem malícia, já se deixa ver — nas faces, na testa, nos braços e até, por que não? na boca.

Às vezes, quando Maria voltava da Escola Normal, ele mandava-a sentar-se na rede, a seu lado. A pequena guardava os livros e lá ia, sem fazer beiço, deitar-se com o padrinho, amarfanhando o rico vestidinho de cretone passado a ferro pela manhã. Obedecia-lhe cegamente, nunca lhe dissera uma palavra áspera; ao contrário — eram carinhos, cafunés no alto da cabeça, cócegas, histórias de alma do outro mundo e gracinhas para ele rir... Tinha sempre um sorriso fresco e luminoso para "o seu padrinho". E João da Mata sentia um bem-estar incomparável, uma delícia, um gozo inefável ante aquele esplêndido tipo de cearense morena, olhos cor de azeitona onde boiava uma névoa de ingenuidade, cabelos compridos descendo até a altura dos quadris, desmanchando-se em ondas de seda finíssima... Quantas vezes, quantas! punha-se, por trás dos grandes óculos escuros, a olhá-la como um pateta, sem que ela sequer percebesse a fixidez de seu olhar cheio de desejo!

Maria estava-se pondo moça, entrava nos seus quinze anos, e o padrinho a adorá-la cada vez mais!

João começou a enquizilar-se com as frequentes visitas do Zuza. Por fim notara certas tendências do estudante para a pequena, certo quebrar de olhos, uma como insistência atrevida em dizer as coisas por metáforas... Isso o incomodava, punha-lhe pruridos na calva, enraivecia-o. Quanto ao Loureiro não havia risco, o guarda-livros estava para casar com a Campelinho, era um rapaz sério. Mas o senhor Zuza?... Ali andava namoro, apostava. Tinha ideia de ter lido na *Província* uns versos dedicados a M. C. e assinados por Z.*** Naquela noite, sobretudo, pareceu-lhe ver o mariola passar uma carta, um papel a Maria. Boas! Era preciso pôr um termo ao descaramento, sob pena de ele, João, desmoralizar-se no conceito da gente séria. Lá por ser filho do Sr. coronel não fosse pensar que faria o que entendesse. Alto lá! Tudo, menos patifaria dentro de sua casa.

E, enquanto ia enchendo os cartões automaticamente sem olhar para os números, pensava em Maria do Carmo, mordendo com desespero as guias do bigodaço.

Quando o Zuza, todo gabola e amaneirado, vermelho do calor da luz, gritou — víspora! numa voz triunfante e clara, João esteve quase atirando-lhe com o cartão. Vieram-lhe desejos imoderados de estourar, de dar escândalo, trêmulo, nervoso, a semicalva reluzente de suor.

— Sim senhor — disse secamente devolvendo o cartão. — Vamos à última...

E o jogo continuou. Fez-se novo silêncio. Agora era o Zuza, o futuro bacharel que cantava pausadamente, tirando as pedras com a ponta dos dedos e colocando-as devagar, cauteloso.

Davam nove horas na Sé quando todos se ergueram. A Campelinho suplicou mais uma partida, o Loureiro também foi de opinião que se jogasse ainda uma vez, todos, enfim, desejavam continuar, mas João da Mata opôs-se tenazmente: que era tarde, tinha muito que escrever.

— Uma só, meu padrinho — rogou Maria do Carmo tomando-lhe as duas mãos e fitando-o com os seus magníficos olhos cor de azeitona.

O amanuense estremeceu. Agora era a própria afilhada, a Sra. D. Maria do Carmo, que lhe pedia com um sorriso extraordinário que jogassem! E na sua imaginação acentuava-se a suspeita do namoro com o estudante.

Curvou-se e proferiu um palavrão ao ouvido da rapariga. Estava desesperado, não se continha.

— Não senhora, por hoje basta de véspora!

Todos admiraram a súbita mudança na sua fisionomia a princípio tão alegre.

A mulher do Dr. Mendes, muito afetada, acotovelou o marido e despediu-se "até a primeira vista".

Zuza foi o último a retirar-se, fitando em Maria um olhar embebido de ternura.

A noite estava muito escura e calma. As estrelas tinham um brilho particular, altas, minúsculas como cabeças de alfinetes em papel de seda escuro. Ouvia-se distintamente, como por um tubo acústico, a toada dos soldados rezando à Virgem da Conceição, no quartel de linha, e o marulhar da praia, distante. A rua do Trilho, deserta, com a sua iluminação incompleta, naqueles confins da cidade, parecia um túnel subterrâneo. Fazia medo transitar ali a desoras.

Assim que se foram os *habitués* da véspora, João da Mata desabafou:
— "Uma patifaria!

O Sr. Zuza pretendia sem dúvida abusar da sua confiança, plantar a desordem no seio da família, mas estava muito enganado. Ali era casa de gente pobre e honesta. Estava muito enganadinho, seu pelintra!"

— Mas eu sei quem é a culpada — acrescentou furioso —, a culpada é a Sra. D. Maria do Carmo, porque se atreve a olhar para ele!

Aquilo não podia continuar, o Sr. Zuza não lhe punha mais os pés em casa sob pretexto algum. Não se portava sério? Pois então — fora! Pra rua!

Estavam fazendo de sua casa um alcouce! A Sra. D. Lídia vinha namorar o outro às suas barbas; já uma vez caíra-lhe porta dentro uma imundície de carta anônima denunciando certos abusos...

E colérico, soprando o bigode, sacudindo os braços, esmurrando a mesa, berrava, com os olhos na alcova onde sumira-se D. Terezinha.

Maria desaparecera pelo corredor e chorava debruçada sobre a mesa de jantar, onde ardia uma vela de carnaúba.

— Que sujeito! — gania o amanuense. Pensa ele que não tem mais do que enfronhar-se num fato de casimira clara, com uma flor no peito, com modos de safardana, e zás! plantar-se na pequena, mas está muito enganado! Aqui estou eu (e batia com força no peito ossudo) para impedir escândalos em minha casa!

Debalde D. Terezinha aconselhava, aflita, que não desse escândalo, que fosse dormir — "As paredes têm ouvidos, dizia ela dentro da alcova. O moço era filho de gente graúda, e ele, Janjão, um simples empregado público. Tivesse modos. Se houvesse má intenção por parte do Zuza, ela, Teté, seria a primeira a não consentir que ele pisasse o chão de sua casa. Mas, não senhor, a gente deve pensar antes de fazer as coisas. Pra que todo aquele espalhafato, por que semelhante barulho?"

João da Mata, porém, estava fora de si, tinha a cabeça a arder como uma brasa. Seu temperamento excessivamente irritável expandia-se com desespero ao mesmo tempo que seu coração de homem gasto sentia pela primeira vez um quer que era, uma agonia, uma sufocação ante a possibilidade de um namoro entre o estudante e a afilhada. Não era precisamente receio de que o Zuza pudesse iludir a rapariga desonrando-a e atirando-a por aí ao desprezo; era como revolta do instinto, uma espécie de egoísmo animal que o torturava, acendendo-lhe todas as cóleras, dominando-o, como se Maria fosse propriedade sua, exclusivamente sua por direito inalienável. Via-a caída pelo acadêmico, toda voltada para ele, amando-o talvez, preferindo-o a todos os outros homens, entregando-se-lhe. E o que seria dele, João, depois? Nem mais uma beijoca na boquinha rubra e pequenina, nem mais um abraço ao voltar da escola, cansadinha, o rosto afogueado pelo calor; nem mais uns cafunés, nem um sorriso daqueles que ela sempre tinha para o padrinho... Isto é que o desesperava!

Desde a saída de Maria do colégio das Irmãs de Caridade tinha se operado uma mudança admirável nos hábitos de João da Mata. Ela já não era para ele como uma filha; estava quase moça, incomparavelmente mais bonita e fornida de carnes. Já não era, que esperança! aquela Maria do Carmo da Imaculada Conceição, toda santidade, magrinha, com uma cor esbranquiçada e mórbida de cera velha, o olhar macilento, a falar sempre no padre Reitor e na Superiora e na Irmã Filomena e noutras pieguices. Uma tontinha a Maria naquele tempo.

Quando ia passar o domingo em casa, uma vez no mês, metia-se para os fundos do quintal ou pelas camarinhas, muito calada, muito sonsa, a ler a Imitação; não chegava à janela, não aparecia às visitas, doida por voltar ao colégio. Aquilo punha o padrinho de mau humor. Uma coisa assim fazia até vergonha a ele, que detestava tudo quanto cheirasse a sacristia. Porque João da Mata dizia-se pensador livre; não acreditava em santos, e maldizia os padres. Jesus, na sua opinião, era uma espécie de mito, uma como legenda mística sem utilidade prática.

Isso de colégios internos à guisa de conventos não se acomodava com o seu temperamento.

Também fora professor, olé! e sabia muito bem o que isso era — "um coito de patifarias".

Queria a educação como nos colégios da Europa, segundo vira em certo pedagogista, onde as meninas se desenvolvem física e moralmente como a rapaziada de calças, com uma rapidez admirável, tornando-se por fim excelentes mães de família, perfeitas donas de casa, sem a intervenção inquisitorial da Irmã de Caridade. Não compreendia (tacanhez de espírito embora) como pudesse instruir-se na prática indispensável da vida social uma criatura educada a toques de sineta, no silêncio e na sensaboria de uma casa conventual, entre paredes sombrias, com quadros alegóricos das almas do purgatório e das penas do inferno; com o mais lamentável desprezo de todas as prescrições higiênicas, sem ar nem luz, rezando noite e dia — *ora pro nobis, ora pro nobis...* Era da opinião do José Pereira da *Província*: Irmãs de Caridade foram feitas para hospitais. O diabo é que no Ceará não havia colégios sérios. A instrução pública estava reduzida a meia dúzia de conventilhos: uma calamidade pior que a seca. O menino ou a menina saía da escola sabendo menos que dantes e mais instruído em hábitos vergonhosos. As melhores famílias sacudiam as filhas na Imaculada Conceição como único recurso para não vê-las completamente ignorantes e pervertidas. Afinal, para não contrariar o Mendonça que queria a filha para santa, metera Maria do Carmo no "convento".

D. Terezinha participava das mesmas ideias do Janjão: Uma menina inteligente como Maria devia educar-se no Rio de Janeiro ou num colégio particular, mas um colégio onde ela pudesse aprender o "traquejo social". Pode ser que as Irmãs sejam umas mulheres virtuosíssimas e castas, mas filha sua não punha os pés em colégio de freiras...

João da Mata detestava a padraria. Dava-se apenas com um padre, o cônego Feitosa, porque, dizia ele, era um sacerdote sem hipocrisia, um padre como ele entendia que deviam ser todos os padres: asseado, inimigo da batina, com afilhadas em casa... E por que não? Os padres são fisicamente (e sublinhava a palavra), anatomicamente, fisiologicamente homens como os outros: têm coração, órgãos sexuais, nervos como os outros homens. Portanto, assiste-lhes o mesmíssimo direito de procriação, direito natural e até consagrado pela Escritura. O contrário é contrafazer a natureza humana que, afinal, não obedece a preceitos de castidade. Daí, concluía João, daí o desregramento das classes religiosas condenadas a eterno celibato. O próprio Cristo dissera numa parábola cheia de senso e de experiência: "Crescei e multiplicai-vos".

"Por amor de Deus" não lhe falassem em padres. A educação moderna, a educação livre, sem intervenção da batina — eis o que ele queria e apregoava alto e bom som.

Havia meses que Maria do Carmo cursava a Escola Normal. Sua vida traduzia-se em ler romances que pedia emprestados a Lídia, toda preocupada com bailes, passeios, modas e *tutti quanti*... Ia à Escola todos os dias vestidinha com simplicidade, muito limpa, mangas curtas evidenciando o meio-braço moreno e roliço, em cabelo, o guarda-sol de seda na mão, por ali afora — toque, toque, toque — até à praça do Patrocínio, como uma grande senhora independente.

Agora, sim, pensava o amanuense, Maria estava uma mocetona digna de figurar em qualquer salão aristocrático.

A fama da normalista encheu depressa toda a capital. Não se compreendia como uma simples retirante saída há pouco das Irmãs de Caridade fosse tão bem-feita de corpo, tão desenvolta e insinuante. As outras normalistas tinham-lhe inveja e faziam-lhe pirraças. Nas reuniões do Club Iracema, era ela a preferida dos rapazes, todos a procuravam.

João da Mata inflava. Certo não a entregaria por preço algum a qualquer rapazola como o filho do coronel Souza Nunes.

Entretanto, o Zuza era um rapaz da moda. Montava a cavalo, fazia versos, assinava a *Gazeta Jurídica*, frequentava o palácio do presidente...

João conhecera-o uma noite no baile do Dr. Castro. Havia meses que se achava em Fortaleza estudando o quinto ano de direito e gozando a sua fama de rapaz rico. Às seis horas da tarde já lá estava ele, no Trilho, em casa do amanuense, queixando-se da monotonia da vida cearense e gabando, com ares de fidalgo, a capital de Pernambuco. Ali, sim, a gente pode viver, pode gozar. Muito progresso, muito divertimento: corridas de cavalos, uma sociedade papa-fina muitíssimo bem-educada, magníficos arrabaldes, certo bom gosto nas toaletes, nos costumes, certas comodidades que ainda não havia no Ceará...

— Ao que parece, o Sr. Zuza não gosta do Ceará... — disse-lhe um dia D. Terezinha.

— Absolutamente não, minha senhora. Sou meio exigente em matéria de civilização; isto me parece ainda uma terra de bugres...

— De bugres?!

— ...Sim, uma terra em que só se fala nas secas e no preço da carne verde. V. Exª compreende, não pode corresponder à expectativa de um rapaz de certa ordem, por assim dizer, educado na Veneza Americana...

— Deste modo o Sr. Zuza ofende os seus conterrâneos, os seus parentes...

— Absolutamente não.

O que dizia é que o Recife está num plano muito superior a Fortaleza. Apenas estabelecia um paralelo.

João da Mata achava-o pedante, desequilibrado, tolo. — "Não, o Sr. Zuza não lhe punha mais os pés em casa por forma alguma!" — bradava naquela noite.

Maria continuava a chorar lá dentro, na sala de jantar, inconsolável, triste, com um grande desgosto na alma. De repente ouviu a voz do padrinho que a chamava. Ergueu-se com um movimento brusco e rápido, o lenço nos olhos, soluçando devagar.

João quis saber onde estava "a carta que o Zuza lhe havia entregue". Botasse-a pra ali, já!

Trêmula, abafando a cólera que lhe oprimia a respiração, Maria não podia falar.

— Vamos, vamos!

— Não tenho carta alguma — disse num acento doloroso.

João da Mata sentiu atear-se-lhe o fogo da concupiscência. Teve ímpetos de tomar entre as mãos a cabeça da afilhada e beijá-la, beijá-la sofregamente, com a fúria de um selvagem, no pescoço, na boca, nos olhos... ímpetos de beijá-la toda inteira, como um doido. Maria dominava-o, fazia-lhe perder a tramontana.

— Então aquele bandido não lhe entregou uma carta por debaixo da mesa, na véspora?

Entregou, sim senhora, dê-ma!

— Não senhor, não me entregou coisa alguma — tornou a normalista, sem levantar a cabeça fungando.

Estavam em frente um do outro, ao pé da mesa. As portas da sala já se tinham fechado; ele com o paletó aberto mostrando a camisa de meia cor de carne, o olhar fixo em Maria; ela com o seu vestidinho claro de chita, cabelos penteados numa trança, acaçapada, submissa ante a cólera rude do padrinho.

— Pois bem — concluiu este moderando a voz. Tome sentido: vocemecê não me aparece mais àquele cabrocha, está ouvindo?

E depois duma pausa, com ternura:

— Vá dormir, ande...

Soprou o gás e foi deitar-se com a mulher, na alcova.

— Pois não achas, Teté — dizia ele em camisa de dormir, aconchegado à D. Terezinha, na larga cama de jacarandá —, não achas que é um desaforo aquele patife vir à nossa casa para namorar?

— Não, que tolice! O Zuza até é um rapaz sério... Vem, coitado, porque nos estima...

— É boa! — fez João. Então vem porque nos estima, hein? Esta cá me fica, Sra. D. Teté, esta cá me fica!

— Homem, trate das suas hemorroidas que é melhor...

— Ora, sabe que mais? Você é outra!

E deram-se as costas fazendo ranger a cama.

Com pouco ambos roncavam no discreto silêncio da alcova.

Sobre a cômoda, ao pé do oratório, ardia uma lamparina de azeite.

CAPÍTULO II

Foi numa tarde infinitamente calma de dezembro de 1877 que o capitão Bernardino de Mendonça chegou a Fortaleza, pela estrada nova de Mecejana, depois de penosíssima viagem.

A seca dizimava populações inteiras no sertão. Famílias sucumbiam de fome e de peste, castigadas por um sol de brasa. Centenas de foragidos, arrastando os esqueletos seminus, cruzavam-se dia e noite no areal incandescente dos caminhos — abantesmas da desgraça gemendo preces ao Deus dos cristãos, numa voz rouquenha, quase soluçada. Era um horror de misérias e aflições.

Bernardino de Mendonça foi dos últimos que abalaram do interior da província para o litoral na pista de socorros públicos. Totalmente desiludido, quase arruinado, vendo todos os dias passarem por sua porta, em Campo Alegre, magotes de emigrantes andrajosos que batiam do sertão num êxodo pungente, acossados pela necessidade, resolvera também ir-se com a família para Fortaleza, embora mais tarde fosse obrigado a procurar outros climas.

Era homem sadio, vigoroso, excessivamente trabalhador e dedicado. Contava a esse tempo quarenta anos, nada mais nada menos, e dizia com soberba, gabando o peito rijo, não se trocar por muito rapazola pimpão que aí vive nas cidades grandes caindo de tédio e preguiça, cheio de vícios secretos. Corria-lhe nas veias largas e azuis de matuto inteligente, puro e abundante sangue português. Nunca sofrera a mais leve dor de cabeça. Conhecia a sífilis por ouvir falar. Casara muito moço, imberbe ainda, aos dezesseis anos, com uma prima colateral, D. Eulália de Mendonça Furtado, de uma família de Furtados da Telha. Até então só tivera três filhos, um dos quais, o mais velho, chamado Lourenço, fora recrutado para o exército por peralta incorrigível. Outro, o Casimiro, mais rude e também mais obediente, vivia com os pais, era mesmo o vaqueiro de Mendonça que descobrira nele especial vocação para esse inglório trabalho de andar atrás das boiadas — ecô! ecô! — metido em couros, chapinhando açudes e lagoas, galopando à brida solta nas várzeas, ao ar fresco das manhãs do norte, identificado, por assim dizer, com o mugir nostálgico e penoso do gado. Desde menino, o pai acostumara-o à vida alegre do campo, e agora aí vinha também, Deus o sabe, triste e apreensivo, caminho da capital cearense, no seu pedrês choutão, escanchado entre dois grandes alforjes de farinha e carne salgada.

Por último nascera Maria do Carmo, o último filho de Mendonça, a caçula. Em 1877 completava seis anos e, para felicidade dos pais, era uma criança verdadeiramente encantadora, com seu arzinho ingênuo e meigo de sertaneja. A cor, os olhos, os dentes, o cabelo — tudo nela era um encanto: olhos puxando para negros, dentes miudinhos e de uma brancura de algodão em rama, cabelos negros e luzidios como a asa da graúna — morena-clara.

Crescia sem outra educação a não ser a que lhe davam os pais, de modo que, naquela idade, mal soletrava a Doutrina Cristã.

Mendonça abalara de Campo Alegre quando de todo lhe tinham fugido as esperanças de inverno seguro, depois de ter visto estrebuchar a última rês no solo duro e estéril.

Todas as tardes, invariavelmente, da janela que dizia para o poente, ou em pé na varanda, consultava o tempo, os horizontes cor de cinza, o céu de um azul diáfano de safira, procurando bispar na inclemência da atmosfera imóvel a sombra fresca de uma nuvem, um indício qualquer de chuva.

Surpreendia às vezes, crivando a transparência do ar, revoadas de aves de arribação. Recolhia-se animado. Mas os dias passavam quentes e secos.

Outras vezes, à noitinha, clarões rápidos e lívidos abriam-se no poente como reflexos de luz elétrica; ouvia-se rolar a trovoada muito ao longe. Mendonça punha-se a escutar calado, sentia um como arrepio bom, e lá tornava a iludir-se alimentando, toda uma noite, a doce esperança de ver pela manhã o solo úmido e a rama brotando verde e pujante da "fornalha".

Mas qual! As manhãs sucediam-se cada vez mais tépidas, sem pingo de água, uma aragem leve, de cemitério, arrepiando a folhagem do arvoredo. Um céu muito alto, varrido, monótono, indecifrável como um dogma.

E pouco a pouco aquele estado de coisas foi atuando forte no espírito do sertanejo, como as vibrações de um clarim que dá sinal de marcha; pouco a pouco foi-se convencendo de que aquilo era uma situação impossível em que ele não devia absolutamente permanecer.

Os açudes estorricavam mostrando os leitos gretados pelo sol, duros como pedra; juritis encandeadas iam espapaçar ofegantes no chão, defronte da casa, cascavéis chocalhavam no alpendre, ocultas, invisíveis, e todas as coisas tinham um aspecto desolado e lúgubre que se comunicava às criaturas.

Passava gente todo santo dia, a pé, de trouxa ao ombro, arrastando-se pesadamente.

Uma vez ele próprio, Mendonça, vira de perto a agonia lenta de uma mulher asfixiada pela elefantíase — pernas inchadas, ventre inchado, rosto inchado — horrível!

Decididamente era tempo de arrumar também "os seus cacos" e — adeus Campo Alegre, adeus carnaubais rumorejantes, adeus igrejinha branca! Ir-se-ia fazer pela vida em qualquer parte, em Fortaleza, onde felizmente contava amigos políticos, correligionários dedicados que certamente não lhe recusariam uma acha de lenha, um pouco de água fresca, um punhado de farinha... Demais, era homem, graças a Deus, forte como novilho, tinha sangue nas veias — trabalharia!

Ao mesmo tempo lembrava-se da "sua velha", da Eulália, que andava adoentada, com umas pontadas no coração, muito fraca e cuja natureza talvez não resistisse às fadigas duma viagem longa; pensava em Maria do Carmo, sua filha querida, a menina de seus olhos, tão nova ainda, e punha-se a meditar nos horrores da seca, nas febres de mau caráter, na quase absoluta falta de água, com um desalento a aniquilar-lhe as forças, a dobrar-lhe a altivez de forte. Depois tornava ao mesmo rio de ideias: não, aquele inferno do sertão, com um raio de tempo medonho seria talvez pior, seria a sua desgraça. De si para si media, calculava, meticulosamente, toda a gravidade da situação a que chegara. Não havia outro recurso, outro jeito senão marchar para a capital, para onde quer que fosse, como tantos outros infelizes empolgados pela miséria. Iria, que remédio?, bater à porta de um amigo, de um correligionário, de um cristão. Lembrou-se então do "compadre João da Mata", padrinho de Maria.

Muito bem: iria ao compadre.

Arribaram de manhã, muito cedo, ao romper da alva. Os cavalos, magros e ruins, romperam num trote miúdo. Ao passarem defronte da igrejinha do povoado, um pobre nicho todo fechado, com as suas janelinhas por pintar, solitário como uma coisa inútil, D. Eulália ciciou uma oração, e os outros, Mendonça e Casimiro, descobriram-se com respeito.

Havia oito anos que isto fora...

Enfiaram por uma estrada de areia que se prolongava indefinidamente, torcendo e retorcendo-se em zigue-zagues, ocultando-se aqui para brilhar lá adiante, por cima da floresta

imóvel, como uma enorme serpente amarela dormindo ao sol...

As pisadas dos animais abafavam-se na areia, e a pequena caravana sumia-se na distância...

Ao cabo de doze longos dias, em que paravam para repousar à sombra de alguma árvore que ainda verdejava ou nalguma palhoça abandonada, avistaram o campanário branco e alegre do Coração de Jesus, direito e esguio como o minarete de um templo muçulmano, destacando-se na meia sombra crepuscular, esbatido pela irradiação do sol que tombava glorioso ao fundo da tarde pardacenta.

Morria no ar calmo o dobre melancólico de um sino...

Flutuava um cheiro vago de coisas podres. Para as bandas do Pajeú ardiam restos de fogueiras a extinguirem-se.

Uma tarde infinitamente calma, essa...

Havia oito anos que isto fora, mas nos seus momentos de desânimo, Maria do Carmo punha-se a relembrar toda essa tragédia de sua infância. Olhava para o passado com a alma cheia de saudade, recordando, tintim por tintim, como se estivesse lendo num livro, ninharias, minudências de sua vida naqueles tempos em que ela, pobre e matutinha, via tudo cor-de-rosa através do prisma límpido e imaculado de sua meninice. Transportava-se, num voo da imaginação, a Campo Alegre e via-se, como por um óculos de ver ao longe, ao lado da mamãe, costurando quieta ou soletrando a Cartilha, ou na novena do Senhor do Bonfim, muito limpa, com o seu vestidinho de chita que lhe dera o Sr. vigário. Lembrava-se do papai quando voltava do roçado, de camisa e ceroula, chapéu de palha de carnaúba, tostado, trigueiro do sol, contando histórias de onças e maracajás...

Recapitulava, mentalmente, com uma precisão cronológica, toda a sua vida e ficava horas e horas em cisma, a pensar, a pensar como se tivesse perdido o juízo...

Nas Irmãs de Caridade é que lhe sobrava tempo para isso. Vinham-lhe à mente os episódios da viagem: uma grande cobra cascavel que o papai matara ao pé duma árvore, à faca; as dificuldades que encontraram no caminho; um ceguinho que cantava na estrada sem ter o que comer...

Nunca mais lhe saíra da cabeça um retirante que ela vira estendido no meio do caminho, sobre o areal quente, ao meio-dia em ponto, morto, e completamente nu, com os olhos já comidos pelos urubus, os intestinos fora, devorados pelas varejeiras... Que feio aquilo!

Não era má, de resto, a sua vida agora, em casa dos padrinhos, não era, mas se fosse possível tornar a ser criança, renascer e viver outra vez em Campo Alegre...

No dia seguinte ao da chegada à capital, D. Eulália morrera duma síncope cardíaca. Maria lembrava-se muito bem; a mamãe fora para o cemitério na padiola da Santa Casa de Misericórdia, toda de preto... Parecia vê-la ainda, com os olhos fundos, entreabertos, mãos cruzadas sobre o peito, dentro do esquife...

Tempos depois vira-a em sonho, numa nuvem de incenso, cercada de anjos com um manto azul recamado de estrelas, subindo para o céu... Por sinal acordou sobressaltada, chamando pela madrinha, encolhendo-se toda na rede, fria de medo.

Dias depois Mendonça embarcara para o norte. Ainda acabrunhado pelo desgosto que lhe trouxera a morte quase repentina da mulher, manifestou a João da Mata desejos de ir tentar fortuna onde quer que fosse. Não podia continuar no Ceará, viúvo e ocioso, de braços cruzados, sem dinheiro, olhando para o tempo, decididamente não podia continuar. Mas, havia uma dificuldade — a Maria. Se o compadre quisesse tomar a menina, encarregar-se de sua educação, mediante uma mesada, um pequeno auxílio...

O amanuense aceitou. Que fosse imediatamente para o norte. A vida no Ceará não valia coisíssima alguma. O Pará, sim, aquilo é que é terra de fartura e de dinheiro. Um homem trabalhador e honesto, como o compadre, com um pouco de experiência, podia enricar da noite para o dia. Os seringais, conhecia os seringais?, eram uma mina da Califórnia. Tantos fossem quantos voltavam recheados, de mão no bolso e cabeça erguida. E o Ceará? Fome e miséria somente. Num mês morriam três mil pessoas, eram mortos a dar com o pé, morria gente até defronte do palácio do governo, uma lástima!

E acrescentou que o Ceará era boa terra para os políticos e ricaços, que o pobre em Fortaleza, ainda que pesasse quilogramas de honradez, era sempre o pobre, maltratado, espezinhado, ridicularizado, perseguido, enquanto o indivíduo mais ou menos endinheirado podia contar amplamente, largamente (e abria os braços) com a simpatia geral: tinha ingresso em todos os salões, em toda parte, até no "santuário da família" fosse ele, embora, um patife, um grandíssimo canalha. Usava chapéu alto e gravata branca? Tinha um título de bacharel? Não fizesse cerimônia, podia entrar onde quisesse — "Uma terra de famintos, seu compadre! Fome, miséria e patifaria era o que se via." — Com a Maria do Carmo não tivesse cuidado; ele, João da Mata, havia de tratá-la como filha, não lhe faltaria nada; teria para ela todas as carícias, todos os afagos de um pai. Mendonça podia mesmo demorar o tempo que quisesse no Pará, anos, séculos... a menina ficava em casa de gente séria, pobre, é verdade, mas honrada.

Daí a dias, um domingo de muito sol e muito vento, realizou-se o embarque do capitão Mendonça e do Casimiro.

Os conselhos de João calaram poderosamente no ânimo forte e resoluto do sertanejo cuja confiança no compadre era ilimitada. Sabia-o conhecido em quase todo o Ceará, estimado mesmo por pessoas de bem, admirava-lhe muito o "coração generoso" e democrata, por tal forma que João se lhe afigurou o único homem capaz de concorrer para a felicidade de sua filha — reflexões nascidas de boa-fé e da experiência da vida social, que enchiam de íntima e doce consolação a alma ingênua e simples do sertanejo.

Mendonça conhecia Fortaleza superficialmente; suas viagens à capital tinham sido raríssimas; viera vezes contadas a negócio. Sabia os homens propensos ao mal, por mais duma vez ele próprio fora vítima da ingratidão de indivíduos que se diziam seus amigos e a quem fizera grandes benefícios; porém, a vida ruidosa e dissoluta das capitais, esse tumultuar cotidiano de virtudes fingidas e vícios inconfessáveis, esse tropel de paixões desencontradas, isso que constitui, por assim dizer, a maior felicidade do gênero humano, esse acervo de mentiras galantes e torpezas dissimuladas, esse cortiço de vespas que se denomina — sociedade, desconhecia-o ele e nem sequer imaginava. Lá, no seu tranquilo recanto de Campo Alegre, onde só de longe em longe chegava o eco da vida elegante, ouvira falar em mulheres que traíam os maridos, filhos que assassinavam os pais, incestos de irmãos, homens que negociavam com a própria honra... e tudo isso parecia-lhe simples "invenção das gazetas", romances de sensação que ele ruminava devagar e esquecia depressa.

— "É uma grande alma aquele Mendonça!" — admiravam os amigos.

E era-o.

Resolvera como que recomeçar a vida, esquecer o passado, recuperar o tempo perdido, trabalhando como um mouro, entregando-se ao labor com todas as suas forças, dia e noite, sem descanso, nas florestas do Pará.

E lá se fora barra fora, mais o Casimiro, na proa dum vapor brasileiro, honrado e obscuro, no meio de dezenas de emigrantes que, como ele, iam fazer pela vida até... sabiam lá!...

Antes de embarcar teve cuidados maternais para a filha. Comprou peças de chita, rendas, fitas, bugigangas, fantasias, tudo escolhido, tudo bom, e uma maleta americana. Chamou-a à parte, beijou-a na testa e disse-lhe com os olhos cheios d'água e a voz trêmula "que o papai havia de voltar se Deus quisesse, que ela fosse boa e obediente aos padrinhos, que estudasse, estudasse muito, porque era feio uma mulher ignorante, e, finalmente, que não esquecesse de rezar por alma da mamãe"...

Maria lembrava-se de tudo.

Depois ela ficara sozinha em companhia dos padrinhos.

Nesse tempo, moravam na rua de Baixo. Tinha-se mudado tudo: morrera-lhe a mãe, morrera-lhe o pai duma febre, no alto Purus. O Casimiro ninguém dava notícia dele, nunca mais voltara... O Lourenço, esse ela não conhecia — andava no sul feito soldado. Estava só, por assim dizer, numa casa alheia. E, contudo, podia dizer que não tinha tristezas, uma ou outra vez é que se punha a pensar no passado.

Depois que saíra da Imaculada Conceição, a vida não lhe era de todo má. Ora estava no piano, ensaiando trechos de música em voga, ora saía a passear com a Lídia Campelo, de quem era muito amiga, amiga de escola, ora lia romances... Ultimamente a Lídia dera-lhe a ler *O Primo Basílio*, recomendando muito cuidado "que era um livro obsceno": lesse escondido e havia de gostar muito. — "Imagina um sujeito bilontra, uma espécie de José Pereira, sabes? O José Pereira, da *Província*, sempre muito bem vestido, pastinhas, monóculo...".

— Não contes — atalhou Maria, tomando o livro —, quero eu mesma ler... Gostaste?

— Mas muito! Que linguagem, que observação, que rigor de crítica!... Tem um defeito — é escabroso demais.

— Onde foste tu descobrir esta maravilha, criatura?
— É da mamãe. Vi-o na estante, peguei e li-o.

Maria folheou ao acaso aquela obra-prima, disposta a devorá-la. E, com efeito, leu-a de fio a pavio, página por página, linha por linha, palavra por palavra, devagar, demoradamente.

Uma noite o padrinho quase a surpreende no quarto, deitada, com o romance aberto, à luz duma vela. Porque ela só lia *O Primo Basílio* à noite, no seu misterioso quartinho do meio da casa pegado à sala de jantar.

Que regalo todas aquelas cenas da vida burguesa! Toda aquela complicada história do Paraíso!... A primeira entrevista de Basílio com Luíza causou-lhe uma sensação estranha, uma extraordinária superexcitação nervosa; sentiu um como formigueiro nas pernas, titilações em certas partes do corpo, prurido no bico dos seios púberes; o coração batia-lhe apressado, uma nuvem atravessou-lhe os olhos... Terminou a leitura cansada, como se tivesse acabado de um gozo infinito... E veio-lhe à mente o Zuza: se pudesse ter uma entrevista com o Zuza e fazer de Luíza...

Até aquela data só lera romances de José de Alencar, por uma espécie de bairrismo malentendido, e a *Consciência*, de Heitor Malot, publicada em folhetins na *Província*. A leitura de *O Primo Basílio* despertou-lhe um interesse extraordinário — "Aquilo é que é um romance.

A gente parece que está vendo as coisas, que está sentindo..."

Não compreendera bem certas passagens, pensou em consultar a Lídia; sim, a Campelinho devia saber a história da champanha passada num beijo para a boca de Luíza. — Que porcaria! E assim também a tal "sensação nova" que Basílio ensinara à amante... não podia ser coisa muito asseada...

Terminada a leitura do último capítulo, Maria sentiu que não fossem dois volumes, três mesmo, muitos volumes... Gostara imensamente!

No dia seguinte, antes de ir à Escola Normal, Maria teve uma entrevista secreta com a amiga no quintal da viúva Campelo, que morava defronte do amanuense.

A Campelinho tinha acabado de banhar-se e estava arranjando umas flores para a Nossa Senhora do Oratório. Da saleta de jantar, via-se o quintalzinho, cercado de estacas, estreito e comprido, com ateiras e um renque de manjericões ao fundo, perto da cacimba. Uma pitombeira colossal arrastava os galhos sobre o telhado. O chão úmido da chuva que caíra à noite porejava uma frescura comunicativa e boa.

Lídia estava à fresca, de cabelos soltos sobre a toalha felpuda aberta nos ombros, quando
Maria apareceu.

— Boa vida, hein? — saudou esta. E logo, triunfante: — Acabei *O Primo Basílio*!

— Que tal?

— Magnífico, sublime! Olha, vem cá...

E dando o braço à outra dirigiu-se para o "banheiro", uma espécie de arapuca de palha seca de coqueiro, acaçapada, medonha, sem a mínima comodidade e para onde se entrava por uma portinhola de tábua mal segura.

Uma vez ali, sentadas ambas num caixote que fora de sabão, única mobília do "banheiro", Maria sacou fora *O Primo Basílio*, cuidadosamente embrulhado numa folha da *Província*.

Queria que a Lídia explicasse uma passagem muito difusa, quase impenetrável à sua inteligência.

— É isto, menina, que eu não pude compreender bem. E, abrindo o livro, leu: "...e ele (Basílio) quis-lhe ensinar então a verdadeira maneira de beber champanha. Talvez ela não soubesse! — Como é? — perguntou Luíza tomando o copo. — Não é com o copo! Horror!

Ninguém que se preza bebe champanha por um copo. O copo é bom para o Colares... 'Tomou um gole de champanha e num beijo passou-o para a boca dela', Luíza riu...", etc., etc...

— Como explicas tu isso?

— Tola! — fez a Campelinho. Uma coisa tão simples... Toma-se um gole de champanha ou de outro qualquer líquido, junta-se boca a boca assim... E juntou a ação às palavras.

— ...e pronto! bebe-se pela boca um do outro. Tão simples...

— E que prazer há nisso?

— Sei lá, menina! — tornou a outra com um gesto de nojo, cuspindo. Pode lá haver gosto...

Depois, as duas curvadas sobre o livro, unidas, coxa a coxa, braço a braço, passaram à "sensação nova".

Lídia apressou-se em dizer que as "mulheres do mundo" é que sabem essas coisas...

Quanto a ela não conhecia outras sensações além dos beijos na boca, às escondidas, fora os abracinhos fortes e demorados, peito a peito, isto mesmo com pessoa do coração... Contou então que o seu primeiro namorado, um estudante do Liceu, um fedelho, tentara certa vez... — concluiu baixinho ao ouvido de Maria, com receio de que alguém as estivesse observando.

— E consentiste?

— Qual! Dei-lhe com um — não — na cara, e o tolo nunca mais me fez festa.

Leram ainda alguns trechos do romance, rindo, cochichando, acotovelando-se, e depressa a conversação tomou rumo diverso recaindo sobre o Zuza e o Loureiro.

— A propósito — perguntou Maria, curiosa —, pretendes mesmo casar com o guarda-livros?

— Por que não? — fez a outra erguendo-se. Muito breve tenho homem! Decididamente este não me escapa, tenho-o seguro... Vai todas as noites à nossa casa, como vês, está caidinho. A mamãe já não repara, deixa-se ficar com o dela...

— Com o dela? — inquiriu Maria com surpresa, muito admirada.

Apanhada em flagrante indiscrição, Lídia confessou, muito em segredo, que uma noite encontrara D. Amanda na alcova com o Batista da Feira Nova, um negociante... — !!!

Maria tomava sentido, recalcando a curiosidade que lhe espicaçava o espírito. Calou-se para não ser indiscreta e, depois de uma pausa em que folheava maquinalmente o romance:

— Dize uma coisa, Lídia: tu amas deveras o Loureiro?

— Que pergunta, criatura? Certamente que sim. Ele então tem uma paixa doida por mim!

Bebe-me com o olhar e me come de beijos. É na boca, no pescoço, na orelha, nos olhos, na nuca... Nunca vi gostar tanto de beijos! E é preciso que se note, conhecemo-nos há três meses! E o teu Zuza?

O namoro de Maria com o filho do coronel Souza Nunes estava no começo. A falar verdade, ela gostava do Zuza e casaria se ele quisesse, mas até aquela data ainda não se tinham comunicado. Conheciam-se — nada mais.

Nessas confabulações íntimas com a amiga, Maria, que começava a compreender a vida tal como ela é na sociedade, fingia-se ingênua, tolinha, expediente que usava sempre que desejava saber a opinião da Lídia sobre isto ou sobre aquilo.

A princípio, evitava conversar em amores, corando a qualquer palavra mais livre ou a qualquer fato menos sério que lhe contavam as colegas de estudo. Agora, porém, ouvia tudo com interesse, procurando inteirar-se dos acontecimentos, sem acanhamento, sem pejo.

Pouco a pouco foi perdendo os antigos retraimentos que trouxera da Imaculada Conceição. A convivência com as outras normalistas transformara-lhe os hábitos e as ideias. A Lídia principalmente era a sua confidente mais chegada. Quase sempre estavam juntas em casa, na Escola, nos passeios, em toda parte onde se encontravam, de braços dados, aos cochichos...

Havia entre elas um comércio contínuo de carinhos, de afagos e de segredos. Gabavam-se mutuamente, tinham quase os mesmos hábitos, vestiam-se pelos mesmos moldes, como duas irmãs.

Lídia Campelo tinha então vinte anos. Era uma rapariga alta, *"fausse-maigre"* e bem-feita de corpo.

A razão por que ainda não se casara ninguém ignorava, toda a gente sabia — é que a filha da viúva Campelo, por via do atavismo, puxava à mãe. Não havia na cidade rapazola mais ou menos elegante, caixeiro de loja de modas que não se gabasse de a ter beijado. Tinha fama de grande namoradeira, exímia em negócios de amor. O próprio João da Mata não gostava muito daquela amizade com Maria. Mais de uma vez dissera a D. Terezinha as suas desconfianças, os seus escrúpulos, os seus receios em relação a essa intimidade da afilhada com a Lídia: —

"Não consentisse a rapariga ir à casa da outra. Antes prevenir que curar."

Havia mesmo quem ousasse afirmar que a Campelinho "já não era moça".

Da viúva diziam-se horrores: "aquilo era casa aberta...". Tantos fossem, quantos ela recebia com risinho sem-vergonha, arregaçando os beiços. A filha seguia o mesmo caminho.

O certo, porém, é que o procedimento de D. Amanda não escandalizava a sociedade.

Vivia na sua modesta casinha do Trilho, muito concentrada, sem amigas, num respeitoso isolamento, saindo à rua poucas vezes em companhia da filha, não frequentando os bailes nem o Passeio Público e muito menos as igrejas: vivia a seu modo, comodamente, do minguado montepio de seu defunto marido.

— "Uma mulher honesta!" — protestava o Loureiro. Infâmias era o que se diziam da pobre senhora, infâmias que caíam por terra, ante o indefectível procedimento de D. Amanda!

E acrescentava convicto:

— Tal mãe, tal filha!

CAPÍTULO III

O velho mostrador da sala de jantar deu meia-noite, uma hora, e Maria do Carmo ainda estava acordada, a pensar no Zuza, arquitetando frases para responder ao futuro bacharel em ciências jurídicas. Porque o estudante, como suspeitou o amanuense, achara meio de comunicar-se com a rapariga, atirando-lhe uma cartinha por baixo da mesa, quando jogavam a víspora.

Era a primeira vez que o Zuza lhe escrevia numa letra caligráfica, de mulher, miudinha, igual e redonda. Ao apanhar o envelope, com um movimento disfarçado, Maria sentiu o sangue afluir todo para o rosto, como se todo o mundo a tivesse surpreendido em flagrante às barbas do padrinho. Ela mesmo, depois, admirou a sua coragem, ela que nunca desrespeitara o amanuense, temendo-o como a seu pai. Não pôde reprimir um susto, ficou fria, com os olhos baixos, sem prestar atenção ao jogo. Pareceu-lhe ver através dos óculos escuros do padrinho um lampejo de cólera concentrada. Tremia com o papel na mão, sem saber o que fizesse. Mas a víspora continuava animada e ela pôde cautelosamente guardar o objeto querido, pretextando sede e levantando-se para beber água no interior da casa.

Guardou-o bem guardado, no fundo de uma caixinha de fitas, sem ler, e voltou imediatamente ao seu lugar com um alívio, muito lépida.

Quando o amanuense entrou a esbravejar contra o Zuza, esmurrando a mesa, batendo portas, colérico, medonho, Maria ficou lívida! Ta, ta, ta, ta, ia tudo águas abaixo, o seu "crime" ia ser descoberto, não havia como fugir. Estava irremediavelmente perdida! Enfiou pelo corredor com as mãos na cabeça, aflita. Decididamente o padrinho ia expulsá-la de casa... seu primeiro ímpeto foi voltar, atirar-se aos pés de João da Mata e pedir-lhe, suplicar-lhe por amor de Deus, por quem era que a perdoasse, que fora uma fraqueza, uma criancice... Isto, porém, seria complicar a situação, confessar-se culpada, entregar-se à cólera do amanuense. E ao sentar-se à mesa de jantar foi acometida por uma convulsão de choro mudo, com a cabeça entre as mãos, cotovelos fincados na mesa, olhos fixos na luz moribunda da velinha de carnaúba.

O padrinho berrou, jurou acabar com "a bandalheira", disse horrores do Zuza, e, afinal, que felicidade para a rapariga, foi se deitar com a mulher. Maria suspirou forte como se lhe tivessem tirado um grande peso do coração; e agora, só no seu quarto, lia e relia a carta do acadêmico, muito à fresca, sentindo um bem-estar confortável na sua rede de varandas, branca e sarapintada de encarnado.

Fazia calor.

Maria costumava dormir com a vela acesa, numa palmatória de flandres. Noutro quarto, defronte, ressonava a cozinheira, uma tirando para velha, chamada Mariana, e, no corredor, o Sultão abanava as orelhas sacudindo as pulgas. De quando em quando havia um barulho de asas na sala de jantar: era a sabiá debatendo-se na gaiola, assombrada.

Agora, sim, Maria estava só, completamente só, podia ler à vontade, uma, duas, três... quantas vezes quisesse, a carta do Zuza. Nada como a noite para os namorados! Era só quando ela gozava a sua liberdade, à noite, no seu quarto, em camisa, fazendo o que bem entendesse...

"Minha senhora", dizia o futuro bacharel, muito respeitoso. "Tomo a liberdade de me dirigir a V. Exa. confiado na sua infinita bondade, nessa bondade que se revela em seus esplêndidos olhos de madona e na brandura meiga de sua voz cujo timbre me faz lembrar toda a melodia duma harpa eólia tangida por mãos de serafins... Tomo esta liberdade para dizer-lhe simplesmente que a amo! e que este amor só podia ser inspirado pela incomparável luz de seu olhar e pela música sentimental de sua voz... Amo-a deveras... Só me resta esperar que V. Exa. aceite este amor como tributo sincero de um coração avassalado por sua beleza encantadora, e então serei o mais feliz dos homens.

D. V. Exa. adm. e escravo José de Souza Nunes"

Isto numa letrinha microscópica, indecifrável quase.

Maria esteve meditando muito tempo sobre a resposta que devia dar ao estudante, com os olhos na parede onde esbatia a sombra da rede ao comprido. Para não responder, ficava-lhe mal, era uma falta de consideração. Devia responder fosse o que fosse. E, nessa dúvida, lia e relia a carta numa inquietação que lhe tirava o sono. Realmente, começava cedo a sua carreira amorosa e começava por um aspirante a bacharel! Seria verdade aquilo ou o rapaz queria divertir-se à sua custa? O Zuza parecia-lhe um bom moço, muito bem-educado, incapaz de seduzir uma rapariga honesta, de costumes irrepreensíveis, refratário a pagodeiras... Às vezes, porém, tinha cara de pedante com os seus óculos de ouro, com a sua flor na botoeira, dizendo que dê, dê-me você isto, faça você aquilo, ora sebo!

Maria implicava com certos modos do rapaz.

É verdade que tinha fortuna, era filho dum homem de bem, dum coronel... Mas...

E lá vinha o mas, e a dúvida não se desfazia.

Imaginava-se ao lado do Zuza, numa casinha muito bem mobiliada, com cortinas de cretone na sala de jantar e um viveiro de pássaros — ele, de chambre e gorro sentado na escrivaninha a fazer versos, feliz, despreocupado; ela com um robe de chambre todo branco, fitinhas na frente de alto a baixo, cabelo solto, a ler o último romance da moda, recostada na espreguiçadeira, sem filhos... Que vida!

Ao mesmo tempo lembrava-se de que o Zuza podia lhe sair um marido muito besta e casmurro, cuidando somente da papelada de autos e requerimentos, um advogado com escritório e tabuleta à porta para fazer... nada! Ela, por outro lado, a cuidar dos filhos, muito besuntada, da sala para a cozinha numa azáfama de burguesinha reles. Boas!

E não assentava ideias, a mente que nem um rodopio, fantasiando situações disparatadas, coisas impossíveis.

Leu outra vez a carta, analisando-a palavra por palavra, repetindo as frases à meia voz.

Aquela linguagem alambicada e dengosa quis-lhe parecer tosca demais para ter sido do punho dum estudante de direito. — Que idiota! pensava; comparar seus olhos com olhos de madona e sua voz com uma harpa eólia! — E, num arrebatamento, levantou-se e guardou a carta na caixinha de fitas. — "Qual olhos de madona! Qual harpa eólia, qual nada, seu besta!"

Daí a pouco também ressonava com a respiração leve como uma carícia. O dia seguinte era domingo. Todos em casa do amanuense acordaram muito bem dispostos.

Havia missa cantada na Sé. Espocavam foguetes e repicavam sinos. Meninos apregoavam numa voz cantada a *Matraca* a 40 réis! — um jornaleco imundo que falava da vida alheia e que por duas vezes trouxera sujidades contra João da Mata. Maria do Carmo quis ver o que dizia a *Matraca*, apesar de o padrinho ter proibido expressamente a entrada do pasquim em sua casa. Ali só lhe entrava a *Província*, dissera ele; isso mesmo porque o José Pereira não exigia pagamento de assinatura. O mais era uma súcia de papéis nojentos que só serviam para... — Maria deu um pulo até a casa da viúva Campelo e aí pôde comprar a *Matraca*. O padrinho estava no banho. — O Namoro do Trilho de Ferro! — gritavam os vendedores. Maria teve um palpite. Certo aquilo era com ela. Que felicidade o padrinho estar no banho! Pagou ao menino, pedindo-lhe pelo amor de Deus que não gritasse mais o Namoro do Trilho de Ferro. Abriu o jornal ansiosa. Que horror! Havia, com efeito, uma piada sobre ela e o Zuza. Mais que depressa correu a mostrar à Lídia.

— Estás vendo, menina? Lê isto aqui. E apontou com o dedo.

Eram uns versos de pé de viola que contavam o recente namoro do Zuza:

"A normalista do Trilho,
ex-irmã de caridade,
está caída pelo filho
dum titular da cidade.
O rapazola é galante
e usa flor na botoeira:
D. Juan feito estudante
a namorar uma freira...
Eis por que, caros leitores,
eu digo como o Bahia:
— Falem baixo, minhas flores,
Senão... a chibata chia!..."

...

Lídia achou graça na versalhada. Ela também já saíra na *Matraca*.

— Um desaforo, não achas? — perguntou a normalista indignada.

— Que se há de fazer, minha filha? Ninguém está livre destas coisas no Ceará moleque.

Não se pode conversar com um rapaz, porque não faltam alcoviteiros. Olha, eu aposto em como isto que aqui está saiu da cachola do Guedes.

— Que Guedes?

— Ó mulher, o Guedes, um do Correio... Dizem até que está feito redator principal da *Matraca*.

— E que mal fiz eu a esse Guedes que nem sequer me conhece?

— Eu te digo. O Guedes andou a querer namorar-me. Chegou a escrever-me uma carta muito errada e piegas, pedindo uma entrevista... Que fiz eu? Ri-me muito das asneiras do bicho, troceio-o a valer e mandei-o pastar bem... Ora, o Guedes sabe que nós somos muito amigas e talvez queira vingar-se indiretamente. Aí está o que é, menina. Manda-o plantar couves e rasga esta baboseira, que isto não vale senão nada.

— Não vale nada, mas toda a gente lê e acredita, é o que é.

— Sabem lá qual é a "normalista do Trilho"!

A propósito Maria contou as ocorrências da véspera, a carta do Zuza, a cólera do padrinho, muito vexada.

Estavam à janela, em pé, frente a frente. D. Amanda andava para os fundos da casa a mourejar. No fim da rua, do lado da Estrada de Ferro, uma locomotiva fazia manobras, chiando, a deitar vapor fora. Chegou até a frente da casa da viúva, soltou um guincho rápido e voltou estralejando sobre os trilhos.

...E os sinos a repicarem na Sé e girândolas de foguetes estourando no ar. Chegavam espaçados sons de música que o vento trazia.

— Não sei se devo responder — disse Maria dando a carta à amiga. Ele com certeza vem hoje para a véspora...

— De forma que tens um compromisso a satisfazer...

— Compromisso?

— Sim, porque quem cala consente. Aceitaste a carta, agora é responder. Diz-lhe que o amas também e que desde já o consideras teu noivo. Nisso de amor quanto mais depressa melhor. Eu pelo menos o entendo assim. Queres, eu faço a minuta.

— Eu, escrever para um homem?

— Tola! Que crime há nisso? Eles não escrevem para nós? Olha, tolinha, não sejas criança. O homem foi feito para a mulher e a mulher para o homem.

— Mas...

— Não tem mas nem meio mas. Decide-te a namorar o rapaz e deixa-te de meninices. Tu é que tens a lucrar. O Zuza tem fortuna, está a formar-se e com mais um ano pode ser teu marido e fazer-te muito feliz.

O que é que esperas de teu padrinho, um sujeito estúpido e usurário como um urso? Já não tens pai nem mãe e ele já fala em tirar-te da Escola. É muito homem para botar-te a cozinhar. Não sejas tola!...

Lídia interrompeu-se para cumprimentar um cavaleiro que passava. Era o Zuza montado num alazão reluzente ao sol, de cauda aparada e arreios de prata. O estudante trajava flanela e meias-botas de polimento, chapéu castor desabado, uma grande rosa branca no peito, luva, rebenque, muito vistoso com seus óculos de ouro e seu bigodinho retorcido para cima.

Fazia o costumado passeio matinal e lembrara-se de passar à porta do amanuense.

Cumprimentou rasgadamente a Campelinho. Maria ocultou-se envergonhada atrás do postigo olhando por entre as gretas.

— Adorável! — fez Lídia. E tu ainda queres mais, hein, minha tola?

Como sentia não ser ela a querida do Zuza! Ambos com vinte anos de idade, encarando a vida por um mesmo prisma: passeios a cavalo, toaletes de verão e de inverno, como nos figurinos, com chácara no Benfica, um faetonte para virem à cidade, vacas de leite... Um maná!

Tinha "o seu", o Loureiro, mas o guarda-livros parecia-lhe muito casmurro, muito indiferente a essas coisas de bom gosto, aos requintes da vida aristocrática que ela ambicionava tanto. Queria-o mais por um capricho, porque não encontrava outro homem em melhores condições que desejasse casar com ela. Sabia de sua má fama e agarrava-se ao Loureiro como a uma tábua de salvação. Tudo menos ficar para tia. Verdade, verdade, o Loureiro não era um sujeito ignorante e pobre que lhe fizesse vergonha; mas não tinha certo aprumo, certa elegância no trajar; aferrava-se à calça e ao colete branco, invariavelmente, e ninguém o demovia daquele velho hábito. Entretanto, possuía seu cabedal em casas e apólices da dívida pública. Ao passo que o outro, o Zuza, sabia empregar seu dinheiro divertindo-se, trajando bem, passeando como um príncipe. Uma simples questão de temperamento.

— Atira-te, minha tola. Aproveita enquanto o Brás é tesoureiro...

— Que queres tu que eu faça?

— Escreva logo essa carta e faze como eu: marca o dia do casamento. Assim é que se faz.

Quem pensa não casa, lá diz o ditado, e é muito certo.

A voz de D. Terezinha chamou a Maria do outro lado da rua. Era hora do almoço. O amanuense estava apressado porque tinha de ir à praia, ao embarque do conselheiro Castro e Silva que seguia para o Rio de Janeiro.

João da Mata almoçou às carreiras, como quem vai tomar o trem, e abalou, enfiando-se no inseparável e já velho chapéu-chile.

Seriam onze horas e pouco mais ou menos. Um mormação de fornalha abafava os transeuntes que desciam e subiam a rua de Baixo a pé, esbaforidos.

No porto havia grande lufa-lufa de gente que embarcava e desembarcava simultaneamente, bracejando, falando alto. A maré de enchente, crispada pela ventania de sudoeste, num contínuo vaivém, alagava o areal seco e faiscante. Gente muita ao embarque do conselheiro. Curiosos de todas as classes, trabalhadores aduaneiros de jaqueta azul, guardas de Alfândega e oficiais de descarga com ar autoritário, de fardeta e boné, marinheiros da Capitania, confundiam-se numa promiscuidade interessante. Jangadeiros, arregaçados até os joelhos, chapéu de palha de carnaúba, mostrando o peito robusto e cabeludo, iam armando a vela às jangadas. A cada fluxo do mar havia gritos e assobios. Um alvoroço!

Jangadas iam e vinham em direção do Nacional, que tombava como um ébrio, aproado ao vento. Apenas quatro navios mercantes fundeados e uma canhoneira argentina. Reluzia em caracteres garrafais, pintadinhos de fresco na popa duma barca italiana — "Civita Vecchia".

O vapor apitou pedindo mala. Era uma maçada ir a bordo com a maré cheia e um vento como aquele. Demais o sol estava de rachar. Um carro parou à porta da Escola de Aprendizes de marinheiros: era o conselheiro, metido numa sobrecasaca muito comprida, cheia de atenções.

Já o esperavam os amigos receosos de que o vapor não suspendesse sem "o homem".

A música da Polícia, formada à porta do quartel, gaguejou o Hino Nacional e o conselheiro, cheio de si, cortejando à direita e à esquerda, muito ancho, seguiu a tomar o escaler da Alfândega.

— Pílulas! — fez João da Mata limpando a testa. Não vale a pena a gente se sacrificar com um calor deste!

Lá adiante encontrou o Loureiro, que vinha de despachar uma fatura no Trapiche, muito apressado com a sua calça branca lustrosa de gomas sem uma dobra.

— "Por ali?" — "É verdade, tinha ido a negócio."

— Que há de novo? — tornou o Loureiro.
— Nada. Vou aqui ao embarque do conselheiro.
— Há de ganhar muito com isto...
— Que quer, filho? A política, a política...
— Qual política, homem! Com um solão deste não havia quem me fizesse ir a embarque de filho da mãe nenhum.

Uma lufada de poeira redemoinhou a dois passos dos interlocutores derribando bruscamente o chapéu do amanuense, pondo-lhe a calva à mostra.

— Com os diabos! — vociferou João da Mata abaixando-se mais que depressa para apanhar o seu chile que rodava sobre as abas numa disparada vertiginosa por ali afora.

— Fiau! Fiau! Pega! Pega! — prorrompeu a garotada numa vaia estrepitosa de gritos e assobios.

— Canalha! — resmungava o homem, enquanto o Loureiro escafedia-se daquela situação grotesca, sacudindo com a ponta dos dedos a poeira do paletó, muito calmo.

O conselheiro tinha chegado ao trapiche com o seu préstito oficioso de amigos.

O amanuense encavacou deveras — "Diabos levem conselheiros e tudo!" — dizia ele mal-humorado, piscando os olhos desesperadamente por trás dos óculos escuros, cobrindo a calva com um lenço para não constipar. E dali mesmo voltou à casa maldizendo-se por haver deixado os seus cômodos por uma estopada inútil daquela.

Dava meio-dia. À porta do quartel de linha um soldado soprava a todo pulmão numa corneta muito bem areada.

João da Mata caminhava devagar, automático, como quem vai com uma ideia fixa. Que seca! Podia muito bem estar em casa àquela hora, metido na sua camisola fresca, de papo para o ar na rede, ao aconchego morno da afilhada, saboreando-lhe o cheiro bom das carnes; entretanto ali vinha ofegante como um boi e suado como dois burros, todo emporcalhado de poeira, furioso. Não lhe contassem para outra. Já tinha pensado mesmo em abandonar para sempre a política. Pílulas! Mal lhe chegava o tempo para pensar na Maria do Carmo, naquela deliciosa boquinha fresca e rosada, boa para a gente levar a vida inteira a beijar...

O Zuza tinha-lhe acordado o instinto; receava agora que a menina se deixasse levar pelas gabolices do estudante e então lá se iam os seus belos projetos águas abaixo.

Nunca se preocupara tanto com Maria do Carmo. Desde que o Zuza começou a frequentar a rua do Trilho não lhe saía mais da cabeça a afilhada. A própria D. Terezinha por vezes tinha estranhado os seus modos para com a menina.

Achava a Teté uma mulher gasta: queria uma rapariga nova e fresca, cheirando a leite, sem pecados torpes, a quem ele pudesse ensinar certos segredos do amor, ocultamente, sem que ninguém soubesse... Estava farto do "amor conjugal". Nunca experimentara o contato aveludado de um corpo de mulher educada, virgem das impurezas do século. E quem melhor que Maria do Carmo, uma normalista exemplar e recatada, poderia satisfazer os caprichos de seu temperamento impetuoso? Era sua afilhada, mas, adeus! Não havia entre ele e a menina o menor grau de consanguinidade, portanto, não podia haver crime nas suas intenções... Se Maria houvesse de cair nas garras de algum bacharelete safado, fosse ele, João da Mata, o primeiro a abrir caminho...

Demais, argumentava de si para si, podia arranjar tudo sem que ninguém soubesse. O segredo ficaria entre ele e a afilhada, inviolável como a sepultura de um santo.

E ia parafusando num meio simples e natural de conquistar o coração de Maria. — Toda a questão era de oportunidade.

Àquela hora a normalista arrastava ao piano a valsa *Minha esperança*, cuja cadência punha uma monotonia irritante na quietação morna da rua do Trilho.

CAPÍTULO IV

O futuro bacharel em leis ou simplesmente o Zuza, como era conhecido em Fortaleza o filho do coronel Souza Nunes, passava uma vida regalada, usufruindo largamente a fortuna do pai avaliada em cerca de cem contos de réis. O coronel franqueava a burra ao filho com uma generosidade verdadeiramente paternal. Queria-o assim mesmo, com todas as suas manias aristocráticas e afidalgadas, com os seus jeitos elegantes, arrotando grandeza e bom gosto, tal qual o presidente da província de quem se dizia amigo.

— "Cada qual com seu igual" — doutrinava o coronel. O que não admitia é que o filho se metesse com gente de laia ruim, que ele, coronel, nunca descera de sua dignidade para tirar o chapéu ou apertar a mão a indivíduos que não tivessem uma posição social definida.

Aprendera isso em pequeno com o pai, o finado desembargador Souza Nunes, homem de costumes severos, que sabia dar aos filhos uma educação esmerada, quase principesca. O Zuza, dizia ele, não era mais do que uma vergôntea digna desse belo tronco genealógico dos legítimos Souza Nunes, tão nobres quanto respeitados no Ceará.

Era um orgulho para o coronel ver o filho passar a cavalo com o presidente, alvo do olhar bisbilhoteiro do mulherio elegante, em trajes de montaria, roupa de flanela, botas, chapéu mole desabado.

O Zuza dava-se muito com o presidente, que também pertencia a uma alta linhagem de fidalgos de São Paulo e fora educado na Europa: um rapagão alegre, amador de cavalos de raça, ilustrado e amigo de mulheres.

As revelações da *Matraca* sobre o namoro do Trilho de Ferro deram o que falar à cidade inteira. Nas rodas de calçada, o fato propalou-se imediatamente à guisa de escândalo. A princípio, ninguém sabia ao certo qual era a tal "normalista ex-irmã de caridade". Que havia de ser a

Lídia Campelo, afirmavam uns. Mas a Campelinho nunca fora religiosa quanto mais freira. Afinal sempre se veio a saber a verdade e espalhou-se logo que a afilhada do João da Mata estava com um namoro pulha mais o estudante. Não era Lídia, mas dava no mesmo, dizia-se: ambas estudavam na mesma escola, eram dignas uma da outra.

E toda a gente dizia sua pilhéria, atirava seu conceito à boca pequena, com risadinhas sublinhadas — pilhérias e conceitos que chegavam até aos ouvidos do coronel Souza Nunes, percucientes, incisivos como ferroadas de maribondos. " Não era possível, pensava ele. O Zuza era incapaz de semelhante criancice; um rapaz de certa categoria não se deixa iludir por uma simples normalista sem eira nem ramo de figueira, uma rapariga sem juízo, filha de pais incógnitos, educada em casa dum amanuense reles. Quem, o Zuza? Pois não viram logo a monstruosidade do absurdo? Era uma calúnia levantada a seu filho. Que esta! Não faltava mais nada senão ver o nome do rapaz em letra redonda estampado na *Matraca*, um jornaleco imundo como uma cloaca!"

Morava na rua Formosa, numa casa assobradada e vistosa com frontaria de azulejos, varandas e dois ananases de louça no alto da cimalha, à velha moda portuguesa.

O coronel gostava de passar bem, de "fazer figura", e, até certo ponto, revelava uma natureza delicada que não era indiferente ao aspecto exterior das coisas; sabia mesmo aquilatar objetos de arte, escolher bricabraques. No que respeita a asseio, ninguém o excedia.

Era o que se pode chamar "um homem de bons costumes", um pouco orgulhoso e duma suscetibilidade a toda prova em matéria de dignidade pessoal: irrepreensível e caprichoso tanto na intimidade doméstica como na vida pública.

Fazia gosto a sala de visitas, forrada a papel-veludo claro com ramagens cinzentas, mobiliada com inexcedível graça, sem ostentação, sem luxo, mas onde se notava logo certa correção no arranjo dos móveis, na colocação dos quadros, na limpidez dos cristais.

Ao fundo, entre as duas portas altas e esguias que diziam para o interior da casa, ficava o piano, um Pleyel novo, muito lustroso, sempre mudo, sobre o qual assentavam estatuetas de biscuit. À direita, descansando sobre grandes pregos dourados, o retrato a óleo do coronel, com a sua barba em ponta, olhava para o piano, muito sério, em simetria com o da esposa.

O corredor da entrada separava a sala de visitas do gabinete do Zuza que ficava à esquerda. — "Não faltava mais nada!" — repetia mentalmente o coronel, estendido na espreguiçadeira de lona, pernas trançadas, defronte da varanda, aparando as unhas.

Em casa, usava calças brancas, paletó de seda amarelo e sapatos de entrada baixa com flores no rosto de lã.

Era hora do almoço, o Zuza não devia tardar. Ia falar-lhe decididamente; aquela história do namoro não lhe cheirava bem. Talvez o filho tivesse mesmo a estroinice pueril de desfrutar a rapariga.

Daí a pouco entrou o estudante. Vinha muito jovial, cantarolando o Bocácio:

Se acaso algum de nós
tiver por sina atroz
mulher que se não cale
que a toda hora fale...

E repetia muito alegre:

— Trá lá lá lá... trá lá lá lá...

— Vem muito alegre, hein, meu filho? — interrompeu o coronel da sala. Zuza tinha entrado para o gabinete e começava a despir-se.

— Ah! Meu pai estava aí?

E logo:

— Trago uma novidade.

— Vejamos...

— Vou a Baturité com o presidente.

— Ainda bem, ainda bem... — fez o coronel num tom desusado, sem erguer a cabeça.

— Como ainda bem? — inquiriu o estudante aproximando-se.

Apenas trocara o fraque por um paletó de brim branco.

— Porque... porque... Eu precisava mesmo falar-te. Ora, dize, uma coisa: leste o último número da *Matraca*?

Zuza franziu os sobrolhos desconfiado, com um risinho seco. — "Não tinha lido a *Matraca*, não. Um jornaleco imoral que andava por aí? Não, não tinha lido. Por quê?"

— Que história é uma de namoro no Trilho de Ferro? Fala-se em ti, no teu nome, numa normalista...

Cresceu o assombro do rapaz.

— Eu?!... Meu pai está gracejando...

— Juro-te que não. Mas olha, quem diz é a *Matraca* e alguém afirmou-me particularmente que a rua está cheia...

— E esta! — fez o Zuza cruzando os braços admirado. Pois meu pai não vê logo que isto é um gracejo de mau gosto, um canalhismo de província?

— O que é certo é que não te fica bem a brincadeira.

— Absolutamente não, e eu preciso saber quem é o autor do pasquim...

A criada avisou que o almoço estava na mesa.

— ... Sim — continuou Zuza —, vou informar-me, preciso saber...

— Eis aí está por que fazes bem indo passar uns dias a Baturité.

E, polindo as unhas, o coronel dirigiu-se para a sala de jantar, grave como um apóstolo do bem, enquanto o filho ia desabafando suas cóleras contra a sociedade cearense.

— "Uma sociedade que lê a *Matraca* e gosta!"

No outro dia, com efeito, o futuro bacharel seguia no expresso para Baturité em companhia do Dr. Castro, presidente do Ceará.

Lia-se na *Província*:

"Segue amanhã, pela manhã, com destino a Baturité, a fim de visitar a importante fábrica Proença, o Exmo. Sr. Presidente da *Província*. Acompanham o ilustre amigo do Ceará os nossos distintos amigos e correligionários Srs. Dr. José de Souza Nunes e José Pereira, nosso colega de redação. S. Exa. pretende demorar-se alguns dias naquela cidade."

Maria do Carmo leu com surpresa a notícia da *Província* e não pôde conter um gesto de despeito. Era desse modo que o Sr. Zuza estava doido por ela! Ir-se embora sem ao menos lhe comunicar! Nem sequer deixara um bilhetinho, um cartão com duas palavras, duas somente!

Que custava escrever num pedaço de papel — Vou e volto?

Zangara-se deveras, atirando a folha para um lado, trombuda, furiosa.

Estava tudo acabado, não falaria mais no Zuza, não lhe escreveria: que fosse bugiar!

Moças havia muitas no Ceará: que procurasse uma lá a seu jeito e ela por sua vez trataria de arranjar noivo, mas noivo para casar, noivo sério, noivo de bem!

Entretanto, Maria não tinha feito reparo na despedida do Zuza, um soneto em decassílabos, com sílabas demais nuns versos e de menos noutros. "Adeus" — era o título e vinha na terceira página da *Província*. Depois é que viu porque a Lídia mostrou-lhe.

— Já estavas fazendo mau juízo do rapaz, hein? — disse a Campelinho.
— Certamente — confirmou Maria. Nem ao menos teve a lembrança de me avisar!
— Como querias tu que ele avisasse se ainda não lhe respondeste a carta?
Maria esteve pensando com o jornal na mão, lendo e relendo os versos, e, meio arrufada, meio risonha:
— Embora! O dever dele era me participar. O homem é que faz tudo...
E, na manhã seguinte, muito cedo, pulou da rede e foi no bico dos pés, embrulhada no lençol, ver passar o trem através da vidraça.

A locomotiva disparou numa rapidez crescente, soltando rolos de fumo e fagulhas que pareciam uma irrisão aos olhos da normalista. A sineta, num badalar contínuo, acordava os moradores do Trilho, àquela hora ainda nos lençóis.

Maria viu passar a enfiada de vagões estralejando sobre os trilhos e esteve muito tempo em pé ouvindo o silvo longínquo da locomotiva que ia, como uma coisa doida, sertão adentro! Começou então a sentir-se só; teve vontade de abrir num choro histérico como se lhe houvessem feito uma grande injustiça. Voltou para a tepidez do seu quarto e lá deixou-se ficar até sair o sol, com um peso no coração, encolhida na rede, sem ânimo para levantar-se, desejando um querer que era vago, extraordinário, que lhe punha arrepios intermitentes na pele. Que bom se o Zuza estivesse ali com ela, na mesma rede, corpo a corpo, aquecendo-a com seu calor... Àquela hora onde estaria ele? Talvez em Arronches...; não, já devia ter chegado a Mondubi... Imaginava-o metido num comprido guarda-pó de brim pardo, tomando leite fresco na estação, ao lado do presidente, tirando do bolso da calça um maço de notas de banco, muito amável, rindo... Depois o trem apitava. Havia um movimento rápido de gente que embarcava às pressas e... lá ia outra vez por aqueles descampados afora, caminho da serra que se via ao longe, rente com as nuvens, como aquelas cadeias colossais de montanhas onde há gelos eternos e que na geografia têm o nome de Alpes...

De repente, lembrou-se:
"— E se o trem desencarrilhasse...?" Ia adormecendo quando lhe veio à mente esta ideia.

Sentou-se na rede, esfregando os olhos, como se tivesse acordado de um pesadelo. "— Se o trem desencarrilhasse o presidente morreria também..."

... Teve um consolo. Não, o trem havia de chegar em paz com todos os passageiros.

Espreguiçou-se toda com estalinhos de juntas e, maquinalmente, deixou escapar um — ai! ai! — muito lânguido e prolongado.

Lá fora recomeçava a labuta cotidiana. A criada puxava água da cacimba; o cargueiro de água potável enchia os potes; cegos cantavam na rua uma lengalenga maçante, pedindo esmola numa voz chorada; vendedores ambulantes ofereciam cajus... Havia um ruído matinal de cidade grande que desperta.

Nesse dia, Maria do Carmo não foi à Escola Normal: que estava incomodada, com uma enxaqueca muito forte.

João da Mata tomou-lhe o pulso, mandou que mostrasse a língua, muito solícito, com cuidados de pai: — "Não era nada, uma defluxeira." E largou-se para a Repartição, palitando os dentes.

A Lídia, essa tinha liberdade plena em casa da mãe, ia à Escola quando queria e, se lhe convinha, lá não punha os pés. Deixou-se ficar também com a Maria. — Tinham muito que conversar.

— Que saudades, hein? — começou a Campelinho.

Estavam sós, na sala do amanuense. D. Terezinha tinha ido à casa da viúva mostrar um corte de fazenda que o Janjão lhe comprara.

Maria, derreada na cadeira de balanço, fechou o volume que estivera lendo, e, com um bocejo: — "É verdade, o diabo do rapaz não lhe saía da lembrança. Nem um castigo... Mas estava muito desgostosa da vida, já andavam inventando histórias, calúnias..."

— Não te importes, minha tola. Ora! Ora! Ora!... Isso a gente faz ouvidos de mercador e vai para adiante. A vida é esta, e tola é quem se ilude.

— Não, Lídia, as coisas não são como tu pensas. No Ceará, basta um rapaz ir duas vezes à casa de uma moça para que se diga logo que o namoro está feio, que é um escândalo, e nós é que somos prejudicadas. "Ah! Porque já não é mais moça, porque é uma sem-vergonha", é o que dizem...

— Pois olha, esta aqui há-de namorar até não poder mais. Queres que te diga uma coisa?

Isso de casamento é uma cantilena...

E, num assomo de despeito, a Campelinho lembrou mulheres casadas que tinham amantes e que viviam muito bem na sociedade; citou a mulher do Dr. Mendes, juiz municipal. Estava ali uma que fora encontrada aos beijos com o José Pereira, da *Província*, em pleno Passeio Público!

Quem era que não sabia? Ninguém. Entretanto, frequentava as melhores famílias da capital — era a Sra. D. Amélia! Queria outro exemplo?

E abaixando a voz:

— Aqui mesmo em casa o tens, minha tola. Ninguém ignora neste mundo que D. Terezinha é amigada com teu padrinho. E tudo mais é assim, querida Maria. A canalha fala de inveja, invejosos é o que não faltam nesta terra.

Maria prestava atenção, silenciosa.

— Então — disse ela por fim —, achas que devo continuar o namoro?

— Que dúvida, mulher! Eu é porque já tenho o meu. Assim mesmo...

Maria sentiu uma pontinha de ciúme roçar-lhe o coração. Disfarçou com um risinho seco.

— Eu estive pensando — disse —, caso o Zuza me pregue uma taboca...

— Nada mais simples: prega-lhe outra casando-te com o primeiro bilontra que aparecer.

Amor com amor se paga...

— Não, falemos sério...

— Que queres tu que se diga? Eu cá não costumo enganar ninguém. Sou muito franca. — Pão, pão, queijo, queijo...

— Dão licença? — disse uma voz fora, na rua.

Era D. Amélia, mulher do Dr. Mendes.

Maria foi abrir a rótula.

— Oh! Por ali?...

— É verdade, meninas, venho morta de calor. Uf! Que solão, que solão!

Lídia, muito expedita e pronta, ajudou a desatar o véu e a tirar as luvas. Como estava a Teté? — perguntou D. Amélia muito afogueada, tirando o chapéu defronte do espelho. D. Amanda ia bem? E sentando-se:

— Já sei que não foram hoje à Escola... Boa vida! Não há como ser moça. Pois, meninas, venho duma seca. Fui ali à casa da costureira experimentar o meu vestido de cetim...

— Isso que é boa vida — disse a Campelinho —, passeios, vestidos...

Maria tinha ido chamar a madrinha: que era um pulo.

— Qual passeios! Quem tem filhos pode lá passear?

D. Terezinha não se fez esperar. Entrou sacudindo os quadris, bamboleando-se toda.

— Ora viva! — disse atirando-se nos braços de D. Amélia. Como vai, como tem passado?

— Que milagre!

Agora todas falavam a um tempo, rindo, gabando-se.

— Sabem quem esteve ontem conosco?... O Zuza. Diz que volta sábado de Baturité.

Gabou muito a Maria: que é uma cearense distinta, muito prendada, chique a valer, um horror! Ao que parece temos casório...

— Qual casório! — fez Maria com um rubor nas faces. Invenções...

— Não havia de ser contra a minha vontade — disse D. Terezinha. — Seria até uma felicidade.

Deus o permita...

Falaram de modas.

D. Terezinha alardeou o seu rico vestido de cetim, que a viúva Campelo achara de muito bom gosto.

D. Amélia queixou-se do marido: um homem sem gosto, um mosca-morta, muito desleixado, com venetas de doido. Ela até já se aborrecia, porque o Mendes tinha o mau costume de beber aguardente; às vezes chegava tropeçando, com a língua pegada, sem poder falar. Vestidos ela via-os de ano em ano. Um indiferente, o Mendes. Sofria de uma erisipela na perna direita que o proibia de trabalhar meses inteiros...

— Pois olha — disse D. Terezinha —, o meu faz-me as vontades, mesmo porque eu não sou mulher de muitos me-deixes. Todos os meses é pra ali um vestido. Diabo é quem os poupa!

Também, minha filha, dou-lhe toda liberdade, fora e dentro de casa. Felizmente não tenho queixa dele.

Lídia pediu a D. Amélia que tocasse alguma coisa, a *Juanita*, que era a valsa da moda.

A propósito, D. Amélia perguntou se já tinham ido ao teatro. Que fossem, que fossem. O grupo lírico da Naguel estava fazendo sucesso. A Belle-Grandi era um mulherão capaz de arrebatar uma plateia inteira. Que modos, que requebros! Domingo ia a Juanita pela última vez em benefício da Aliverti. Que fossem. Era uma opereta interessantíssima, por sinal tinha sido representada cem vezes na Corte! A beneficiada ia fazer o papel de Juanita.

— Eu é para que tenho jeito — atalhou a Campelinho — é para o teatro. Deve ser uma vida tão cheia de sensações a das atrizes... Vestem-se de todas as formas, recebem presentes ricos, joias, anéis de brilhante... são aplaudidas e ainda por cima ganham dinheiro à ufa. Eu já disse à mamãe, mas ela não quer por coisa alguma, diz que é uma vida imoral... Tolice! Há tanta gente boa nos teatros... A última vez que fui ao circo chileno fiquei encantada pela *Estrela do Mar*!

— É o que você pensa, menina — disse D. Amélia. — Essas pobres mulheres fazem um ror de sacrifícios... Sabe Deus quanto lhes custa uma noite de espetáculo! Acabam quase sempre miseráveis, coitadas, nalgum quarto de hotel, a esmolas. Enquanto são moças ainda, ainda encontram quem lhe estenda a mão, porém, depois, morrem por aí em qualquer pocilga, sem um real para a mortalha. *Tibis*, menina, nem se lembre de tal coisa!

Maria, a um canto do sofá, pensava no estudante, perdida num labirinto de reflexões, com uma languidez no olhar vago. O Zuza preocupava-a como um sonho d'ouro. Começava a sentir o que nunca sentira por homem algum, certo desejo de ter um marido a quem pudesse entregar-se de corpo e alma, certa sentimentalidade sem causa positiva, uma como abstração do resto da humanidade. E, quando D. Amélia, sentando-se ao piano, começou a tocar a *Juanita*, veio-lhe um vago e esquisito desejo de ir-se pelo mundo afora nos braços do "seu" Zuza, rodopiando numa valsa entontecedora até cansar... Via-se nos braços dele, arquejando ao compasso da música, quase sem tocar o chão, voando quase leve como um floco de algodão, como uma pena, como uma coisa ideal e aérea... E lembrava-se do padrinho. Ah! O padrinho queria tanto mal ao Zuza... Doravante ia agradar muito a João tratá-lo com mais carinho, dar-lhe muitos cafunés, fazer-lhe todas as vontades, adulá-lo, a fim de que ele não ralhasse por causa do estudante. Que tola não ter escrito logo ao Zuza, àquele Zuza que era agora a quantidade constante de seus cálculos, a preocupação única de seu espírito, o seu alter ego!

Sim, porque de resto, ela não havia de ser nenhuma freira que ficasse por aí solteirona, sempre casta como uma vestal.

A Lídia tinha razão — a mulher fez-se para o homem e o homem para a mulher. Era sempre melhor aceitar a cartada que se lhe oferecia do que entregar-se aí a qualquer caixeiro de armarinho, a qualquer lojista usurário e safado. Ao menos o Zuza tinha dinheiro e posição, era um rapaz conceituado. Comparava-se com a Lídia e sentia-se outra, muito outra, noiva de um moço elegante, estimada, querida por todos. Ninguém se lembraria, depois, de sua origem humilde, todo o mundo a respeitaria como esposa do Sr. Dr. José de Souza Nunes! Começava mesmo a sentir uma grande afeição pelo Zuza.

As últimas notas do piano produziram-lhe uma comoçãozinha, uma ponta de saudade sincera, um arrepio na epiderme. E, levantando-se muito desconfiada, foi juntar-se às outras que palravam por quantas juntas tinham.

A voz de Campelinho timbrava muito fina e metálica, traduzindo todo um temperamento nervoso e irrequièto.

Acharam deliciosa a valsa da *Juanita*. Maria também deu o seu parecer: que era linda, que ia ensaiá-la. Falavam alto, numa intimidade de amigas velhas, sem pensar nas horas que iam passando rapidamente.

Fazia sombra na calçada. Pela janela aberta entrava uma poeira sutil que punha uma camada muito tênue e pardacenta no verniz gasto dos móveis. Vinha lá de dentro, de envolta com o fumaceiro da cozinha, um cheiro gorduroso e excitante de guisados.

Deram três horas.

— Jesus! — fez D. Amélia erguendo-se admirada. Três horas! Vou-me chegando, meninas.

— Agora fique para jantar — solicitou D. Terezinha. — Nada de cerimônia, o Janjão não tarda,

é comida de pobre, mas sempre se passa...

— Ora fique, Jesus!

— Não, Tetezinha de minha alma, não posso, o Mendes me espera, aquilo é um estouvado. Vim somente para pedir um favorzinho, mas é segredo...

— Oh! Filha...

Entraram as duas para a sala de jantar. A Mendes pediu água e, dando estalinhos com a língua, acariciando a mão de D. Terezinha, disse muito baixo, quase ao ouvido, engrossando a voz, que precisava de dez mil-réis para pagar a costureira e vinha pedir-lhos até o fim do mês. A Teté não imaginava: tinha em casa o essencial para a feira do dia seguinte! O Mendes pouco se importava que houvesse ou não dinheiro... Tivesse paciência, sim? Pagava, sem falta, no fim do mês.

Disse que os meninos andavam descalços, que as despesas eram muito grandes, alegou o preço da carne... Um horror! Não se podia num tempo daquele comer com pouco dinheiro.

Não sobrava nem para um vestido!

Também estava muito "quebrada", disse D. Terezinha compungida. O Janjão tinha feito um ror de despesas naquele mês; dava graças a Deus quando lhe vinha um dinheirinho do Pará, de rendas... Só ao velho Teixeira, um que emprestava dinheiro a juros, deviam duzentos mil-réis. Em todo caso sempre ia ver se arranjava pra cinco mil-réis. Era um instantinho.

Foi depressa à alcova, abriu com estrondo a gaveta da cômoda e daí a pouco voltou com uma nota de cinco mil-réis, muito velha e ruça, quase em frangalhos, que entregou à outra. Era só o que tinha para servi-la.

— Muito obrigada, minha santa, não sabe quanto lhe agradeço... No fim do mês, sem falta.

E guardando o dinheiro na velha bolsinha de couro da Rússia:

— Agora deixe-me ir.

— Por que não fica para jantar — insistiu D. Terezinha. — O Janjão está chegando, mande um recadinho ao Dr. Mendes.

— Qual, filha, não posso. O Mendes é muito enjoado; fica para outra vez, sim?

Beijaram-se depressa e a mulher do juiz municipal retirou-se com seu passo miudinho, arrepanhando o vestido.

— Apareçam, hein? — disse da rua. — Amor com amor se paga...

E desapareceu, como um foguete, na esquina.

Às quatro horas entrou o amanuense com a papelada debaixo do braço, muito suado, assobiando a *Mascotte*.

A Campelinho tinha se escapulido: que eram horas de jantar.

Maria do Carmo sentara-se ao piano e ensaiava a *Juanita*.

D. Terezinha, essa andava para dentro, às voltas com a cozinheira, provando as panelas, ralhando.

João apenas sacudiu os papéis sobre o sofá, foi direito à afilhada.

— A santa está tocando a *Juanita*? Que mimo, Jesus! Como se pode ser bonita assim!

E, sem dar tempo a Maria de defender-se, pôs-lhe um grande beijo na face. A normalista sentiu um braseiro no rosto ao contato da barba espinhenta do amanuense, e um bafo insuportável de álcool tomou-lhe as narinas. Era a primeira vez, depois que saíra da Imaculada Conceição, que o padrinho lhe beijava em cheio na face. O amanuense tinha-se aproximado devagarzinho, de mãos para trás, e, de repente, tomando-lhe a cabeça entre as mãos fedorentas a cigarro, beijou-a perto da orelha, continuando cinicamente a assobiar.

Ela apenas pôde dizer: padrinho! — agarrando-se à cadeira de mola. Ficou muito séria, a limpar o rosto com a manga do casaco. Ah! Mas dentro, nas profundezas da sua alma, teve um ódio imenso àquele homem nojento que abusava de sua autoridade sobre ela para beijá-la!

Fosse outro, ela teria correspondido com uma bofetada na cara... Mas que fazer? Era seu padrinho, quase seu pai, devia aturá-lo, tinha obrigação de submeter-se, porque estava em sua casa, comia de seus pirões, e o papai lhe pedira muito que o respeitasse. A princípio até o estimava, não o achava mau completamente; agora, porém, que uma espécie de instinto irresistível a impelia para o Zuza, agora que o estudante ocupava um lugar no seu coração, enchendo-o quase, o padrinho ia-se-lhe tornando repugnante e desprezível. Não podia chegar-se a ele, vê-lo de perto, encará-lo frente a frente, sem um profundo e oculto frenesi. Um homem que não cuidava dos dentes, que não se banhava, um bêbado!

Esteve folheando o livro de músicas automaticamente, sem se mexer, sem dar palavra, esperando que João se retirasse da sala. João, porém, bateu o postigo com força, cambaleando, dando encontrões nos móveis, aproximou-se outra vez da afilhada e, num movimento abrutalhado, abraçando-a por trás, curvando-se para a frente, sobre ela, chimpou-lhe outro beijo, agora na boca, um beijo úmido, selvagem, babando-a como um alucinado...

Maria quis gritar sufocada, mas o amanuense, tapando-lhe a boca, ameaçou:

— Nada de gritos, hein! Nada de gritos... Eu sou seu padrinho, posso lhe beijar onde e quando quiser, está ouvindo? Nada de gritos!

E Maria, com os lábios muito vermelhos, como a polpa de uma fruta, debruçada sobre o piano, desandou a chorar nervosamente.

João da Mata tinha bebido sofrivelmente na bodega do Zé Gato onde costumava aquecer os pulmões ao voltar da Repartição. Nesse dia, excedeu-se, tomando em demasia, porque já lá estava o Perneta, um dos correios, que usava a muleta, que também gostava da pinga e escrevia versos para o *Judeu Errante*.

Num momento, deram cabo duma garrafa em cujo rótulo se lia Reclame atraente como visgo: *Cumbe legítima*!

E que loquacidade! Falaram por três deputados brasileiros sobre poesia e política.

O Perneta, sujeito pretensioso e pernóstico, metido a literato, falando sempre com certo ar dogmático, ventilou uma questão de literatura cearense — Que não tínhamos poetas, disse; o que havia era uma troça de malandros e de pedantes muito bestas, que escrevinhavam para a *Província* coisas tão ruins que até faziam vergonha aos manes do glorioso José de Alencar; uma súcia de imitadores que se limitavam a copiar os jornais da Corte.

Na sua opinião, o Ceará só possuía um poeta verdadeiramente inspirado — era Barbosa de Freitas. Esse, sim, cantava o que sentia em versos magistrais, dignos de Victor Hugo.

Conhecera-o pessoalmente. Um boêmio! Fazia gosto ouvi-lo. Que eloquência, que verve, que talento! Sabia de cor muitas poesias dele, mas nenhuma se comparava ao Êxtase, "esse poema de amor" que valia por todas as poesias de Juvenal Galeno. O João queria que recitasse?

— Recita lá! — fez o amanuense emborcando o cálice.

E o Perneta, com voz cavernosa, os cotovelos sobre a mesinha de ferro pintada de amarelo, recitou de um fôlego o Êxtase:

Quando, às horas silentes da noite,

Doce flauta descanta no ar,

Quando as vagas soluçam baixinho

Sobre a praia que alveja o luar.

. . .

Terminou cansado, com um acesso de tosse, cuspinhando para o lado.

— Sim, senhor! — fez João da Mata com um murro na mesa. Isto é que é ser poeta!

— "Queriam alguma coisa?" — veio perguntar o caixeiro, um rapazinho magro, doente, com olheiras.

— Não, menino — disse o amanuense —; está acesa a lanterna, por ora. Foi entusiasmo.

Estavam no fundo da bodega, numa saleta escura, sem saída por trás, com as paredes encardidas, úmidas, cheirando a cachaça, onde os fregueses tomavam bebidas: "Somente os fregueses de certa ordem", prevenia o Zé Gato.

— Pois é isto — continuou o Perneta. — O pobre Barbosa de Freitas acabou como o grande Luís de Camões, na enxerga dum hospital, e nisto, penso eu, está a sua maior glória.

— Apoiado!

— E o que se vê hoje? Pedantismo somente. Os poetas de hoje

usam fraque, gravatas de seda e polainas, escrevem crônicas elegantes, fazem política.

Os Álvares de Azevedo e os Barbosa de Freitas são gênios que aparecem de século em século, como certos cometas, no céu da literatura!

— Que tal achas o Zuza como poeta? — perguntou o amanuense.

— Não me fales em semelhante gente. Aquilo é pior do que um cano de esgoto, homem.

Quem chama o Zuza de poeta não sabe o que é ser poeta, nunca leu nosso Barbosa de Freitas.

O Zuza emporcalha o papel — nada mais. Aquilo só presta mesmo para capacho do presidente.

A conversa encaminhou-se para a política e João da Mata tomou a palavra. — Que a política era a desgraça do Ceará; que estava cansado de trabalhar gratuitamente para a política. O que queria agora era dinheiro para acabar de levantar uma casinha no Outeiro.

— E que tal o presidente? — perguntou o Perneta. Achas que fará alguma coisa em benefício do Ceará?

— Homem, como sabes, eu sou governista, porque infelizmente sou funcionário público, mas entendo que o Sr. Dr. Castro é um grandíssimo pândego.

E noutro tom, limpando os óculos:

— Nós precisamos é de homens sérios, seu Perneta, nós queremos gente séria!

Contou então que na seca tinha ganho muito dinheiro à custa dos cofres públicos; que fora comissário de socorros, e que os presidentes do Ceará eram uns urubus que vinham beber o sangue do emigrante cearense.

Tinha assistido a muita ladroeira na seca de 1877.

— Aqui pra nós — acrescentou cauteloso, abaixando a voz —, o atual presidente não é — justiça lhe seja — um homem sem juízo, um idiota, um leigo, mas, a continuar como vai, forçando a emigração para o sul, dentro de pouco transforma esta terra numa espécie de feitoria de São Paulo. É embarcar muita gente para o sul, seu compadre! Já lá foram quatorze mil e tantos! Isto é despovoar o Ceará, isto é fazer pouco caso do Ceará, c'os diabos!

— É bem-feito! — disse o Perneta, é muito bem-feito para não sermos bestas. Isto é uma terra em que os estranhos fazem o que querem e ninguém protesta, ninguém reage. Nós só sabemos ser maus para nossos patrícios.

— Mas olha que o Cearense tem comido o couro ao homem...

— Qual comido o couro! O povo é que devia dar uma lição de mestre ao governo, a este governo sem patriotismo e sem critério! E com esta me vou, que isso de política fede...

Queres mais alguma coisa?

— Olha que demos cabo duma garrafa! Nem mais uma gota. Que horas tens?

O outro puxou um relógio de plaquê desbotado, dentro duma capa de camurça, e erguendo-se:

— Quatro menos cinco minutos. Safa! O tempo voa! Ó Zé, bota na conta isto: uma garrafa de branca.

— Já cá está — acudiu o Zé Gato, muito sujo, com um dedo amarrado num pano preto, o lápis detrás da orelha, arrastando os chinelos.

— ... Na conta do Perneta — explicou João da Mata.

E saíram pisando em falso, por entre fardos de carne-seca e caixas de cebola.

— Ó João — perguntou na rua o aleijado —, a menina casa sempre com o tipo?

— Quem, a Maria?

— Sim.

— Casa, mas há-de ser com o diabo! Sujeitos daquela ordem não me entram em casa...

— Mas olha que é um casamentão!

— Nem que ele viesse coberto de ouro num palanque de diamantes. Ela só há-de casar com quem o padrinho quiser. E adeusinho, menino, adeusinho.

Separaram-se.

Passava um enterro caminho do cemitério. Quatro gatos-pingados, de preto, conduziam o caixão cujos galões de fogo reluziam ao sol. Pouca gente acompanhando: uns dez homens cabisbaixos, taciturnos, de chapéu na mão, marchavam a passo e passo. Na frente, caminhava um padre, de estola e sobrepeliz, olhando para os lados, indiferente, mais um menino de coro de batina encarnada carregando a cruz.

O sino da Sé dobrava a finados melancolicamente. Gente chegava às janelas para ver passar o préstito.

— De quem é? Quem morreu? — perguntava-se com mistério.

— A terra lhe seja leve — fez o Zé Gato abanando a cabeça com um ar triste.

João da Mata parou à beira da calçada afagando a pera com os dedos magros e compridos, nervoso. — Quem morreria? — pensava. — E, assim que o préstito passou, foi andando devagar, cabeça baixa, equilibrando-se.

No outro lado da rua, o Romão, o negro Romão, que fazia a limpeza da cidade, passava muito bêbado, fazendo curvas, de calças arregaçadas até os joelhos, peito à mostra, com um desprezo quase sublime por tudo e por todos, gritando numa voz forte e aguardentada:

— Arre corno!... Um garoto atirou-lhe uma pedra.

Mas o negro, pendido pra frente, ziguezagueando, tropeçando, encostando-se às paredes, torto, baixo, o cabelo carapinha sujo de poeira, pardacento, repetia, repetia insistentemente, alto e bom som, o estribilho que todo o Ceará estava acostumado a ouvir-lhe — Arre corno!

E que repercutia como uma verdade na tristeza calma da rua.

CAPÍTULO V

Um tédio invencível, um desânimo infindo foi se apoderando de Maria do Carmo a ponto de lhe alterar os hábitos e as feições. Começou a emagrecer, a definhar, enfadando-se por dá cá aquela palha, maldizendo-se. Tudo a contrariava agora, tinha momentos de completo abandono de si mesma, o mais leve transtorno nos seus planos fazia-lhe vontade de chorar, de recolher-se ao seu quarto e desabafar consigo mesma, sem que ninguém visse, num choro silencioso. Estava-se tornando insociável como uma freira, tímida e nervosa como uma histérica. Ia à Escola para não contrariar os padrinhos, para evitar desconfianças, mas o seu desejo, o seu único desejo, era viver só, completamente só, numa espécie de deserto, longe de todo ruído, longe daquela gente e daquela casa, num lugar onde ela pudesse ver o Zuza todos os dias e dizer-lhe tudo o que quisesse, tudo o que lhe viesse à cabeça. O ruído que se levantou em torno de seu nome incomodava-a horrivelmente, como o zumbir de uma vespa enorme que a perseguisse constantemente. — Que inferno! Todo o mundo metia-se com a sua vida, como se fosse um grande erro ela casar com o Zuza! Era melhor que fossem plantar batatas e não estivessem encafifando-a. Havia de casar com o Zuza, porque queria, não era da conta de ninguém, seu coração era livre como as andorinhas. Oh!...

— Mas, menina, quem diz o contrário? — perguntava a Campelinho. — Eu sempre te aconselhei que o melhor partido era aceitar o amor do estudante.

Não era a Lídia, eram as outras, as invejosas, as brutas, que nem sequer sabiam conjugar um verbo. Estava cansada de ouvir pilhérias e risinhos tolos, mas à primeira que lhe dissesse tanto assim (e indicava o tamanho da unha), à primeira que abusasse da sua paciência, ela, Maria, saberia responder na ponta da língua. Umas namoradeiras que se punham a dar escândalos com os estudantes do Liceu, umas sem-vergonhas! Havia de mostrar!

Ela é que era uma tola, dizia a Lídia; as normalistas falavam de invejosas; mandasse-as plantar favas. Cada qual namora quem quer, e, demais, não era nenhuma admiração a Maria casar com o Zuza. Por que ele era rico e ela pobre?

Muito obrigada! Napoleão I tinha-se casado com uma simples camponesa, e, mais, era um imperador!

E Maria do Carmo passava noites sem dormir, a pensar no futuro bacharel, retratando-o na imaginação, amando-o de longe. Havia já seis dias que ele seguira com o presidente, num domingo.

Que custo, que viagem sem fim! Aquela demora impacientava-a. Já era tempo de terem voltado...

Todos os dias, à noitinha, ia esperar a *Província*, na janela, a ver se encontrava alguma notícia dos excursionistas.

Mas, nada!

No domingo seguinte, porém, a folha oficial noticiou que "os ilustres *touristes*" deviam regressar à capital no dia imediato.

— Oito dias! Tê-la-ia esquecido? Oito dias na serra, tomando banho de cachoeira, passeando a cavalo, caçando, divertindo-se — que excelente vida! — Maria do Carmo sentiu uma alegria deliciosa ao saber que daí a vinte e quatro horas o Zuza estaria de volta, mais amável talvez, mais nutrido, mais gordo e mais bonito, contando-lhe as minudências da viagem. Agora, sim, conversaria com ele, perguntar-lhe-ia se gostara da serra, se tencionava partir logo para o Recife, se pretendia casar no Ceará...

Nessa noite, fez-se muito boa para o padrinho, chamou-o "padrinhozinho", acariciou-lhe os bigodes, alisou-lhe o cabelo, sem dar a entender o seu grande contentamento, a sua grande felicidade. Durante a véspora, esteve perto dele, acompanhando-lhe o jogo, lembrando quando ele esquecia de marcar um número, dando-lhe cafunés no alto da cabeça, com uma solicitude ingênua.

Quando os *habitués* da véspora se retiraram, João da Mata chamou a afilhada à alcova, e, muito em segredo, como se fossem velhos namorados, pediu-lhe um beijo na "boquinha".

Maria ofereceu-lhe os lábios com uma passividade de escrava, sem a menor resistência, pondo-se nos bicos dos pés, porque João era muito alto, e deixou que ele os sugasse em dois tempos, às pressas, antes que viesse D. Terezinha.

Grande foi a admiração e a luxúria do amanuense. Maria entregara-se-lhe sem um grito, sem um esforço! E, suspendendo-a pela cintura, num ímpeto de carnalidade indomável, apertou-a contra si, com força, rilhando os dentes, nervoso, bambas as pernas, o coração aos pulos; mas soltou-a logo, D. Terezinha ali vinha pelo corredor, arrastando os velhos sapatos achinelados. João pôs-se a assobiar, de mãos para trás.

— Estavam jogando a sério? — perguntou a mulher.

— Não. Por quê?

— Tão calados!...

— Querias tu que estivéssemos a gritar como doidos? — fez o amanuense ainda trêmulo da comoção, enquanto Maria, sem dizer palavra, disfarçava na janela olhando o céu.

D. Terezinha começara a desconfiar das intenções de João da Mata. Via-o agora muito babado pela Maria, convidando-a sempre para junto de si, perseguindo-a mesmo e notava que a rapariga ultimamente já não era a mesma para ele, evitava-o, fugia de sua presença, esquivava-se como uma gatinha corrida pelo macho.

Um dia, vendo-a triste a um canto, perguntou-lhe o que tinha. Maria conservou-se calada e séria, sem erguer a cabeça. D. Terezinha quis atribuir aquele estado à ausência do Zuza, mas notou que havia no olhar da afilhada um como ressentimento novo, de momento. Nesse dia, justamente, João esbravejara muito contra a rapariga, ameaçando-a espancar se ela ousasse "pensar" no estudante. Desde então, começaram as suspeitas de D. Terezinha, que conhecia certas tendências instintivas de João. — De certo alguma coisa se passava entre eles. Esses sobressaltos, essas arrelias... — Entretanto, deixava as coisas no mesmo pé, sem dizer nada. Talvez fosse desconfiança...

E o mais curioso é que João agora tinha rusgas consecutivas com a mulher, sem motivo, por ninharias, ao voltar da Repartição ou pela manhã, antes de se ir.

Um belo dia rompeu deveras. João sentiu logo o sangue subir-lhe à cabeça e, numa excitação violentíssima, num daqueles ímpetos de raiva que lhe eram tão comuns devido à sua natureza irascível, ao seu temperamento bilioso, desandou furioso contra D. Terezinha, arremetendo com a mão fechada, fulo de cólera. — Naquela casa quem mandava era ele, ficasse sabendo! Não aturava desaforos de mulher alguma quanto mais dela que não tinha nada com a sua vida!

— E fique você sabendo — acrescentou com a sua vozinha estridente, dando murros na mesa. Fique você sabendo que uma mulher amigada é como se fosse uma fêmea qualquer, ouviu? Se duvidar, ponho-lhe no olho da rua!

Palavras não eram ditas, D. Terezinha saltou como uma fera congestionada, os olhos acesos de um fulgor fosforescente, desesperada, possessa, os braços em arco e as mãos nas ilhargas:

— Você o que quer sei eu, seu cachorro! Você quer é abusar da menina e plantar-lhe um filho no bucho, seu grandis...

Não acabou a palavra, porque o amanuense, ferido no seu amor-próprio, na sua autoridade de chefe da casa, cego, tresvairado, encheu-lhe a boca com uma formidável bofetada que fê-la rodar.

Maria ficou perplexa, cosida à janela, muito trêmula, sem saber o que fizesse, muda, como petrificada. Nos seus magníficos olhos cor de azeitona perpassou a sombra duma desgraça. O padrinho tinha enlouquecido, pensou. E um pavor infantil tomou-a toda.

Mal acordada dos efeitos da agressão, titubeante, manquejando com a mão no queixo, D. Terezinha foi estender-se lá dentro da alcova, soluçando tão alto que se ouvia fora, na rua.

Defronte, em casa da viúva Campelo, estava formada a panelinha do costume — o Loureiro, a viúva e a afilhada.

Eram quase nove horas da noite.

A Lídia com um pulo veio saber, muito curiosa, o que sucedera, tinha ouvido choro... Se Precisassem de alguma coisa...

Mas o amanuense tranquilizou-a: que não era nada; coisas de mulher, coisas de mulher...

A Campelinho compreendeu que se tratava de assuntos íntimos e rodou nos calcanhares.

— Não era nada, era o doido do amanuense que andava aos pontapés.

— Gente canalha! — fez o guarda-livros inalterável. — Que educação, que fina educação, recebia-se naquela casa!

Logo no dia seguinte à chegada do Zuza — uma segunda-feira luminosa de outubro, muito azul no alto, com irradiações no granito das calçadas e uma aragem insensível quase a arrepiar a fronde espessa dos arvoredos da praça do Patrocínio — Maria do Carmo foi recebida na

Escola Normal com um chuveiro imprevisto de — parabéns — que as normalistas lhe davam à guisa de presentes de ano. — Parabéns! Parabéns! — repetiam arrastando os pés para trás, abrindo alas, como se cortejassem uma princesa. — Tinham combinado saudá-la pela chegada do Zuza com esse espírito irrequieto de colegial despeitado que se apraz em chacotear outro, e talvez com uma ponta de inveja a mordiscá-las por dentro.

A praça permanecia numa quietação abençoada, com os seus renques de mungubeiras muito sombrias, verde-escuras e eternamente frescas, a desafiar, frente a frente, a pujança outonal dos cajueiros em flor que os liceístas castigavam a pedradas.

Meninos apregoavam numa voz clara e vibrante:

— Loteria do Pará, 30 contos!

O edifício da Escola Normal, a um canto do quadrilátero, pintadinho de fresco, cinzento, com as janelas abertas à claridade forte do dia, tinha o aspecto alegre duma casa de noivos acabada de caiar-se.

Maria estava radiante! Que extraordinária alegria infiltrava-se-lhe na alma, que excelente disposição moral! Acordara mais cedo que nos outros dias, como se tivesse de ir a alguma festa matinal, a algum passeio no campo, espanejando-se toda numa delícia incomensurável, feliz como uma ave que solta o primeiro voo. Mas ao entrar na Escola desapontou deveras!

Seriam onze horas. O diretor ainda não havia chegado. Raparigas de todos os tamanhos, trajando branco, azul e rosa, conversavam animadas de livro na mão, formando grupos, rindo, no vestíbulo que separava a sala de música do gabinete de ciências naturais, no pavimento superior.

Maria entrou vivamente alegre, de braço com a Lídia, dando — bom dia! — às colegas, uma bonita orquídea no peito, toda de branco, apertada por uma cinta. Mas, a sua delicada suscetibilidade estremeceu ante a insólita manifestação que se lhe fazia, e uns tons de rosa desmaiados — um ligeiro rubor — coloriram-lhe o moreno-claro das faces. — "Aceitava os parabéns, como não? Muito obrigada, muitíssimo obrigada! Queriam debicá-la? Corujas!

Fossem debicar a avó!"

Uma gargalhada irrompeu do grupo indiscreto, clamorosa e prolongada.

— Meninas! — fez a Lídia. — Isso não são modos!

— Olha a baronesa!

— Como está grande!

— Sua *incelência*...

Maria a custo pôde abafar a raiva que lhe sacudiu os nervos. Sentou-se à varanda que dizia para uns terrenos devolutos do lado de Benfica, mordiscando a pele dos beiços, trombuda, cara fechada, a olhar o arvoredo com um ar afetado de absoluta indiferença.

Continuava o ruído. Havia um jogo contínuo de ditinhos picantes acompanhados de risadinhas sublinhadas — Uma queria um botão de flor de laranjeira, da grinalda, outra desejava apenas um copito de aluá, essa outra contentava-se com um beijo na "noiva", aquela queria ser madrinha do "primeiro filho"...

Começaram a atirar-lhe bolinhas de papel.

Maria marcava compasso com o pé, furiosa, sem ver nada diante dos olhos.

— Já basta! — disse a Lídia abrindo os braços como para afastar as outras. — Tudo tem limite.

Vocês estão se excedendo...

— Umas ignorantes! — saltou Maria acordando. — Umas idiotas que querem levar a gente ao ridículo por uma coisa à toa. Ainda hei de mostrar!...

— O diretor! O diretor! — veio avisar a Jacintinha, uma feiosa, d'olho vazado, com sinais de bexiga no rosto, e que estava acabando de decorar alto a lição de geografia.

Foi como se tivesse dito para um bando de crianças traquinas: — Aí vem o tutu!

Houve uma debandada: umas embarafustaram pela sala de música, outras pela de ciências, outras, finalmente, deixaram-se ficar em pé, lendo a meia-voz muito sérias. Fez-se um silêncio respeitoso, e daí a pouco surgiu no alto da escada a figura antipática do diretor, um sujeito baixo, espadaúdo, cara larga e cheia com uma pronunciada cavidade na calota do queixo, venta excessivamente grande e chata dilatando a um sestro especial, cabelo grisalho descendo pelas têmporas em costeletas compactas e brancas, olhos miúdos e vivos, testa inteligente...

Maria respirou com alívio.

Mas assim que o diretor deu as costas, entrando para o seu gabinete, recomeçou o zunzum de vozes finas, a princípio baixinho, depois num crescendo.

Maria estava no mesmo lugar, à varanda, quieta e cabisbaixa, olhando o compêndio aberto sobre o regaço.

O sol obrigou-a a fechar o livro. Ergueu-se e foi para a aula, carrancuda, extremamente bela com o seu vestidinho de casa, apertado na cinta delgada.

Ao meio-dia, pontualmente, chegou o professor de geografia, o Berredo, um homenzarrão, alto, grosso e trigueiro, barba espessa e rente, quase cobrindo o rosto, olhos pequenos e concupiscentes. Cumprimentou o diretor, muito afetuoso, limpando o suor da testa. E consultando o relógio:

— Meio-dia! São horas de dar o meu recado. Com licença...

Contavam-se na sala de aula pouco mais de umas dez alunas, quase todas de livro aberto sobre as carteiras, silenciosas agora, à espera do professor. Maria ocupava um dos bancos da primeira fila.

Ao entrar o Berredo, houve um arrastar de pés, todas simularam levantar-se, e o ilustre preceptor sentou-se, na forma do louvável costume, passeando o olhar na sala, vagarosamente, com bonomia paternal — tal um pastor de ovelhas a velar o casto rebanho.

A sala era bastante larga para comportar outras tantas discípulas, com janelas para a rua e para os terrenos devolutos, muito ventilada. Era ali que funcionavam as aulas de ciências físicas e naturais, em horas diferentes das de geografia. Não se via um só mapa, uma só carta geográfica nas paredes, onde punham sombras escuras, peles de animais selvagens colocadas por cima de vidraças que guardavam, intactos, aparelhos de química e física, redomas de vidro bojudas e reluzentes, velhas máquinas pneumáticas nunca servidas, pilhas elétricas de Bunsen, incompletas, sem amálgamas de zinco, os condutores pendentes num abandono glacial; coleções de minerais, numerados, em caixinhas, no fundo da sala, em prateleiras volantes... Nenhum indício, porém, de esfera terrestre.

O professor pediu um compêndio que folheou de relance. — Qual era a lição? A Oceania?

Pois bem...

— Diga-me, senhora D. Maria do Carmo: A Oceania é ilha ou continente?

Maria fechou depressa o compêndio que estivera lendo, muito embaraçada, e, fitando o mestre, batendo com os dedos na carteira, com um risinho:

— Somente uma parte da Oceania pode ser considerada um continente.
— Perfeitissimamente bem!

E perguntou, radiante, como se chama essa parte da Oceania que pode ser considerada continente; explicou demorada e categoricamente a natureza das ilhas australianas, elogiando as belas paisagens claras da Nova Zelândia, a sua vegetação opulenta, as riquezas do seu solo, o seu clima, a sua fauna, com entusiasmo de *touriste*, animando-se pouco e pouco, dando pulinhos intermitentes na cadeira de braços que gemia ao peso de seu corpo.

Maria, muito séria, sem mover-se, ouvia com atenção, o olhar fixo nos olhos do Berredo, bebendo-lhe as palavras, admirando-o, adorando-o quase, como se visse nele um doutor em ciências, um sábio consumado, um grande espírito. Decididamente era um talento, o Berredo!

Gostava imenso de o ouvir falar, achava-o eloquente, claro, explícito, capaz de prender um auditório ilustrado. Era a sua aula predileta, a de geografia, e o Berredo tornava-a mais interessante ainda. Os outros, o professor de francês e o de ciências, nem por isso, davam sua lição, como papagaios, e — adeus, até amanhã. O Berredo, não senhores, tinha um excelente método de ensino, sabia atrair a atenção das alunas com descrições pitorescas e pilhérias encaixadas a jeito no fio do discurso.

Muitas ilhas da Oceania, dizia ele, coçando a barba, são habitadas por selvagens antropófagos, como os da América antes de sua descoberta...

— Imaginem as senhoras que horror! Homens devorando-se uns aos outros, comendo-se com a mesma satisfação, com a mesma voracidade, com o mesmo canibalismo que nós outros, civilizados, trincamos um *beef-steak* ao almoço...

Houve uma casquinada de risos à surdina.

— Agora, se o Zuza te come — disse baixinho, por trás de Maria do Carmo, uma moçoila de *pince-nez*. — Toma cuidado, menina, o bicho tem cara de antropófago...

— E note-se — continuou o Berredo —, as próprias mulheres não escapam à fúria das tribos inimigas: devoram-se também...

— Virgem! — fez Maria com espanto...

— As senhoras com certeza preferem viver no Ceará a habitar a Papuasia...

— Credo! — fizeram muitas a uma voz.

— E no Brasil há desses selvagens? — perguntou estouvadamente uma loura que se escondia na última fila, estirando o pescoço.

O pedagogo sorriu, passando a mão cabeluda na barba; e muito delicado, num tom benévolo:

— Atualmente existem poucos... Restos de tribos extintas...

E continuou a falar com a loquacidade de um sacerdote a pregar moral, explicando a vida e os costumes dos selvagens da Nova Zelândia, citando Júlio Verne, cujas obras recomendava às normalistas como um "precioso tesouro de conhecimentos úteis e agradáveis". — Lessem J. Verne nas horas de ócio; era sempre melhor do que perder tempo com leituras sem proveito, muitas vezes impróprias de uma moça de família...

— Vá esperando... — murmurou a Lídia.

— Eu estou certo — dizia o Berredo, convicto —, de que as senhoras não leem livros obscenos, mas refiro-me a estes romances sentimentais que as moças geralmente gostam de ler, umas historiazinhas fúteis de amores galantes, que não significam absolutamente coisa alguma e só servem de transtornar o espírito às incautas... Aposto em como quase todas as senhoras conhecem a *Dama das camélias*, a *Lucíola*...

Quase todas conheciam.

— ... Entretanto, rigorosamente, são péssimos exemplos...

Tomou um gole de água e continuou:

— Nada! As moças devem ler somente o grande Júlio Verne, o propagandista das ciências. Comprem a *Viagem ao centro da terra*, *Os filhos do capitão Grant* e tantos outros romances úteis, e encontrarão neles alta soma de ensinamentos valiosos, de conhecimentos práticos...

O contínuo veio anunciar que estava terminada a hora.

Dias depois, o Berredo lecionava, como de costume, a seu bel-prazer, derreado na larga cadeira de espaldar, quando o contínuo, fazendo uma mesura, anunciou: "S. Exa. o Sr. Presidente da *Província*", e imediatamente assomou à porta da sala o ilustre personagem, mostrando a esplêndida dentadura num sorriso fidalgo, com o peito da camisa deslumbrante de alvura, colarinhos muito altos e tesos, gravata de seda cor de creme onde reluzia uma ferradura de ouro polido, bigodes torcidos imperiosamente: um belíssimo tipo de sulista aristocrata. Estava um pouco queimado da viagem a Baturité.

O Berredo desceu logo do estrado a cumprimentá-lo com o seu característico aprumo de homem que viajara à Europa. Todas as alunas ergueram-se.

— Como passa V. Exa., bem? Estava agora mesmo...

O presidente pediu que não se incomodasse, que continuasse. Acompanhavam-no, como sempre, o José Pereira e o Zuza.

Maria, ao dar com os olhos no estudante, ficou branca, um calafrio gelou-lhe a espinha, baixou a cabeça, fria, fria, como se estivesse diante dum juiz inflexível.

S. Exa. tomou assento entre o professor e o diretor. José Pereira e o Zuza sentaram-se nas extremidades da mesa.

As alunas tinham-se formalizado, muito respeitosas, imóveis quase, de livro aberto, com medo à chamada. Houve um silêncio.

— Pode continuar — disse o presidente para o Berredo. E este, inalterável:

— V. Exa. não deseja argumentar?...

— Não, não. Obrigado...

— Neste caso...

E para as discípulas:

— Diga-me a Sra. D. Sofia de Oliveira quantos são os polos da terra? Veja como responde, é uma pequena recordação. Não se acanhe. Quantos são os polos da Terra?

O Berredo lembrou-se de fazer uma ligeira recapitulação para dar ideia do adiantamento de suas alunas.

Sofia de Oliveira era uma pequerrucha de olhos acesos, morena, verdadeiro tipo de cearense: queixo fino, em ângulo agudo, fronte estreita, olhos negros e inteligentes.

— Quantos são os polos da Terra? — fez ela olhando para o teto como procurando a resposta, embatucada. — Os polos?... Os polos são quatro.

Risos.

— Quatro? Pelo amor de Deus! Tenha a bondade de nomeá-los.

— Norte, sul, leste e oeste.

Nova hilaridade.

— Está acanhada — desculpou o Berredo voltando-se para o presidente. Até é uma das minhas melhores alunas. — Não confunda — tornou para a normalista. Olhe que são polos e não pontos cardeais...

Outro disparate:

— Há uma infinidade de polos...

— Ora!... Adiante, D. Maria do Carmo.

Maria estremeceu, embatucando também, sem dizer palavra, sufocada. A presença do Zuza anestesiava-a, incomodava-lhe atrozmente. Sob a pressão do olhar magnético do estudante, que a fixava, sua fisionomia transformou-se.

— Então, D. Maria?... Também está acanhada?
— Passe adiante — pediu o Zuza compadecido.

Duas lágrimas rorejaram nas faces da normalista caindo com um sonzinho seco sobre a carteira. Estava numa de suas crises nervosas. Outras duas lágrimas acompanharam as primeiras, vieram outras, outras, e Maria, cobrindo o rosto com o seu lencinho de rendas, desatou a chorar escandalosamente.

— Sente-se incomodada? — tornou o Berredo. — D. Maria! Olhe... Tenha a bondade de levantar a cabeça...
— Está nervosa — disse o presidente com o seu belo ar de cético elegante.
— Pudores de donzela — murmurou o diretor. — Isto acontece...

O Berredo passou a mão no bigode, desapontado, e encontrando o olhar faiscante de Lídia:

— A senhora... Quantos são os polos da Terra?
— Dois: o polo norte e o polo sul.
— Perfeitissimamente! — confirmou o professor batendo com o pé no estrado e esfregando as mãos satisfeito. — Dois, minhas senhoras — disse mostrando dois dedos abertos, em ângulos —; dois! O polo norte, que é o extremo norte da linha imaginária que passa pelo centro da Terra, e o polo sul, isto é, a outra extremidade diametralmente oposta; eis aqui está! Está ouvindo, D. Sofia? Está ouvindo D. Maria do Carmo? São dois os polos da Terra!
— Estou satisfeito — disse o presidente erguendo-se.

Arrastar de cadeiras e pés, zunzum de vozes, e S. Exa. grave, correto e calmo, retirou-se com o seu estado-maior.

O Zuza ferrou em Maria do Carmo um olhar tão demorado e comovido que chegava a meter pena. Os seus óculos de ouro, muito límpidos e translúcidos, tinham um brilho de cristal puro. Trazia na botoeira do redingote claro (o Zuza gostava de roupas claras) uma flor microscópica.

Alguém murmurou ao vê-lo passar:
— Sempre correto!

Maria deixou-se ficar sucumbida, de cabeça baixa, mordiscando a ponta do lenço, com uma lágrima retardada a tremeluzir-lhe na asa do nariz, desesperada, revoltada contra si mesma que não soubera responder uma coisa tão simples... Que vergonha, que humilhação!, pensava.

Não saber quantos polos tem a Terra! E quem havia de responder? A Lídia, logo a Lídia!

O Zuza agora ficaria fazendo um juízo muito triste a seu respeito e não a procuraria mais...

Ah! Era muito tola, decididamente! E jurava consigo "não ter mais vergonha de homem algum".

Pediu licença ao professor e retirou-se antes de findar-se a aula para evitar os gracejos das colegas, voltando à casa sem a Lídia, sozinha, acaçapada, inconsolável.

Uma vez no seu discreto quartinho, bateu a porta com força, despiu-se às carreiras, desabotoando os colchetes com espalhafato, aos empuxões, impaciente, até ficar em camisa, e atirou-se à rede soltando um grande suspiro. Esteve muito tempo a pensar no acadêmico, na "figura triste" que fizera na aula, em mil outras coisas por associação de ideias, com o olhar, sem ver, numa velha oleografia do "Cristo abrindo e mostrando o coração à humanidade" que estava na parede.

Era uma desgraçada, suspirava tomada de desânimo. Todas tinham seus namorados, viviam felizes, com o futuro mais ou menos garantido, amando, gozando; todas tinham seu dia de felicidade, e ela?

Era como uma gata borralheira, sem pai nem mãe, obrigada a suportar os desaforos de um padrinho muito grosseiro que até a proibia de casar. Nem amigas tinha. A Lídia, essa parecia-lhe uma desleal, fingida, hipócrita; não viram como ela tinha dado o quinau na aula? Uma ingrata... Sim, está visto que havia de ter um fim muito triste...

O verdadeiro era fugir com o primeiro sujeito que lhe aparecesse, fugir para fora do Ceará, ir-se de uma vez... Estava cansada de viver naquela casa...

E revoltava-se contra os padrinhos, contra a sociedade, contra Deus, contra tudo, num desespero febril, ansiando por uma vida feliz, independente, livre de cuidados ao lado de um homem que a soubesse compreender, que lhe fizesse todas as vontades.

Por seu gosto não iria mais à Escola Normal para coisíssima alguma. Estava muito bem educada, não precisava de aprender em colégio, já não era criança.

Acudiram-lhe reflexões absurdas, ideias extravagantes, pensamentos de colegial estouvada, inquieta na rede, virando-se e revirando-se, ora fitando com olhar piedoso a imagem do Cristo, ora mergulhando a vista numa telha de vidro, espécie de claraboia, que havia no telhado, e através da qual brilhava um pedaço de céu sem nuvens.

Começou a sentir uma ponta de enxaqueca e caiu numa madorna, deitada de costas, os braços cruzados sobre a cabeça, traindo a penugem rala das axilas, respirando levemente, como uma criança. A camisa fina, quase transparente, arregaçada por descuido até à parte superior da coxa esquerda, mostrava toda a perna roliça, morena, cheia, sem depressões, arqueando-se no joelho...

CAPÍTULO VI

O primeiro cuidado do Zuza ao regressar da excursão presidencial a Baturité foi ajustar contas com o redator da *Matraca*, ameaçando *urbi et orbi* fazê-lo engolir o número do pasquim que trazia a versalhada torpe sobre o namoro do Trilho de Ferro.

No Ceará, não havia outro homem que usasse flor na lapela, dizia; o estudante, filho de titular, que andava a cavalo mais o presidente da província, era ele, Zuza. Estava claro, claríssimo, que a diatribe, o insulto, a infâmia referia-se à sua pessoa, e o único meio simples, fácil e positivo de se ensinar um patife é dar-lhe de rebenque na cara. Conclusão: o redator da *Matraca* não só ia engolir o papelucho, mas também apanhar de rebenque no focinho, custasse o que custasse!

— Grandissíssimo canalha!

— Mas no Ceará não se faz reparo nessas coisas, meu Zuza. O insulto nesta terra é um divertimento como qualquer outro, como o entrudo, por exemplo. Cada cidadão aqui é uma verdadeira Matraca. Não te importes, não te dês cuidado...

Isto dizia-lhe o José Pereira na redação da *Província*; mas o Zuza recalcitrava:

— Eu?! Hei de tomar um desforço, custe o que custar. Se é costume nesta terra os indivíduos se insultarem mutuamente, com a mesma facilidade com que tomam uma xícara de café, pílulas! É preciso dar um ensino, é preciso que alguém se levante!

— É bobagem, filho. Toda a gente toma a defesa do réu e aí fica a vítima do insulto com cara de besta. É o que é. Lá diz o rifão: quem não quer ser lobo...

Esse José Pereira fisicamente dir-se-ia irmão gêmeo do Berredo da Escola Normal. Alto, cheio de corpo, trigueiro, a mesma barba espessa e negra cobrindo quase todo o corpo, os mesmíssimos olhinhos vivos e concupiscentes. Dele é que se dizia que fora surpreendido em flagrante adultério com a mulher do juiz municipal no Passeio Público, um escândalo que por muitos dias serviu de pasto a boticários e bodegueiros.

Começara a vida pública no Correio, como carteiro, e agora aí estava feito redator da *Província* em cujo caráter se tornou geralmente admirado por seus folhetins alambicados, que o público digeria à guisa de pastilhas de Detan. Aos sábados, publicava no rodapé do jornal fantasias literárias, contos femininos em estilo 1830, histórias dissolutas que eram lidas com avidez, mesmo com certa gula pelo mulherio elegante e pela burguesia sentimental e piegas.

Cedo José Pereira começou a inchar como a rã de La Fontaine e a julgar-se, com efeito, um grande escritor, "um talento", capaz, olá! Muitíssimo capaz de fazer as delícias de qualquer sociedade inteligente e ilustrada. Daí certo ar autoritário, certa prosápia que ele afetava em toda a parte, dizendo-se "contemporâneo de Rocha Lima", "amigo de Capistrano de Abreu"; certo aprumo pedante que não condizia com a sua velha sobrecasaca de diagonal cujo estado incomodava deveras a alta sociedade cearense.

Que diabo! Um sujeito inteligente, com ares de fidalgo avarento, redator de um jornal, sempre trazendo a mesmíssima sobrecasaca! E o chapéu? Sempre o mesmo também, um triste chapéu de feltro com manchas oleosas! Oh! A respeitável sociedade cearense exigia primeiro que tudo decência no trajar, e aquilo, assim, aquela sobrecasaca sórdida escandalizava-a como se escandaliza uma donzela diante duma estátua nua. Pois o Sr. José Pereira não podia, sem grandes sacrifícios, comprar um fato novo? Então, que diabo!, não aparecesse entre pessoas de certa ordem, ficasse em casa, fosse mais modesto. Sim, porque todo homem de talento, na opinião da sociedade cearense, deve acompanhar a moda em todas as suas nuances, em todos os seus requintes, deve ter sempre uma casaca à última moda, uma calça à última moda e um chapéu à última moda, conforme os figurinos, para os "momentos solenes", deve ser enfim um sujeito "correto" na acepção mais lata da palavra.

O Sr. Pereira sabia dar um laço na gravata, lá isto sabia, e também não ignorava como se calça uma luva; mas (e isto é que preocupava a sociedade cearense) o Sr. José Pereira, quer fosse a um baile de primeira ordem, quer fosse a uma festa inaugural, quer fosse ao teatro, levava sempre invariavelmente a mesma sobrecasaca surrada e o mesmo chapéu ruço! Um homem de talento sem gosto é o que não se admite. A sociedade cearense, porém, ignorava

que o Sr. José Pereira era casado, tinha filhos e ganhava apenas o essencial para o seu

sustento e o da família, cento e cinquenta mil-réis por mês, uma ninharia.

Os seus amigos, às vezes, gracejando, propunham-lhe abrir uma subscrição para a compra de um paletó novo e de um chapéu idem. José Pereira, porém, tinha espírito e respondia-lhes ao pé da letra, mudando logo o rumo da conversa.

Nesse tempo, o redator da Província ainda era calouro em política. Dava seu voto e nada mais. A literatura é que o absorvia. Um livro novo era para ele a melhor novidade; caísse embora o ministério, rebentasse uma revolução, ele conservava-se a ler, virando páginas, devorando a obra como um alucinado, defronte do abajur de papelão no seu modesto gabinete de escritor pobre. Conhecia Dumas pai de cor e salteado; fora o seu primeiro "mestre".

Depois entregou-se a ler *Os miseráveis*, declarando-se hugólatra incondicional em uma apreciação que fizera do grande poeta. O artigo concluía deste modo:

"Victor Hugo é o Cristo da legenda transfigurado em profeta moderno. Ele é todo um século. Tudo nele é grande como a natureza. *Os miseráveis* são a apoteose de todas as misérias humanas. Victor Hugo, o Mestre, é o Sol da Humanidade. Amemo-lo como a um Deus!"

Isso produziu efeito entre os literatos contemporâneos, que não dispensaram elogios ao "valente folhetinista" da *Província*.

A fama de José Pereira encheu depressa toda a cidade. Dizia-se "aí vai o José Pereira!"

como quem diz "aí vai um gênio". E ele saudava a todos convictamente, tocando de leve a aba mole do chapéu preto de massa.

Em fins de 1886, José Pereira conservava-se ainda na *Província* como um dos principais redatores. A sua fama, se não decrescera, era a mesma com uma pequena e insignificante diferença — é que ele já não era simplesmente um "talento fecundo", mas também um fecundíssimo canalha, um requintado "sedutor de mulheres casadas", o que afinal de contas não o prejudicava assaz no conceito do mulherio. Havia as viúvas, casadas e solteiras que o defendiam tenazmente.

Não, diziam elas, o diabo não é tão feio como o pintam. José Pereira podia ser um rapaz alegre, divertidíssimo, jovial e espirituoso, amigo das mulheres — vá, mas, em suma, um excelente rapaz e um belo caráter. Porque o fato de um homem apaixonar-se facilmente por muitas mulheres ao mesmo tempo ou em épocas diferentes não quer significar que esse homem seja um sedutor e um patife. Demais, José Pereira era artista, e o artista, escultor ou poeta, pintor ou músico, não pode compreender a vida sem o amor...

— Mas é um homem casado — profligavam outras.

— Bem; mas o casamento...

E demonstravam que o casamento, longe de ser um atentado contra o livre-arbítrio das partes, é, ao contrário, uma instituição que concede, tanto ao homem como à mulher, plena liberdade de amar ao próximo como a si mesmo.

Entre as que adotavam a prática dessas teorias tão abstrusas quanto originais, Distinguiam-se a mulher de João da Mata e a do Dr. Mendes.

— Então, decididamente queres quebrar a cara ao redator da *Matraca*? — dizia ele ao Zuza.

— Mas que dúvida!

Quem quer que fosse o verrinista havia de ficar sabendo de quantos paus se faz uma jangada.

— Mas olha que é uma imprudência pueril, homem. Quando o insulto vem de baixo, a gente deve responder com o desprezo. O desprezo é a arma invencível dos espíritos superiores. Eu é como tenho resolvido questões desta natureza.

— Qual desprezo! Não se mata com desprezo um réptil venenoso; pisa-se-o, reduz-se a papas. Isto é o que fazem os espíritos superiores. Sabes quem é o biltre?

— Homem, francamente, confesso-te que não o conheço. Dizem ser um tal Guedes, vulgo Pombinha, um sujeito reles, troca-tintas, um miserável que nem vale a pena de um escândalo...

— Não vale a pena? Quebro-lhe a cara, ora se quebro... Onde fica a tipografia do jornaleco?

— Na rua de São Bernardo, creio eu, uma espécie de toca imunda com ares de latrina.

— Guedes (Pombinha)... rua de São Bernardo. Muito bem!

E o Zuza tomou nota do seu canhenho, guardando-o resolutamente.

— Diabos me levem se eu não fizer uma estralada hoje.

Mudando de tom:

— Quero que publiques hoje o meu soneto *A Volta*; deve sair hoje infalivelmente.

— É dedicado à mesma?

— Certamente. Sabes que eu sempre fui muito correto nos meus amores. A pequena está pelo beicinho. Há de cair como uma mosca, eu te garanto.

— Um divertimento, hein?

— Não sou muito capaz de casar. Aquele arzinho ingênuo, aqueles olhos de madona traduzindo uma alma cheia de sentimentos bons... — tudo nela, enfim, agrada-me.

— Mas é uma pobretona, filho. Aquilo é para a gente namorar, encher de beijos e — pernas para que te quero! És muito calouro ainda nisso de amores. Aproveita a tua mocidade, deixa-te de pieguismo, menino. A vida é uma comédia, como lá disse o outro...

Então o Zuza, acendendo um cigarro, disse que estava aborrecido de mulheres que se entregavam facilmente. Em Pernambuco, namorara a filha de um barão, e, se não fosse esperto, àquelas horas estaria talvez às voltas com o minotauro de que fala Balzac. Era uma rapariga esplêndida, mas tão depravada, tão impoluta que acabou fugindo com um jóquei do Prado pernambucano, um negro!

Quanto às mulheres de vida alegre, detestava-as; tinha gasto muito dinheiro, precisava casar, mas casar com uma menina ingênua e pobre, porque é nas classes pobres que se encontra mais vergonha e menos bandalheira. Ora, Maria do Carmo parecia-lhe uma criatura simples, sem essa tendência fatal das mulheres modernas para o adultério, uma menina que até chorava na aula simplesmente por não ter respondido a uma pergunta do professor! Uma rapariga assim era um caso esporádico, uma verdadeira exceção no meio de uma sociedade roída por quanto vício há no mundo. Ia concluir o curso, e, quando voltasse ao Ceará, pensaria seriamente no caso. A Maria do Carmo estava mesmo a calhar: pobrezinha, mas inocente...

— É o que tu pensas — retorquiu o outro. Hoje não há que fiar em moças, pobres ou ricas.

Todas elas sabem mais do que nós outros. Leem Zola, estudam anatomia humana e tomam cerveja nos cafés. Então as tais normalistas, benza-as Deus, são verdadeiras doutoras de borla e capelo em negócio de namoros. Sei de uma que foi encontrada pelo professor de história natural a debuchar um grandíssimo falo com todos os seus petrechos...

— O quê, homem?

— É o que estou a dizer-te, por sinal acabou amigando-se com um bodegueiro de Arronches e lá vive muito bem com o sujeito. Creio até que já tem filhos.

— Ó senhor, então, ao que me vai parecendo, está muito adiantada a nossa pequena sociedade! — exclamou o Zuza muito admirado, cavalgando o *pince-nez*. Pois olha, eu supunha isto aqui uma santidade.

— É que há muito tempo não vinhas ao Ceará. Por cá também se dão escândalos, como em Pernambuco, e escândalos de pasmar a um sacerdote da moral, como o filho de meu pai.

O escritório da *Província* estava quase deserto. Apenas o José Pereira e o estudante conversavam amigavelmente, sentados defronte um do outro à mesa dos redatores, fumando enquanto lá dentro, nos fundos onde ficavam as oficinas, os tipógrafos compunham atarefados a matéria do dia.

Seriam duas horas da tarde. O calor abafava.

Um rapazinho raquítico, em mangas de camisa, com manchas de tinta no rosto e um ar amolentado, veio trazer as provas do expediente do governo.

— Falta matéria? — perguntou José Pereira, encarando-o. "Não sabia, não senhor, ia ver." E saiu voltando imediatamente: que o jornal estava completo.

— Bem — disse o Zuza levantando-se, vou à casa do Sr. Guedes. Preciso acabar com isso.

— Mas olha — recomendou o redator —, não vás fazer asneiras, hein?

— Não, não. A coisa é simples. *Addio.*

E retirou-se fazendo piruetas com a bengala no ar.

— É um criançola esse Zuza — murmurou José Pereira molhando a pena.

Imediatamente entrou o Castrinho, outro colaborador da *Província*, também poeta e amigo particular de José Pereira, autor das *Flores Agrestes*, publicadas há dias e que tinham sido muito bem recebidas pela crítica indígena. Vinha trazer a resposta ao crítico do Cearense que o chamara — plagiador de obras alheias.

— Então temos polêmica? — perguntou José Pereira sem levantar a cabeça, revendo as provas.
— Por que não! Hei de provar à evidência que não preciso plagiar ninguém. Aqui está o primeiro artigo. É de arromba!

O Castrinho sacou do bolso do paletó de alpaca um calhamaço de tiras de papel gordurosas e sacudindo-as, como quem toma o peso a alguma coisa:

— Aqui está: hei-de rebater uma a uma, sem dó nem piedade, todas as asserções do meu invejoso contendor.

— Já te falo — disse o outro continuando o trabalho. — Tem paciência um pouquinho. O diabo das provas...

— Sim, continua; não te quero interromper...

Plagiador ele, que tinha talento para dar e emprestar a toda a caterva de versejadores cearenses! Havia de provar o contrário, porque tanto sabia burilar um soneto como manejar a prosa.

Até estimara a provocação do Cearense, porque desse modo o público ficaria sabendo quem eram os imitadores, os parasitas da poesia nacional. Aí estava o juízo da imprensa fluminense, aí estava o juízo de toda a imprensa do Brasil, do Amazonas ao Prata, sobre as *Flores Agrestes*. Um jornal do Sul — *O Cometa* — comparara-o até a Olavo Bilac e a Raimundo Corrêa!

— Inveja — murmurou José Pereira. — O verdadeiro talento é sempre vítima do despeito das mediocridades.

E terminando a revisão:

— Vejamos o que escreveste.

— Somente isto — disse o Castrinho entregando a papelada. Hei-de convencer ao zoilo do Cearense, por a mais b, que ele é o plagiador, o invejoso, o ignorante, a besta, e eu o poeta consciencioso e moderno que não se limita a cantar Elviras e a copiar Lamartine.

José Pereira derreou-se na cadeira de espaldar, um velho traste que fora da *Perseverança e Porvir*, "atestado eloquente de uma luta de heróis", como dizia o Zuza, e, depois de acender a ponta do cigarro, que estava à beira da mesa, devorou com olhar protetor a série de argumentos mais ou menos esmagadores com que o outro pretendia aniquilar o articulista da folha adversa. Tinha a epígrafe — As Flores Agrestes e a Inveja Furiosa, e concluía nestes termos: "Voltarei à questão para esmagar com a lógica irrefutável da verdade o ousado e néscio criticista que me acoimou de plagiador. O público verá qual de nós tem razão; eu, que tive o aplauso de quase totalidade da imprensa brasileira, ou o zoilo do Cearense, que pretendeu obscurecer o meu merecimento".

— Magnífico! — exclamou José Pereira levantando-se. Dá cá um abraço, homem.

E estreitando o Castrinho contra o peito:

— Tens talento como um bruto, menino. Olha que quem escreveu isto vale o que escreveu, caramba! Continua, Castrinho, continua, que ainda hás de vir a ser um grande poeta. Desta massa é que se fazem os Byron e os Victor Hugo... E logo, paternalmente: —

Queres jantar comigo?

— Obrigado. Hás-de permitir que te agradeça, hein? Adeusinho. Não esqueça o artigo.

— Absolutamente, não. Amanhã, impreterivelmente, vê-lo-ás na segunda página, todo, inteirinho. Adeus.

Vendedores de jornais esperavam a *Província*, à porta da redação, inquietos, turbulentos, a questionar por dá cá aquela palha, e já se ouvia o barulho do prelo lá dentro, imprimindo a folha governista. Empregados públicos voltavam das repartições taciturnos, em sobrecasacas sórdidas, mordendo cigarros Lopes Sá, amarelos, linfáticos, o estômago a dar horas. Pouco movimento na rua do Major Facundo: um ou outro transeunte macambúzio, de chapéu de sol, caixeiros que atravessavam a rua ligeiros, em mangas de camisa, e alguns pobres-diabos arrastando-se a pedir esmola.

A cidade permanecia na sua costumada quietação provinciana, muito cheia de claridade, bocejando preguiçosamente de braços cruzados, à espera do Progresso. Suava-se por todos os poros e respirava-se a custo, debaixo de uma atmosfera equatorial, acabrunhadora. Estalava à distância, num ritmo cadenciado e monótono, o canto estridente e metálico duma araponga, cujo eco repercutia em todo o âmbito da pequena capital cearense.

Ao dobrar a rua da Assembleia, o Zuza parou, à espera que o bonde passasse, e esteve considerando um instante. — De que lhe servia ir onde estava o Guedes e quebrar-lhe as costelas a bengaladas? O rapaz podia repelir a agressão e aí estava um conflito sério, em que um dos dois necessariamente havia de sair ferido. Afinal de contas, era provocar um escândalo inútil, vinha a polícia e a vergonha era dele, Zuza, unicamente dele, um rapaz de posição, amigo do presidente... Não valia a pena abrir luta com um pasquineiro. O melhor era, como aconselhara o José Pereira, dar ao desprezo o cão. Se ele, porém, o abocanhasse outra vez, então, decididamente, quebrava-lhe a cara. Apelava para a reincidência do foliculário. Província estúpida! Estava doido por se ver livre de semelhante canalhismo. E aquilo é que se chamava terra da luz!

Seguiu para casa preocupado com essas ideias com um nojo do Ceará.

O coronel divertia-se tranquilamente com a passarada do viveiro, metido no inseparável gorro de veludo bordado a ouro e retrós. Era amigo de pássaros e tinha-os magníficos em gaiolas de arame penduradas na sala de jantar, além do viveiro, também de arame, em forma de quiosque chinês, com uma bola de vidro no alto, colocado no quintal, defronte da casinha de banhos.

Uma vidinha estúpida aquela! — pensava o estudante estendendo-se na rede. Morria-se de tédio e calor. Vieram-lhe saudades do Recife. Oh! O Recife, o Prado aos domingos, os passeios, belos piqueniques a Caxangá... Lembrou-se de sua última conquista amorosa — a Rosita, uma espanhola com quem estivera seguramente seis meses. Um peixão! Morava na Madalena. Vira-a uma vez no teatrinho da Nova Hamburgo, sozinha num camarote, muito bem vestida, com um rico leque de plumas, anéis de brilhantes, esplêndida: era argentina.

Que de cerveja e ceatas e passeios de carro e pagodeiras nos hotéis! Relembrava a primeira noite que passara com a Rosita, por sinal tinha tomado muita champanha, tinha feito um figurão. A rapariga compreendeu que tratava com gente fina e entregou-se. Uma noite deliciosa! Começou por uma ceia em casa dela na Madalena, um chalezinho de porta e janela com varanda, forrado a papel sangue de boi e jardinzinho na frente. A sala de visitas era um mimo com a sua mobília *mignon* de assento estufado, piano, quadros do paganismo, bibelô...

E a alcova? Um ninho, um perfeito ninho de amores. Zuzinha — era como ela o tratava com toda ternura, cobrindo-o de beijos, suspendendo-o nos braços como se levantasse uma criança, sentando-o no colo — ela de *peignoir* de fustão com fitinhas azuis, uns olhos matadores, úmidos de sensualidade, e ele à frescata, em mangas de camisa, sem colarinho — um deboche!

E uma saudade imensa invadia-o. Saudade da Rosita, saudade da república — uma troça alegre de rapazes endinheirados e limpos —, saudade dos banhos de mar em Olinda...

Depois veio-lhe à mente a normalista, a cearense do Trilho de Ferro. Muito bonitinha, é verdade, mas uma tola que não sabia tratar com rapazes educados. Lá por ser pobre não; mas parecia-lhe tão atrasadinha, assim como apalermada, indiferente a tudo. Além disso, um nome de matuta — Maria do Carmo. Ainda se fosse Maria Luíza, mas Maria do Carmo!...

Começou então a fazer considerações sobre Maria. Achava-a até parecida com a Francina, uma rapariga de Pernambuco, também morena e de olhos cor de azeitona, baixinha e sem-vergonha, "passada" por todos os estudantes de academia. Mas, mesmo muito parecida, agora é que se lembrava: era a Francina. Um horror! No Ceará não se encontravam mulheres públicas de certa ordem. Tudo era uma récua de meretrizes imundas, carregadas de sífilis até aos olhos. Os rapazes viviam se queixando de moléstias secretas.

Levantou-se em ceroulas, para acender um cigarro, espreguiçando-se.

O quarto era pequeno, mas arranjado com certo decoro e bom gosto. O Zuza herdara essa qualidade característica dos Souza Nunes — o amor à ordem. Tudo dele era arrumado e limpo. Adorava a boemia, mas a boemia que não cospe no assoalho e que toma banho ao menos uma vez por dia. Nisto de asseio, como em muitas outras coisas, era correto e o pai o louvava por essa qualidade especial de se portar com a máxima inteireza, no asseio do corpo, como no das ações. Toda a mobília do pequeno compartimento consistia numa estante envidraçada, cadeiras, um sofá e uma mesinha redonda, colocada no centro e coberta com um pano azul, de lã. Comunicava com outro quarto menor onde estava a cama de ferro e uma rede. *Ma cabine à coucher*, dizia o Zuza mostrando aos amigos esse interior confortável de boêmio rico. A claridade entrava pela varanda e ia morrer em penumbra lá dentro no segundo quarto. No papel claro das paredes, destacavam litografias encaixilhadas de poetas célebres e o retrato de Gambeta na postura habitual em que o grande orador falava ao povo. Em política, era o seu ídolo, dizia o estudante, e, no auge do entusiasmo, colocava-o acima de Mirabeau.

Em cima da mesa, números avulsos da *Revista Jurídica* confundindo-se com jornais ilustrados e um porta-retratos com as fotografias do coronel e da esposa, olhando para os lados, em sentidos opostos. Tal o "gabinete" do Zuza, o seu remanso de estudante cuidadoso.

Tinha aberto ao acaso o seu romance querido, *A Casa de Pensão*. Um livro importante, gabava; um livro que revelava o grau de adiantamento da literatura brasileira, não deixando a desejar os melhores dos escritores naturalistas portugueses. Este exagero do Zuza deve se levar em conta do ódio injusto que ele votava a tudo quanto cheirasse a lusitanismo.

O estudante, porém, nunca passara a vista sequer num romance de Eça ou numa crítica de Ramalho. — "Não queria, não podia tragar coisas que lhe provocassem vômitos." Preferia um churrasco à baiana ao "tal" Sr. Camilo Castelo Branco, um sujeito inimigo do Brasil, que não perdia ocasião de nos ridicularizar. De Portugal, Camões exclusivamente, isso mesmo porque o grande épico era uma "glória universal". Certas palavras tinham um encanto particular a seus ouvidos. Gostava de frases cheias e retumbantes. *Os Lusíadas*? Era uma "epopeia imortal", dizia ele. Pronunciava a palavra "epopeia" com a boca cheia, a acentuando muito o é. Uma obra de arte reconhecidamente boa era a seu ver uma epopeia, fosse qual fosse o gênero — *O Cristo e a Adúltera*, de Bernardelli? Uma epopeia nacional!Começou a ler *A Casa de Pensão* em voz alta, em tom de recitativo, pausadamente, repetindo frases inteiras, aplaudindo o romancista com entusiasmo, exclamando de vez em vez:

— Bonito, seu Zuza! Como se fosse ele próprio o autor do livro. Depois, sacudindo o romance sobre uma cadeira, levantou-se espreguiçando-se com estalinhos nas articulações, escancarando a boca num bocejo largo. Que horas seriam? O despertador de níquel marcava quatro e meia. Ó diabo! Tinha-se descuidado. Estava convidado para jantar com o presidente às cinco pontualmente. Começou a vestir-se assobiando trechos de música seródia.

De repente: "— E a normalista que não lhe tinha respondido a carta!" Muito atrasadinhas as cearenses, pensava. Que mais queria ela? E defronte do espelho, pondo a gravata: — "Era um rapaz chique, dava muita honra à Sra. D. Maria do Carmo escrevendo-lhe uma carta amorosa, pois não? Era o que faltava, a Sra. D. Maria do Carmo não lhe dar atenção! Mas havia de cair por força. Era uma questão de tempo."

Cinco horas. O Zuza enfiou a sobrecasaca às pressas, perfumou-se, endireitou a gravata e — até logo — foi-se como um raio.

CAPÍTULO VII

À proporção que se aproximava o dia do casamento da Lídia com o guarda-livros, as visitas deste à casa da viúva Campelo iam-se tornando de mais a mais frequentes. A Campelinho não cabia em si de contentamento; pudera! Ia enfim ver-se livre do perigo de ficar para tia. De resto, o Loureiro era um ótimo rapaz, excelente empregado, natural de bom gênio, tolerante em extremo e senhor de seu nariz. Era como se fosse de casa, como se já fizesse parte da família, surdo como uma pedra aos boatos mais ou menos mentirosos que corriam sobre a vida privada de D. Amanda. Nunca se dera ao trabalho de averiguar se efetivamente o procedimento de sua futura sogra merecia censuras da gente honesta, mesmo porque o seu emprego não lhe deixava tempo para isso.

Não senhor, dizia ele, se porventura alguém procurava abrir-lhe os olhos; a viúva era um modelo de mãe de família, coitada, vivendo modestamente do minguado montepio de seu finado marido, afora um negociozinho de rendas, que tinha no Pará e que lhe deixava para mais de cinquenta por cento. O mais eram palavrórios, e ele, no caráter de futuro genro da viúva, não podia consentir que ninguém a difamasse impunemente.

João da Mata lhe dissera uma vez, ao ouvido, batendo-lhe amigavelmente no ombro, que não se iludisse, que a Campelo recebia fora de hora o Batista da Feira; que ele, João da Mata, vira muitas vezes, com os próprios olhos, o negociante entrar cosido à parede alta noite, como um gato.

Histórias. O amanuense fazia mal andar propalando suspeitas que podiam prejudicar, muito, os créditos da pobre senhora. Absolutamente não acreditava em tais boatos. Conhecia bem o gênio e a vida de D. Amanda para desprezar semelhantes falsidades. Em suma, era da escola de S. Tomé: ver para crer.

Até então só tinha motivos para louvar o procedimento da sua futura sogra. E concluía:

"— Por amor de Deus não falassem mais em tais coisas... Tinha olhos para ver."

Todas as noites, invariavelmente, lá ia ele dar o seu dedo de palestra com a noiva, e, depois da víspora em casa do amanuense, ficavam os dois horas e horas na calçada, num aconchego muito íntimo, ela apoiada nos seus ombros, fazendo-se meiga e apaixonada, ele babando-se de satisfação ao contato palpitante das carnes rijas e abundantes de sua futura mulher. D. Amanda entrava propositalmente para os deixar à vontade naquele arrebatamento de noivos sadios e vigorosos.

Uma noite o guarda-livros quis ir mais longe nas vivas demonstrações de seu amor pela Campelinho. Com os lábios pregados à boca da Lídia, quase abraçados, procurou com uma das mãos apalpar alguma coisa que a rapariga ocultava religiosamente no templo inviolável de sua castidade.

— Não, isso não! — fez ela esquivando-se, toda cautelosa, com um ar de surpresa.

Deixasse daquilo, que era muito feio entre noivos. Não havia necessidade; tinham muito tempo, depois. Tivesse paciência, sim?

E muito terna, derreando-se de novo sobre os ombros do guarda-livros, beijou-o na face áspera de espinhas, sem repugnância, e começou a cofiar-lhe carinhosamente os bigodes, devagarzinho, arregaçando-os, assanhando-os para tornar a alisá-los, prolongando assim a delícia de Loureiro que nesses momentos era como um escravo das mãozinhas brancas e delicadas da Lídia.

— Mas, que tem? — perguntou ele com a voz trêmula, um fluido estranho no olhar terno.

— Não, meu bem, isso não, que é feio — tornou a Campelinho. — Tem paciência.

Não fazia mal, continuou Loureiro. Não eram noivos? Não eram quase casados? Que diabo! Consentisse ao menos uma vez. Era um instantinho. Ora! Uma coisa tão simples, tão natural... Ninguém via, deixasse, que tolice!

E, enquanto falava muito baixo, com hesitações trêmulas na voz embargada pela sensualidade, estendia a mão por baixo, olhar fito nos olhos vivos e penetrantes da rapariga.

Nem um ruído na rua do Trilho, nem uma voz, nem o voo pesado de um morcego: tudo silêncio, e uns restos de luar a extinguir-se esbatendo defronte nos telhados. Apenas, ao longe, vago e indistinto quase, o ruído monótono do mar no silêncio da noite calma.

— Oh! Não... — suplicou a Campelinho sentindo o contato da mão grossa do guarda-livros.

Deixa...

Houve um frufru de vestidos machucados e o baque de uma cadeira.

Momentos depois o Loureiro despedia-se triunfante, pisando devagar, caminho do HOTEL DRAGOT.

Desde então, começou a retirar-se muito tarde. Havia noites em que só saía depois de uma hora da madrugada. Ultimamente, almoçava e jantava em casa da viúva. Era mais econômico do que pagar no hotel, dizia D. Amanda: bastava que ele contribuísse com trinta mil-réis mensais e tudo se arranjaria ali mesmo em família; de modo que o Loureiro pouco a pouco foi-se fazendo, por assim dizer, dono da casa, chefe da família. Por fim, todas as despesas corriam por sua conta e risco. Aluguel de casa, comedoria, roupa lavada e engomada, vestidos para a Lídia, tudo era ele quem pagava de boa vontade, sem tugir nem mugir porque queria e tinha prazer nisso. Muito econômico, amigo de seu dinheirinho, mas, em se tratando das Campelo, não tinha mãos a medir, era de uma prodigalidade sem limites. Coitadas!, lamentava-se consigo, eram umas pobres; cada um sabe de si e Deus de todos; tinha quase o dever de ampará-las, tanto mais quando estava para ser marido da pequena. E abria o seu grande coração e a sua bolsa àquelas duas criaturas, que se lhe afiguravam duas santas através do prisma azul de seu amor pela rapariga. Subscritor da Sociedade de São Vicente de Paulo, um pouco devoto, às vezes tinha rasgos de verdadeiro filantropo. D. Amanda e a filha eram aos seus olhos "duas vítimas da maledicência de uma sociedade hipócrita e torpe até à raiz dos cabelos". Agora jantava e almoçava em casa da viúva, que já lhe sabia os gostos, as manias. Ela mesma ia preparar a comida, os ovos quentes e a linguiça assada ao almoço, o feijão e o lombo assado para o jantar. D. Amanda estava radiante com o genro. Tratava-o a velas de libra, fazia-lhe todas as vontades, escovava-lhe a roupa, e eram cuidados de mãe carinhosa ou de criança que tem um pássaro na mão e receia que lhe fuja.

Aos domingos, o guarda-livros ia logo cedo para o Trilho, às vezes com a cara por lavar, metido em calças pardas, abotoado até o pescoço. Era quando tinha algum descanso das lidas cotidianas do armazém, da escrituração do Caixa. Às seis horas da manhã, já ele estava de caminho para o Trilho, muito à fresca, cigarro ao canto da boca, prelibando as delícias de um dia em companhia da noiva, sem ter que dar satisfação à Carvalho & Cia., com a consciência tranquila de quem cumpriu religiosamente o seu dever.

Nem sequer tomava café no hotel. Pulava da rede às pressas, sem perder tempo, enfiava as botinas, as calças, o paletó surrado, e abalava por ali afora, escadas abaixo. Às vezes ainda encontrava a porta da viúva fechada. Batia devagar com a ponta dos dedos: "— Sou eu, Loureiro!" Imediatamente D. Amanda vinha abrir, embrulhada nos lençóis, cabelos soltos, em mangas de camisa. E a faina começava. Escancaravam-se as portas para dar entrada livre ao arzinho fresco da manhã que se derramava por toda a casa como um fluido que se evaporasse de repente de um depósito aberto. O Loureiro tirava o paletó, abria a toalha no ombro e, enquanto se punha a ferver água para o café, refestelava-se num confortável banho frio puxado de véspera na grande tina que havia no "banheiro". Era tempo de cajus. O guarda-livros tinha a mania dos depurativos. Antes do banho, emborcava um copo de mocororó "para retemperar o sangue", dizia ele. Depois o cafezinho quente, coado pelas mãos de D. Amanda, e, finalmente, o belo dia passado, *currente calamo*, tranquilamente num longo idílio naquele canto obscuro de Fortaleza, com a "sua santa". O hotel servia-lhe apenas para dormir, porque o Loureiro era filho do Rio Grande do Norte onde perdera pai e mãe, não tinha no Ceará sequer um parente em cuja casa pudesse passar as noites. Amigos capazes de merecerem toda a sua confiança também não os tinha. Pacato, concentrado e pouco expansivo, dificilmente comunicava-se a quem não o procurasse em primeiro lugar. Sua natureza egoísta aprazia-se com a vida sedentária. — Um esquisitão de força, uma espécie de urso! — diziam os seus camaradas de comércio.

E os dias passavam, longos e modorrentos, cheios de sol, sem nuvens no azul, iguais sempre, eternamente monótonos.

Novembro estava a chegar. Novembro, o mês dos cajus e das ventanias desabridas, com as suas manhãs friorentas e claras, em que, às vezes, nuvens sombrias acumulavam-se no horizonte e vão subindo até desmancharem-se completamente num chuvisco ligeiro que apenas borrifa de leve a superfície seca do solo, pondo cintilações diamantinas nas folhas do arvoredo; novembro, o mês dos estudantes, o mês dos exames, que passa levando consigo as ilusões cor-de-rosa dos que deixam os bancos preparatórios e dos que começam a vida pública.

O Zuza não tinha pressa em se formar. De resto, era uma questão de tempo o seu bacharelato. Resolvera passar mais alguns meses no Ceará com a família, e então ir-se-ia completar o curso. Já agora o Ceará não lhe era inteiramente uma terra má. Habituava-se pouco a pouco a essa vida de província pacata em que se trabalha um quase nada e fala-se muito da vida alheia. Maria do Carmo tinha-lhe escrito uma cartinha lacônica e expressiva confessando o seu amor. Entregou-a ela mesma, no Passeio Público, numa quinta-feira, à noite, uma belíssima noite de luar. A avenida Caio Prado tinha o aspecto fantástico de um terraço oriental onde passeavam princesas e odaliscas sob um céu de prata polida, com suas filas de combustores azuis, encarnados e verdes, com as suas esfinges... Senhoras de braço dado, em toaletes garridas, iam e vinham ao macadame, arrastando os pés, ao compasso da música, conversando alto, entrechocando-se, numa promiscuidade interessante de cores, que tinham reflexos vivos ao luar: de um lado e de outro da avenida, duas alas de cadeiras ocupadas por gente de ambos os sexos, na maior parte curiosos que assistiam tranquilamente ao vaivém contínuo dos passeantes.

O plenilúnio muito alto dir-se-ia uma grande medalha de prata reluzente com o anverso para a terra, suspensa por um fio invisível lá em cima na cúpula azul do céu. Defronte da avenida, o mar, na sua aparente imobilidade, tinha reflexos opalinos que deslumbravam, crivado de cintilações, minúsculas, largo, imenso, desdobrando-se por ali afora a perder de vista, e para o sul, muito ao longe, a luz branca do farol tinha lampejos intermitentes, de minuto a minuto. No porto, a mastreação dos navios destacava nitidamente, inclinando-se num movimento incessante para um e outro lado, como oscilações de um pêndulo invertido.

— Uma noite admirável, hein, Maria? — dizia Lídia de braço com a amiga, levada pela onda dos diletantes.

A normalista, porém, não deu atenção à Campelinho, muito distraída, caminhando maquinalmente, a pensar no estudante. Decididamente entregava-lhe a carta, fosse como fosse. Eram oito horas já e o Zuza ainda não havia chegado. Estava aflita, inquieta, impaciente. E se ele não fosse ao Passeio nessa noite? Ela rasgaria a carta e nunca mais havia de o procurar. O seu coração batia com força. Ia e vinha, cansada de esperar, com ímpetos de voltar para casa.

— Tem paciência, menina — disse a outra. O rapaz não tarda. Está no clube, talvez.

Qual clube. Era necessário acabar com aquilo. Começava a desconfiar do Zuza. Certo que ele queria passar o tempo folgadamente, por isso fingia aquela comédia de amor. Não era possível, não acreditava na sinceridade do Zuza. Se ele fosse outro, procurá-la-ia sempre, em toda parte, nos passeios, no teatro, nos bailes. E ela é que estava fazendo uma figura ridícula a procurá-lo, como se ele fosse o único homem do Ceará com quem ela pudesse ser feliz!

E lá veio o maldito nervoso, uma vontade de fechar os olhos a tudo e viver para si, egoisticamente, como o bicho-da-seda, no seu casulo. Incomodava-lhe o zunzum de vozes e as pisadas da multidão, a própria música começou a fazer-lhe mal à cabeça. Que horror! Nem sequer podia passear!

Nisso ouviu uma voz que lhe pareceu a do estudante.

— Boa noite, minhas senhoras!

Era realmente ele, que vinha chegando ao lado de José Pereira, muito correto, de chapéu alto, calça de casimira clara, croisé aberto, grandes colarinhos lustrosos de ponta virada e infalível flor na botoeira.

Maria voltou-se aturdida e um suspiro largo e bom escapou-lhe do peito.

Até que enfim! Ele ali estava, inteiro, completo, absoluto!

Agora, pensava em como entregar a carta sem que ninguém visse, sem escândalo.

A Lídia sugeriu-lhe uma ideia — iriam à outra avenida, mais sombria e menos frequentada; ele naturalmente havia de ir também e então passava-lhe a carta num aperto de mão franco e amigável.

— Sim, vamos...

E dirigiram-se para a avenida Carapini, ensombrada pelos castanheiros, que formavam uma como abóbada compacta de ramagens através das quais o luar coava-se aqui e ali, pelas clareiras.

Puseram-se por ali a esperar, em pé defronte dos gnomos de louça, à beira dos reservatórios de água onde cruzavam gansos e marrequinhas vadias que grasnavam alegremente, inundadas de luar, ou, caminhando devagar, iam contando os minutos, enquanto a música, no coreto, executava trechos alegres de operetas em voga. No botequim, rodeado de toscas mesinhas de madeira, abriam-se garrafas de cerveja com estrondo, e havia um movimento desusado de gente. As normalistas afastaram-se para mais longe.

— Eles não vêm — disse Maria desanimada, enquanto a outra procurava com o olhar o estudante, que se confundira na multidão.

— Tem paciência, tolinha. Por que não hão de vir?

Com efeito, daí a pouco assomou no extremo oposto da avenida a figura corpulenta de José Pereira, alta, larga, colossal, ao lado do Zuza, que lhe ficava pelo ombro, apesar de alto também, com o seu corpo fino em contraste frisante com o todo asselvajado do amigo.

Vinham passo a passo, discretamente. Pararam no botequim, numa roda de rapazes que discutiam calorosamente sobre política.

De braço dado, ombro a ombro, as duas raparigas tinham procurado o lugar mais sombrio da avenida onde não podiam ser reconhecidas facilmente pelos passeantes da Caio Prado.

Esperemo-los aqui, disse Lídia, sentando-se com um vago suspiro.

E continuava a chegar gente e a encher o Passeio por todas as avenidas do primeiro plano, cruzando-se em todos os sentidos, acotovelando-se, confundindo-se. Na Mororó, mais larga que as outras, havia uma promiscuidade franca de raparigas de todas as classes: criadinhas morenas e rechonchudas, com os seus vestidos brancos de ver a Deus, de avental, conduzindo crianças; filhas de famílias pobres em trajes domingueiros, muito alegres na sua encantadora obscuridade; mulheres de vida livre sacudindo os quadris descarnados, com ademanes característicos, perseguidas por uma troça de sujeitos pulhas que se punham a lhes dizer gracinhas insulsas. Toda uma geração nascente, ávida de emoções, cansada de uma vida sedentária e monótona, ia espairecer no Passeio Público aos domingos e às quintas-feiras, gratuitamente, sem ter que pagar dez tostões por uma entrada, como no teatro e no circo.

Ali não havia distinção de classes, nem camarotes, nem cadeiras de primeira ordem: todos tinham ingresso para saracotear nas avenidas ao ar puro das noites de luar.

Apenas quem não tivesse três vinténs estava proibido de sentar-se, porque, nesses dias, as cadeiras eram alugadas, havia assinaturas baratas. Lia-se mesmo na *Província* o seguinte anúncio: "No estabelecimento Confúcio e no Clube vendem-se cartões de assinatura de cadeiras no Passeio Público, com abatimento nos preços." Mas, ora, toda a gente possuía dois vinténs para alugar uma cadeira, e, ademais, ia-se ao Passeio Público para andar, para se mostrar aos outros como numa vitrine, não valia a pena ir para ficar sentado, casmurro, a ver desfilar o quê? O mesmo carnaval de todos os domingos e quintas-feiras, as mesmas caras, as mesmas toaletes. Não valia a pena decerto.

Quando a música parava, um realejo fanhoso, ao som do qual rodavam cavalinhos de pau, num dos ângulos do jardim, gemia, num tom dolente e irritante, o Trovador, atordoando os ouvidos delicados do Zuza, que achava aquilo simplesmente insuportável e medonho como um assassinato em plena rua.

Como é que se consentia semelhante importunação numa capital que tinha foros de civilizada?

Oh! Em Pernambuco, o italiano que se lembrasse de tocar realejo à porta de uma república era imediatamente punido a batatas e a cascas de laranja. Estava muito atrasadinho o Ceará!

Gostava pouco de ir ao Passeio, o que fazia raríssimas vezes a convite de José Pereira, que comparava aquilo a um paraíso.

— O Passeio Público? — dizia ele. — O Passeio Público é um dos mais belos do Brasil, é a coisa mais bem-feita que o Ceará possui. Que vista, que magnífico panorama se aprecia da Avenida Caio Prado, à tarde! Nem o Passeio Público do Rio de Janeiro!

E justificava o antibairrismo do estudante.

— É que tu tens passado a melhor parte da tua vida na Corte e em Pernambuco, menino — dizia ele. Se vivesses algum tempo nesta terra, havias de gostar extraordinariamente. Mas o que te posso afirmar é que no Brasil não há uma cidade tão bem alinhada como esta, uma iluminação mais rica do que a nossa e um Passeio Público assim como este.

"— Não duvidava, não duvidava, mas o Ceará ainda estava muito atrasadinho, lá isso estava."

Afinal, chegou o momento que Maria do Carmo aguardava com a impaciência febril de um desesperado. O redator da *Província* e o Zuza tinham deixado o grupo de políticos e aproximavam-se a passos lentos. Ao passarem pelas normalistas, a Campelinho levantou-se e, muito desembaraçada, com esse *tic* indizível das raparigas habituadas à convivência dos homens e à vida elegante, dirigiu-se aos dois amigos, saudando-os rasgadamente com um belo sorriso aristocrata:

— Como passou, Sr. José Pereira?... Sr. Zuza...

— Oh! Minha senhora... — fizeram os dois ao mesmo tempo.

E a Lídia, depois de perguntar a José Pereira, com quem tinha alguma familiaridade, se vira, por ali, D. Amélia, e com uma ponta de cinismo dirigiu-se ao Zuza.

— Que tal o passeio, Sr. Zuza?

— Esplêndido, minha senhora! Está de encantar!

— Isto é um inimigo do Ceará, D. Lídia — atalhou José Pereira rindo, com a sua voz muito grossa, os dentes muito brancos e pequeninos. — Isto é um vândalo!

— Vândalo, não. Sou apenas um admirador, um amante do progresso. A meu ver, repito, o Ceará tem muito ainda, mas mesmo muito (e deu umas castanholas com o dedo), que andar para ser uma capital de primeira ordem.

— Eu já sabia que o Sr. Zuza não gostava da terra de Iracema — disse a normalista.

Maria tinha se deixado ficar à distância, sentada num banco de madeira encostado a uma árvore, na meia sombra que havia de um lado da avenida, quieta, imóvel, acaçapada, como uma coisa à toa... Sentia-se cada vez mais tola, mais matuta e insociável.

A presença do acadêmico punha-lhe calafrios na espinha, e vinha-lhe logo um desejo vago de isolar-se e não dizer palavra. Não sabia o que aquilo era; o certo é que a presença do Zuza hipnotizava-a, fazia-lhe perder a cabeça, como se estivesse diante de um monstro, de uma criatura misteriosa, cujo poder sobre ela fosse enorme.

Zangava-se consigo mesma nesses momentos. Já estava em idade de perder todo o acanhamento e, que diabo!, atirar-se à vida, à sociedade, sem medo, sem receios infundados, sem pieguismos. Bolas! De si para si, tornava a jurar nunca mais ter medo de homem algum, mas no outro dia era a mesma da véspera, fraca, impotente para dominar-se.

— Pois estamos distraindo o espírito — tornou a Lídia. — A avenida Caio Prado está muito cheia; vimos apreciar o movimento daqui, da Avenida dos Charutos.

O zé-povinho denominava Avenida dos Charutos a avenida Carapinin por ser mais frequentada por gente de cor, e Lídia achava muita graça naquilo, não podia acertar com o verdadeiro nome da sombria aleia, ponto dileto de cozinheiras e raparigas baratas da rua da Misericórdia.

— Ah! — fez o Zuza. Então V. Exa. não veio só...?

— Não, não. Vim com a minha amiga inseparável.

E voltou-se para Maria, que fingia olhar para o coreto da música.

— Quem, D. Maria do Carmo? — perguntou José Pereira voltando-se também.

— Sim, a Maria...

— Oh! — exclamou o redator dirigindo-se para a normalista. — Está triste hoje, D. Maria?

Uma moça bonita não se deixa ficar assim, na sombra. Como vai, como tem passado, boazinha? Sempre acanhada!... Venha, faz favor? Quero lhe apresentar a um moço muito chique e que lhe aprecia muito.

— Quem, o Sr. Zuza? Ela já conhecia. Estava descansando.

— Ó Zuza!

O acadêmico e a Lídia aproximaram-se.

E José Pereira num tom de cortesia:

— Apresento-te aqui a Sra. D. Maria do Carmo, normalista, e uma das moças mais distintas da nossa sociedade, uma flor!

Riram-se todos àquele disparate premeditado, pondo uma nota alegre nesse obscuro recanto do Passeio.

— Oh! Já se conheciam? Não sabia, por Deus! Então já conheces a moça mais bonita do Trilho de Ferro, hein? Uma coisa que não sabes: faz versos também...

Maria cumprimentou o estudante com um modo muito discreto, conservando-se sentada, aflita.

A música deu começo a um tango repinicado, saltitante e carnavalesco, espécie de Chorado Baiano, com rufos de tambor, em que sobressaía o clarinete cujas notas, muito prolongadas e queixosas, morriam languidamente.

De quando em quando, os instrumentos faziam uma pausa e rompia um coro de vozes grossas. — Quem comeu do boi?... Que a molecagem, lá fora, repetia numa desafinação irritante de vozes finas.

— Vamos tomar alguma coisa — insistiu José Pereira oferecendo o braço a Lídia cortesmente. — Ó Zuza, você dá o braço a D. Maria do Carmo.

E, dois a dois, dirigiram-se para o botequim, José Pereira à frente com a Campelinho.

A ocasião era oportuna.

Maria a princípio desanimou completamente, mas, num ímpeto decisivo e franco, fazendo um esforço supremo sobre si mesma, nervosa, mais tímida que nunca, sacou a carta, passou-a ao estudante, com a mão trêmula, sem proferir palavra, e imediatamente veio-lhe um arrependimento profundo de se ter comprometido daquele modo, como se houvesse cometido um grande crime, como se naquela carta fosse toda a sua honra, todo o seu pudor de rapariga honesta. Estava perdida! Pensou, e já lhe parecia que toda a gente — o Passeio Público em peso — seguia-lhe as pegadas observando-lhe todos os movimentos.

— Ah! — fez o Zuza satisfeito. — Pensei que não respondesse...

E, sentindo-se dono daquela prenda, com um frêmito de pálpebras através dos óculos de ouro, aconchegou a si o braço roliço da normalista meio descoberto.

Maria conservou-se calada, sentindo cada vez mais forte o poder misterioso do estudante sobre seu coração extremamente sensível e bom. Deixou-se ir automaticamente, como uma sonâmbula.

Sentaram-se. José Pereira quis saber o que desejavam tomar. Havia sorvete, cidra, cerveja, vinho do Porto, chocolate...

— Cerveja — acudiu a Lídia.

Todos assentaram, depois de alguns minutos de indecisão, em tomar cerveja, e o redator da *Província*, sempre alegre e cortês, enfiando a cabeça para dentro do botequim, pediu três garrafas de Carls Berg, gelo e quatro copos.

O serviço do botequim era feito por um menino que entrava e saía sem descanso, numa azáfama dos diabos, suado, com os cabelos empastados na testa, sem paletó, uma toalha nauseabunda e úmida no ombro, acudindo, ele só, a todos os chamados.

Rapazes impacientes, de chapéu caído para a nuca, tresandando ixora, muito arrebitados, batiam com as bengalas sobre as mesinhas.

— Uma garrafa de cerveja, menino!

— Ó pequeno, aqui! Olha dois cafés!

O pobre caixeirinho não tinha trégua com a cara enfarruscada, resmungando.

De vez em quando, esfregava a toalha nas mesas com força, salpicando restos de bebidas nos janotas.

— Ó burro, estás cego?

O menino zangava-se e corria a outra mesa.

Vinha de dentro do quiosque um cheiro ativo de café requentado. Saíam bandejinhas com chocolate e pão-de-ló.

— Muito mal servido isto — objetou Zuza com o seu ar afetado de fidalgo, limpando os bigodes. — Tenho notado mesmo que aqui, no Ceará, não se usa guardanapo...

— É objeto de luxo — disse José Pereira, atirando também o seu dichote.

E pouco a pouco a conversação foi-se animando, pouco a pouco foi-se estabelecendo uma como intimidade entre todos, ao passo que os copos se esvaziavam.

Pediram mais uma garrafa de cerveja.

A própria Maria do Carmo tinha o rosto em fogo. Foi perdendo o acanhamento e ria também com os outros quando o redator dizia uma pilhéria.

A Lídia, essa lambia os beiços a cada copo que virava de dois tragos. Era a sua bebida predileta — a cerveja. Bebera pela primeira vez ali mesmo, no passeio, por sinal o alferes Coutinho, do batalhão, é que tinha pago. Estava em meio do terceiro copo. — "Aquilo é que era bebida agradável e higiênica", dizia ela. Não gostava de licores e bebidas adocicadas. A champanha mesmo enjoava-lhe.

— E que tal acha o peru? — perguntou maliciosamente José Pereira.

Isso era outra coisa: O peru era uma excelente bebida; bastava ter sido inventada pelo presidente da *Província*, um moço de educação muito fina, viajado. Diziam até que tinha ido à Rússia...

Então falou-se do presidente, que José Pereira não perdia ocasião de elogiar exageradamente.

Um homem superior, gabava ele, um *gentleman*, um fidalgo de raça, uma dessas criaturas que a gente ficava querendo bem por toda a vida. Pois não! Excelente amigo, dedicado até, jogador de florete, sabendo montar a cavalo "divinamente" e atirando ao alvo com uma perfeição ultra! E que educação, que finíssima educação social! O homem falava francês como um parisiense, entendia inglês e tinha um modo excepcional de se portar em qualquer ocasião, solene. Com tudo isto, acrescentava pigarreando, era muito bom democrata, sim, senhores. Passeava sem ordenança, a pé; ia ao mercado pela manhã "ver aquilo" como qualquer plebeu e jogava bilhar na Maison Moderne... Que queriam mais? De um homem assim é que o Ceará precisava. Ele ali estava na pessoa do Castro.

Tratava o presidente familiarmente, como a um amigo de muita intimidade.

Por sua vez, o Zuza elevava o presidente aos cornos da lua. A sua opinião resumida era a seguinte: "Todos os cearenses juntos, trepados uns sobre os outros, não chegavam aos pés do fidalgo paulista".

A Lídia achava os olhos do presidente "simplesmente adoráveis".

— Eu o que mais admiro nele é o pescoço, a brancura escultural do pescoço — disse Maria.

O presidente foi analisado escrupulosamente da cabeça aos pés, como uma estátua grega, ao sabor da cerveja Carls Berg.

Já não havia quase ninguém no Passeio, quieto agora, sem o ruído tumultuoso dos passeantes, sem música, todo iluminado pela claridade branda e melancólica do luar. Apenas se ouvia o grasnar áspero dos gansos nos reservatórios, a grita estridente das marrequinhas e a toada dos soldados no quartel, rezando.

José Pereira tinha pedido mais uma garrafa de cerveja e instava para que Maria do Carmo tomasse "um bocadinho só". A normalista, porém, cobria o copo com a mão, recusando. Que não: estava muito cheia, sentia uma pontinha de dor de cabeça. Botasse para a Lídia...

Ora, fizesse favor, aceitasse, por vida de seus magníficos olhinhos de princesa encantada, suplicou o redator da *Província* fixando os olhos em Maria, que esperava o assentimento do Zuza.

— Por que não toma, D. Maria? — perguntou este num tom quase imperativo. — O José Pereira pede-lhe com tão bons modos...

Maria aceitou com um gesto de repugnância.

— À sua saúde — fez José Pereira tocando o copo no da normalista.

Houve um tilintar de cristais chocando-se de leve, e todos beberam ruidosamente.

— Agora vamo-nos chegando que se faz tarde — propôs Lídia levantando-se.

Mal sustinha-se em pé. José Pereira ofereceu-lhe o braço.

Uma languidez extrema tinha-se apoderado de Maria, cujas pálpebras pesavam como chumbo. Foi preciso amparar-se ao estudante para não cair redondamente.

— Uma tonteira! — queixou-se ela fechando os olhos.

Não era nada, disse o outro passando-lhe o braço pela cintura; e, enquanto o redator seguia pela avenida com Lídia, deixavam-se ficar naquela posição, em pé ambos e quase abraçados.

— Olhe, D. Maria...

A rapariga tentou abrir os olhos, e nesse momento, naquele silencioso recanto do Passeio, estalou um beijo. Depois seguiram também, e, juntos, todos os quatro foram tomar café no Restaurante Tristão.

CAPÍTULO VIII

Maria do Carmo chegou à casa ofegante, esfalfada, com a cabeça a arder, muito corada e alegre, o olhar cheio de meiguice, transfigurada pelos efeitos da cerveja, rindo por dá cá aquela palha. Atirou-se com todo o peso do corpo nos braços de João da Mata, fazendo-lhe festa, muito amorosa, como uma cadelinha de estima depois de uma ausência. No seu olhar aveludado e submisso, havia uma súplica irresistível.

— Cheguei um bocadinho tarde, não é assim, padrinho? — perguntou cosendo-se ao amanuense, a cabeça derreada para trás.

João olhou-a, olhou-a, hesitante, com um ar de extrema bonomia no rosto ainda há pouco carrancudo.

Tinha acabado de ralhar pela demora da afilhada e agora se achava sem ânimo para dizer uma só palavra áspera à rapariga, cujo olhar o fascinava como um abismo. Ali estava ela a seus pés, submissa e mais bela do que nunca, acariciando-lhe a barba, toda sua, como uma escrava.

— Sim, senhora, chegou um bocadinho tarde. Isto não são horas de uma moça estar passeando...

Afetava um tom repreensivo e ao mesmo tempo paternal.

Quase dez horas! Não era bonito aquilo, tivesse mais juizinho. Enfim, por aquela vez, o dito por não dito, mas, por amor de Deus, não fizesse outra, senão, senão...

— Mas padrinho...

— Não tem padrinho, não tem nada. Pode ir ao Passeio, mas, por favor, não me volte a estas horas...

E afagava os cabelos de Maria, passava-lhe a mão nas faces, atoleimado, imbecil como um velho impotente, o olhar aceso através dos óculos escuros, a calva reluzente como uma grande bola de bilhar.

— Tu bebeste cerveja, aposto — tornou tomando entre as mãos a cabeça da rapariga e cheirando-lhe a boca. — Ora se tomou...

— Tomei, sim, padrinho, tomei um copo assim. E indicou o tamanho do copo. Mas não estou tonta, não, padrinhozinho... Olhe, foi só um copo.

— E quem te pagou?

— Quem pagou?... Ora, quem pagou...

— Sim, quero saber quem te pagou a cerveja. Tu não levaste dinheiro...

— Quem pagou foi o Sr. José Pereira...

— Eu logo vi! Aposto em como o tal Sr. Zuza também entrou na festa.

Maria fez-se desentendida, e agarrando-se ao pescoço do amanuense, com um pulo, plantou-lhe um beijo na testa.

João da Mata desequilibrou-se.

— Ora, ora, ora, esta menina!...

Não sabia o que fizesse. Ralhar? Não. Maria estava encantadora e pagava-lhe com beijos as recriminações. Calar? Também não. A rapariga era capaz de reincidir na falta. O verdadeiro era não falar mais no Zuza. E João da Mata rematou a conversa:

— Vá, minha filha, vá dormir, que você não está boa...

Maria beijou, como de costume, a mão descarnada do padrinho e, de um salto, recolheu-se ao seu querido quarto do meio, caindo pesadamente na rede, vestida como estava, sem ao menos lembrar-se de soltar os cabelos, tendo apenas tirado os sapatinhos e desabotoado o corpete.

Arre! Estava muito fatigada, precisava descansar.

E adormeceu imediatamente com um sorriso adorável na pequenina boca entreaberta.

Teve sonhos impossíveis e horrorosos nessa noite. Cerca de onze horas acordou sobressaltada com um pesadelo. Sonhou, coisa extravagante!, que ia sozinha por um caminho deserto e interminável onde havia urzes e flores em profusão. Estava perdida, sem saber o rumo que devia tomar, caminhando, caminhando sem olhar para trás.

De repente — Arre corno! — ouviu a voz aguardentada do Romão, o mesmo que fazia a limpeza da cidade, e logo surgiu-lhe em frente a figura nauseabunda e miserável do negro.

Era um Romão colossal, grosso e musculoso como um Hércules, nu da cintura para cima, as espáduas largas e reluzentes de suor, calças arregaçadas até os joelhos, preto como carvão, as pernas curvas formando um grande O, os braços levantados, segurando na cabeça chata um barril enorme transbordando imundícias! — Arre corno! gania o negro no silêncio da noite clara, cambaleando muito bêbado, perseguido por uma cáfila de cães que ladravam desesperadamente. Fazia um luar esplêndido...

Assim que deu com os olhos nela, o negro atirou ao chão o barril de porcarias, que se despedaçou empestando o ar. E o Romão, cambaleando sempre, muito fedorento, atirou-se a ela, rilhando os dentes num frenesi estúpido, beijando-a, besuntando-a.

Que horror! Ela, mais que depressa, cobrindo o rosto com as mãos, quis fugir, sentindo toda a hediondez daquele corpo imundo, mas o negro deitou-a no chão com força e... E Maria do Carmo acordou quase sem sentidos, sentando-se na rede, com um grande peso no coração, aflita, sufocada, sem poder falar, porque tinha a língua presa...

— Virgem Maria! — suspirou logo que pôde voltar a si. Que sonho feio!...

Suava em bicas, muito pálida, como se acabasse de sair de um forno. Só então reparou, muito admirada, que ainda estava com a mesma roupa com que fora ao Passeio Público.

Riscou um fósforo com a mão trêmula, acendeu a velinha de carnaúba e começou a despir-se depressa.

Lá fora, na rua, passava uma serenata. Uma voz de homem cantava uma modinha conhecida, acompanhada de violão e flauta:

Não cho... res, querida Elvi... ra...

Maria sentia-se doente, com um sabor desagradável na boca e uma dor forte nas têmporas.

Vinha-lhe uma vontade de vomitar, de deitar fora a cerveja que bebera; sentia um mal-estar geral em todo o corpo, como se estivesse para cair gravemente doente.

Que seria, Deus do céu? Aproximou a vela do espelho, um velho traste com o aço muito estragado, e achou-se abatida, os olhos fundos, uma crosta esbranquiçada na língua. Nunca mais havia de tomar a tal cerveja, uma bebida selvagem, sem gosto, repugnante como um vomitório. Só tomara naquela noite por causa do Zuza, porque ouvira dizer que "era moda nas grandes cidades", na Corte e no Recife, as senhoras tomarem cerveja. Mas credo!

Noutra não caía. Se soubesse teria pedido cidra.

Quis chamar a Mariana para lhe fazer um chazinho de laranja, mas era muito tarde, podiam desconfiar e, depois, o padrinho agora dormia na sala de jantar...

Não, não, era melhor não incomodar a ninguém! Aquilo havia de passar, se Deus o permitisse.

Tinha até se esquecido de rezar...

Ajoelhou-se, mesmo em camisa, diante da oleografia que representava o Cristo abrindo o coração à humanidade, balbuciou uma oração, persignou-se e, mais aliviada, mais fresca, adormeceu novamente, pensando no estudante.

O amanuense, no mesmo dia da briga com a mulher, resolvera de então em diante dormir numa rede na sala de jantar. Uma figa! Não estava mais para suportar o calor infernal da alcova, e, além disso, viviam ultimamente, ele e D. Terezinha, arengando consecutivamente, como duas crianças invejosas, pela coisa mais insignificante. Ele, muito bilioso, achava que tudo em casa ia muito ruim, que D. Terezinha não se importava com as coisas, que não se fazia mais economia. — "Um gasto enorme de dinheiro! Um desperdício sem nome, um esbanjar sem trégua, e, afinal de contas, não passavam da carne cozida e do lombo assado com arroz. Isso assim ia mal, muito mal. Depois, ninguém fosse chorar por dinheiro..."

Quem, ela, chorar? Que esperança! Estava muito enganado, seu "papa-angu de boceta".

Tinha muito para onde ir, não faltavam casas de gente séria no Ceará. Socasse o seu dinheiro onde quisesse...

Toda a vizinhança, ávida de escândalos, ouvia com risinhos de pérfida satisfação aqueles torniquetes às vezes imorais, até do amanuense com a mulher. Era um divertimento.

— Deus os fez e o diabo os ajuntou — dizia a mulher de um barbeiro que morava ali perto, paredes-meias.

Quando João da Mata entrava na pinga então a coisa tomava proporções assustadoras.

Ameaçava expulsar a mulher de casa a pontapés, berrava como um possesso, batia portas, quebrava louça ao jantar, rogava pragas, e a própria criada não escapava à sua cólera.

Mariana era uma rapariga muito pacata e em pouco se acostumou às impertinências ríspidas de "seu Joãozinho".

— Para que havia de dar o pobre homem — dizia ela às vezes, penalizada, cruzando os dedos sobre o ventre. — Credo! A gente vê coisas! Hum, hum!...

E muito risona, muito tola com o seu ar idiota de animal dócil, lá se ia para a cozinha cuidar das panelas e da louça, porque era ao mesmo tempo cozinhcira e copeira.

Quase todos os dias a mesma lenga-lenga, o mesmo duelo de palavrões de porta de feira, a mesma pancadaria de descomposturas. Não era raro sair da boca desdentada do amanuense uma obscenidade!

— Jesus! — exclamava Maria fugindo para o seu quarto com as mãos nos ouvidos.

Ao ouvir a voz de João da Mata berrando como um danado, a vizinhança chegava às janelas ávida de escândalo. Meninos em fralda de camisa, chupando o dedo, paravam defronte da porta do amanuense, muito espantados, olhando cheios de curiosidade pelas frinchas da rótula.

E a algazarra crescia lá dentro, como se papagueassem muitas pessoas a um tempo.

As duas criaturas faziam as delícias da rua do Trilho, que se regozijava com aqueles espetáculos gratuitos de um cômico irresistível.

"— Aquilo ainda acabava, mas era num escândalo badejo", resmungava a mulher do barbeiro, uma magricela com cara de quem está sempre com dor de barriga.

O Loureiro repetia indignado, dando-se ares de homem sério e reformador de costumes:

"— Uma gente sem-vergonha. Uma canalha! Tomara já se casar para ver-se longe de semelhante peste. Até era feio a Lídia ter amizade com aquela gente."

E aconselhava a rapariga que fosse, pouco a pouco, deixando de ir à casa de João da Mata, porque não lhe ficava bem, a ela "rapariga de família", em vésperas de se casar, ter relações com uma corja daquela.

Já não se jogava a víspora em casa do amanuense. As velhas coleções dormiam esquecidas no saquinho de baeta verde em cima do piano.

D. Terezinha transformava-se a olhos vistos. Pouco lhe importavam os móveis cobertos de poeira e de fuligem das locomotivas; protestara nunca mais abrir o bico para dar ordem naquela casa. Estava cansada de aguentar desaforos "do corno" do Sr. João da Mata.

E tudo por quê? Por causa de uma peste que se lhe metera casa adentro e agora andava mostrando os dentes e mais alguma coisa ao padrinho, com partes de afilhada. Não, ela é que não servia de alcoviteira a ninguém, meu bem. Estava muito enganadinho. Se quisesse fazer mal à sonsa da Maria fosse fazer onde bem entendesse, mas ela, Teté, não servia de travesseiro, não, mas era o mesmo... Estimava muito que lhe deixassem dormir só, na sua cama. Não perdia nada.

Por seu lado, o amanuense encarava a mulher com um desprezo solene. Vinha-lhe agora um arrependimento profundo por ter feito a asneira de amigar-se com D. Terezinha. Tanta rapariguinha fresca e bonita vivia à procura de um homem, tanta retirante "moça" e pobre, tanta gente boa no mundo, fora amigar-se logo com quem? Com quem, Sr. João da Mata?

Com uma sujeita feiosa que só tinha carne nos quadris, um monstro de gordura, com pernas finas e ainda por cima estéril! Que grandíssima cabeçada! Entretanto, podia estar muito bem casado com uma mulher de certa ordem, rica mesmo, bem-educada e bonitona.

Depois que se mudara para a sala de jantar apoderou-se dele um aborrecimento inexplicável por D. Terezinha. Passava horas e horas estendido na rede, de papo para o ar, em ceroula e camisa de meia, acendendo cigarros, a pensar na vida, como um grande capitalista que sonha no dinheiro acumulado usurariamente, e Maria do Carmo aparecia-lhe na imaginação como um tesouro preciosíssimo, que ele receava fosse cobiçado um belo dia pelo rapazio galante da cidade. Estava ficando velho e era preciso aproveitar o resto da vida. É verdade que em 1877, na seca, tinha desfrutado muita "bichinha" famosa. Nesse tempo, ele era comissário de socorros... Mas nenhuma daquelas retirantes chegava aos pés da afilhada.

Chegava o quê? Nem havia termo de comparação. Maria, além de ser uma rapariga asseada e apetitosa como uma ata madura, tinha sobre as outras a vantagem de ser inteligente e educada.

Essas qualidades da normalista tinham um encanto extraordinário aos olhos do amanuense. Nunca em sua vida cheia de aventuras amorosas encontrara uma rapariga nas condições de Maria do Carmo, filha de família, branca, singularmente encantadora e que estivesse ao alcance de seu coração, ah!, nunca.

Maria punha-o doido com os seus belos olhinhos cor de azeitona. A sua imaginação criava planos fantásticos, inexequíveis, por meio dos quais ele pudesse iludir a afilhada e, zás!, tirar-lhe o lírio branco da virgindade. Não queria precipitar-se com risco de um escândalo comprometedor, isso não. Preferia insinuar-se pouco a pouco, devagar, no ânimo da pequena, sem a sobressaltar, fazendo-lhe todas as vontades, de modo que, na ocasião oportuna, no momento preciso ela se entregasse prontamente, sem resistência.

Com efeito, Maria agora, para não desagradar ao padrinho, obedecia-lhe cegamente, com a resignação indolente, fria duma escrava. Que havia de fazer, ela uma pobre filha adotiva, se o padrinho era quem lhe dava de comer e de vestir? Consentia, pudera não! sem a menor resistência, que o amanuense afagasse-lhe o bico dos seios virgens e lhe passasse a mão pelas coxas tenras e polpudas...

— Está fazendo cócega, padrinho — murmurava rindo, com um riso sem expressão, que lhe vinha do fundo da alma de donzela.

— Sossega, tolinha — ralhava João.

E ela não tinha remédio senão ficar quieta, imóvel, com o olhar úmido no teto, abandonada às carícias sensuais daquele homem repugnante que a perseguia como um animal no cio, mas que afinal de contas era seu padrinho...

Muitas vezes, ah! quase sempre, vinham-lhe ímpetos de reagir com toda a força do seu pudor revoltado, mas ao mesmo tempo lembrava-se que era só no mundo, porque já não tinha pai nem mãe, e podia ser muito desgraçada depois... Sim, era preciso paciência para suportar tudo até que o Zuza se decidisse a ampará-la sob a sua proteção de rapaz rico. Vivia agora, sabe Deus como, entre a indiferença cruel de D. Terezinha e a vontade soberana do amanuense, por assim dizer sozinha naquela casa onde tudo tinha o aspecto sombrio e desolado da pobreza desonesta. Ah! Mas aquilo havia de acabar fosse como fosse...

A própria Lídia já não a procurava como dantes, toda orgulhosa com o seu noivo. A felicidade da amiga aumentava-lhe ainda mais o desespero. Decididamente era muito infeliz.

Aí vinham-lhe outra vez as lágrimas e os soluços concentrados. Recolhia-se com os olhos cheios de água ao seu quarto, com uma tristeza infinita no coração, e só achava conforto nas confidências amorosas do Zuza, que ela guardava como uma relíquia no fundo de uma caixinha perfumada de sândalo. Esquecia-se a lê-las devagar, repetindo frases inteiras, admirando a bela caligrafia em que elas eram escritas, beijando-as sobre a assinatura do estudante, toda entregue ao seu amor.

Havia uma semana que se correspondiam por cartas onde a vida de ambos era descrita como num diário, minuciosamente, em todos os seus detalhes. Porque o futuro bacharel desconfiara do modo frio com que o amanuense o recebia, e, sem dizer nada a ninguém, resolvera nunca mais pôr os pés naquela casa que ele "honrara" durante quase um mês com a sua presença. Pílulas!

Todos os dias encontrava o sujeito com uma cara de mata-mouros, a pequena tinha ordem para não lhe aparecer, e mesmo era uma estopada ir ao Trilho a pé, sujeitando-se à crítica idiota dos mequetrefes da vida alheia. Estava decidido — não iria mais ao Trilho de Ferro. E cumpriu a sua palavra com a dignidade de um fidalgo.

Encontravam-se diariamente na Escola que o Zuza frequentava agora com a pontualidade irrepreensível de um inglês. E, como não podiam conversar à vontade sem escandalizar os créditos do estabelecimento já um tanto abalados, trocavam cartinhas no intervalo das aulas.

Era voz geral na cidade que o estudante estava disposto a casar com a normalista mesmo contra a vontade de seus pais e a despeito da burguesia aristocrata que lamentava por sua vez tamanho "desastre". Um rapaz fino, com um futuro invejável diante de si, estimado, amigo do presidente, casar-se com uma simples normalista sem eira nem beira! E em toda a parte, desde o Café Java até ao Palácio da Presidência, comentava-se, discutia-se ruidosamente o assombroso acontecimento. Uns asseguravam que o Zuza estava desfrutando a rapariga para depois — *fuisset!* — pôr-se ao fresco e nunca mais pisar o solo cearense. Outros, porém, eram de parecer que o acadêmico tinha boas intenções e até fazia bem levantar da miséria uma criatura como a Maria, que estava se perdendo em companhia do amanuense. Havia outro grupo que acreditava no casamento do Zuza com a normalista porque, na sua opinião, a menina já "estava pronta", isto é, o estudante já lhe tinha "plantado no bucho um Zuzinha".

E, assim, multiplicavam-se as opiniões, enquanto o Zuza, fazendo ouvidos de mercador, não se dava ao trabalho de desfazer boatos. — Que se fomentassem todos. Não tinha que dar satisfações a ninguém por seus atos.

Um belo domingo a *Matraca* lembrou-se outra vez de curtir o couro ao Zuza em redondilhas escandalosas que enchiam quase toda uma página. Os vendedores do pasquim atravessavam as ruas em disparada, esbaforidos, apregoando alto e bom som — o Namoro do Trilho de Ferro!

Em todas as esquinas, surgiam meninos maltrapilhos sobraçando o jornaleco, arquejantes sob a luz crua do sol que incendiava a cidade nesse luminoso meio-dia de novembro.

O casarão do governo, acaçapado e informe, com o seu aspecto branco e tradicional de velho edifício português, do tempo do Sr. D. João VI, com a sua fila de janelas, alinhadas à maneira de hospital, espiando para a praça do General Tibúrcio, parecia dormir um sono bom de sesta, batido pelo sol, na mudez solene de um monumento arqueológico. Tinha dado meio-dia na Sé; ainda vibrava no espaço iluminado e azul a última nota das cornetas.

Àquela hora o estudante acabara de almoçar com o presidente e, pernas cruzadas, reclinado numa cadeira de balanço, deliciava-se a fumar tranquilo o seu havana, mais o José Pereira, na larga sala de recepção do palácio.

De repente:

— A *Matraca* a 40 réis! O namoro do Trilho de Ferro! O Estudante e a Normalista!

Grande Escândalo!

Um menino passava gritando a todo o pulmão, numa voz fina de adolescente, as notícias da folha domingueira.

Zuza, com o rosto afogueado pelo Bordeaux que tomara ao almoço, estremeceu na cadeira.

— Hein?

O vendedor de jornais repetia a lenga-lenga lá fora, na praça. Então, o estudante, fulo de raiva, sacudindo fora o resto do charuto, levantou-se e foi direito à janela.

— Psiu! Psiu! Ó menino da *Matraca*!

— Eu?

— Sim, você mesmo!

Enquanto se esfrega um olho os dois encontraram-se embaixo, na porta do palácio.

— Que está você a gritar, seu patife? — perguntou Zuza segurando o vendedor pelas orelhas.

— Nada, seu doutô; é o Namoro do Trilho.

— Você ainda repete, seu grandíssimo corno!

E, depois de encher o pequeno de petelecos, o futuro bacharel tomou-lhe todos os exemplares da *Matraca* rasgando-os imediatamente.

O outro abriu a goela a chorar encostando-se à parede, com a cabeça entre os braços.

— E puxe! — continuou o Zuza implacável, com o seu olhar de míope. Vá, vá, vá, e diga ao dono desta imundície que eu ainda lhe quebro a cara a bengaladas, hein! Vá, vá, vá...

O pequeno não teve outro jeito senão ir-se arrastando pela parede, muito triste, resmungando, protestando nunca mais vender a *Matraca*, enquanto o Zuza explicava o caso ao José Pereira e ao presidente, que o receberam com uma explosão de risos.

O caso não era para rir, dizia ele formalizado, limpando os óculos com a ponta do lenço de seda. O caso não era para rir, que diabo! Ainda havia de quebrar a cara do redator da *Matraca*. Aquilo excedia as raias do decoro e do respeito que se deve ter à sociedade. Que essa! Não era nenhum filho da mãe que estivesse a servir de judas a Deus e ao mundo. Era assim que resolvia questões de dignidade pessoal — à bengala!

— Mas vem cá, ó Zuza — disse amigavelmente o fidalgo paulista —; tu perdes o tempo e o latim com semelhante gente...

— Eu já o aconselhei — interrompeu José Pereira. — O desprezo é a arma dos fortes.

— Qual desprezo, homem! O desprezo é a arma dos covardes. Eu cá resolvo as coisas positivamente a bengaladas.

— Quantas já deste no redator da *Matraca*? — perguntou José Pereira para confundir o Zuza.

— Não dei nenhuma ainda, mas pretendo, antes de me ir embora, quebrar-lhe os queixos, sabe você?

O presidente, para não provocar mais a bílis do Zuza, perguntou, a propósito de jornais que se ocupavam da vida alheia, se tinham lido o *Pedro II*, e a conversa descambou para o terreno árido da política local.

— Que diz o papelucho? — perguntou o fidalgo de dentro dos seus grandes colarinhos lustrosos.

— A mesma coisa de todos os dias — respondeu José Pereira com um gesto de desprezo.

Que você é um péssimo presidente, que você gosta de tomar champanha e, finalmente, que você "vai encaminhando as coisas públicas para um abismo".

— Ora, suportem-se umas coisas destas! — saltou o Zuza. — Eis aí: é ou não para se dar o cavaco?

— Mas, Zuza, eu vou respondendo a cada artigo com a demissão de dez funcionários amigos da oposição.

Queres ver uma coisa?... Que dia é hoje?...

— Domingo...

— Pois bem, vou mandar lavrar a demissão de alguns empregados públicos que se dizem miúdos com a data de hoje. Eis aí está como se resolvem questões desta ordem. Insultam-me, não é assim? Injuriam-me, acham que sou mau, que não tenho juízo, que sou indiferente à sorte do Ceará... Pois bem, hoje mesmo muita gente vai pagar pelos diretores do tal partido.

Nada mais simples, não achas?

Ante a resolução pronta e decisiva do presidente, o Zuza ficou perplexo. Decididamente era um grande homem aquele!

— Mas olha que vais reduzir à miséria muitas famílias...

O presidente teve um sorriso de suprema indiferença àquelas palavras do estudante e dirigiu-se para a secretaria com o passo firme de quem caminha para uma ação nobre com o seu belo porte de diplomata.

Zuza pretextou uma forte enxaqueca e abalou, a pensar no vendedor da *Matraca*. Tinha feito mal em esbofetear o rapazinho, porque afinal de contas o pequeno estava inocente, nada tinha que ver com os desaforos publicados. Era um simples vendedor, coitado.

Enfiou pela rua da Assembleia macambúzio, com um ar indolente, chapéu derreado para trás, riscando o chão com a bengala, muito distraído.

"— Que diabo! A gente sempre faz asneiras..."

E, pecador arrependido, entrou em casa esbaforido, soltando, logo à entrada, um bocejo de velho preguiçoso.

Entretanto, a demora do Zuza na capital cearense começava a inquietar o coronel Souza Nunes. Era época de exames e o estudante nem sequer falava em tirar passagem para o Recife onde já devia se achar a fim de concluir o curso.

Se lhe entrasse na cabeça a ideia de casamento com a tal senhora normalista, então, adeus, pensava o coronel; ia tudo águas abaixo. Seria talvez preciso improvisar um passeio à Europa, do contrário, o rapaz era capaz de fazer uma estralada dos diabos.

Ia falar ao Zuza como pai, ia repreendê-lo severamente, dizer--lhe com a franqueza rude de um superior para um subalterno que aquilo não podia continuar, que era tempo de seguir para o Recife, que se preparasse.

Mas o filho tinha umas maneiras capciosas de convencê-lo, fazendo-se enérgico, revoltando-se contra a maledicência pública, provando-lhe com argumentos fortes que tudo que se dizia na rua era mentira, que ele, Zuza, até desejava ir-se logo para Pernambuco, o que decididamente faria no primeiro vapor.

— O certo é que os vapores passam, e tornam a passar, e tu vais ficando — objetou-lhe um dia o coronel, que se abstinha de falar na normalista.

— ... Mas, ora, há tempo bastante para tudo. Os exames começam tarde este ano.

— Qual tarde, meu filho! Tu estás perdendo um tempo precioso quando já devias estar lá.

Havia entre os dois, pai e filho, uma familiaridade moderna, como se fossem apenas irmãos.

A esposa do coronel é que não se envolvia em questões.

Adorava o filho, é verdade, tratava-o com todo carinho, tinha orgulho nele, mas sempre muito boa, respeitava as resoluções do Zuza e evitava contrariá-lo na mais pequena coisa.

Demais, D. Sofia estimava até que o filho se demorasse o mais possível em sua companhia.

A formatura do Zuza era para ela uma questão secundária que havia de se resolver mais cedo ou mais tarde; de si para si, achava que o estudante tinha pouco amor aos estudos, mas não revelava este seu pensamento a ninguém. Vivia constantemente incomodada, com fortes dores no útero, provenientes de um parto infeliz em que fora preciso arrancar a criança a fórceps.

Era uma senhora de quarenta anos com todos os característicos de uma boa esposa:

inimiga de passeios, importando-se pouco ou nada com a vida elegante, arrastando a sua enfermidade incurável pelo interior sossegado da casa. O Zuza tinha-lhe uma afeição supersticiosa. D. Sofia era a única mulher sincera e boa no mundo a seus olhos de filho agradecido. Um pedido, um desejo de sua mãe era satisfeito imediatamente, sem considerações, custasse o que custasse.

Ela, por sua vez, a pobre senhora, retribuía-lhe o afeto com a mesma dedicação, com o mesmo desprendimento, não contrariando o mais leve pensamento do rapaz.

— "É o que me obriga a vir ao Ceará, dizia ele, é minha velha, do contrário jamais eu tornaria a esta província insuportável."

Mas entravam e saíam vapores e ele deixava-se ficar com o seu tédio, preso irresistivelmente aos olhos cor de azeitona da normalista como a uma forte cadeia de ferro. — "Tinha tempo, tinha tempo...", repetia, decidido a passar o Natal em Fortaleza. Que diabo!

Deixassem-no ao menos provar a tradicional aluá. Os exames? Ninguém se incomodasse, faria-os em março; era até melhor, porque assim podia estudar mais e "fazer figura".

E os dias passavam e cada vez crescia mais no seu espírito o desejo veemente, a ambição romântica de possuir completamente aquela rapariga que tinha se apoderado de todo seu coração. Queria para esposa uma mulher nas condições de Maria do Carmo, órfã, de origem obscura e pobre. Decididamente casava-se desta vez embora isso custasse algum desgosto ao pai. Todo homem deve ter a liberdade de escolher a mulher que melhor lhe quadrar.

— Mas olha que a rapariga é normalista... — lembrava José Pereira maliciosamente.

Que importava isso? Fazia muito bom juízo da sociedade cearense para não acreditar que todas as normalistas do Ceará fossem indignas de um rapaz de certa ordem. O que queria é que a pequena soubesse corresponder à sua confiança.

CAPÍTULO IX

Foi num sábado, à noite, que se realizou cerimoniosamente, com toda a pompa de uma festa de província, o casamento da Lídia com o guarda-livros, na Igreja de N. S. do Patrocínio.

Às sete horas, parou à porta da viúva Campelo um carro e saltou o Loureiro todo de preto, gravata branca, o cabelo lustroso, repartido ao meio em trunfas, empunhando o seu famoso claque. Estava glorioso dentro da sua casaca de pano fino mandada fazer especialmente para o ato.

Que festa na rua do Trilho!

No quarteirão compreendido entre a rua das Flores e a do Senador Alencar, notava-se um movimento desusado de gente que se debruçava às janelas e parava na calçada e nas esquinas para esperar a saída dos noivos. Uma curiosidade flagrante estampava-se na fisionomia dos moradores que assistiam basbaques à chegada dos carros comunicando a sua ruidosa alegria àquele pedaço de rua habitualmente silenciosa e sossegada.

Havia folhas tapetando o chão defronte da casa da viúva onde reinava agora uma estranha aglomeração de pessoas de ambos os sexos, compactas, abafadas, espremidas entre as quatro paredes da pequena sala de visitas.

A noiva estava acabando de colocar a grinalda quando entrou o Loureiro muito teso com um riso amável e desconfiado que lhe arrebitava o bigode espesso. Dois sujeitos, também encasacados, de luvas, foram recebê-lo à porta — "Chegou o homem", anunciou uma voz, e a estas palavras cresceu o zunzum propagando-se por ali fora entre os curiosos que se acotovelavam à porta, na rua.

E logo toda a gente repetiu transmitindo-se a grande notícia — "chegou o noivo!" — e todos os olhares caíram de chofre sobre o guarda-livros transfigurado em herói de comédia.

D. Amanda, muito azafamada, tomou-o pelo braço e conduziu-o à sala de jantar para lhe oferecer um calicezinho de Porto.

Loureiro queixou-se do calor sacando fora as luvas, rubro, com a testa reluzente de óleo, metido num colarinho em folha, todo ele rescendendo opópanax. Nunca ninguém o vira tão bem-disposto, tão lépido, com um ar ao mesmo tempo condescendente e soberano de capitalista sem débito. — "A noiva estava pronta?" — perguntou. E, sem esperar resposta, começou a contar um incidente que lhe sucedera no hotel no momento em que se vestia.

Nada, uma infâmia que não lhe atingia a sola dos sapatos. Uma carta anônima contra a reputação da Lídia, coisas do Ceará, coisas dessa terra...

Incomodara-se a princípio, o sangue subira-lhe à cabeça ao ler semelhantes torpezas, mas acalmara-se logo, porque não valia a pena a gente incomodar-se por uma carta anônima escrita em péssima letra e, o que era mais, acrescentou convicto o Loureiro, "sem assinatura!".

A viúva não se inquietou, atarefada, suando, muito apertada na sua toalete de seda escarlate, os grandes seios ameaçando romper o corpete, e uma rosa no cabelo. — Calúnias, nada mais, observou servindo o vinho. O guarda-livros emborcou o cálice à saúde da noiva, gabando a boa qualidade do Porto.

A pequena sala de jantar, caiadinha de novo, tinha agora outro aspecto mais asseado e alegre, sem manchas de gordura nas paredes amareladas como dantes, com vasos de flores no aparador, iluminada a vela de espermacete. Sobre a mesa do centro, coberta com um pano novo de riscadinho encarnado, pousavam duas lanternas antigas em forma de sino, jarros, pratos com bolos e garrafas intactas dispostas em simetria. O chão de tijolo ainda estava meio úmido da baldeação que se fizera na véspera. De resto, os mesmos móveis de costume: um lavatório de ferro com espelho defronte do corredor, a mesa de jantar, o aparador de nogueira e o guarda-louça, uma velha peça que fora do tempo do marido de D. Amanda.

A verdadeira casa do Loureiro, o ninho em que ele ia passar a lua de mel com a Lídia, era no Benfica, uma casinha também de porta e janela, mas muito fresca e alegre, nova, ainda cheirando à tinta. Resolvera não fazer festa. Um "copito" de vinho aos amigos, um taco de bolo e o deixassem em paz com a sua "querida". Tinha feito muitas despesas com o casamento. Da igreja, iria diretamente "para a chácara" onde ficava à disposição dos amigos.

Isso de pândega em noite de núpcias não era próprio, achava uma formidável maçada.

Demais, não era nenhum milionário para não contar o dinheiro que gastava.

Uma miniatura, a casinha de Benfica, um sonho de poeta lírico, assobradada, com a sua fachada azul ainda fresca, recebendo em cheio até o meio-dia toda a luz do nascente. Logo à entrada, havia uma escadinha de três degraus, de onde se via, lá dentro, nitidamente, como por um cristal muito límpido, a sala de jantar e as bananeiras do quintalejo, de um verde tenro...

Sala de visitas, alcova, comunicando com um quarto, casa de jantar, varanda, despensa, quarto para criado, cozinha e quintal, tudo asseado e confortável, com uns tons aristocráticos matizando a compostura graciosa dos móveis, papel claro nas paredes e lustre na sala de visitas.

Concluídas as obras da casa, o trabalho de renovação, Loureiro dera-se pressa em mobiliá-la a seu jeito, conforme as suas posses e os seus hábitos de empregado zeloso e metódico. Não pedira conselhos a ninguém: escolhera ele mesmo os móveis e os objetos decorativos, tudo novo e lustroso, como se tivesse saído da fábrica naquele instante. Mandara vir dos Estados Unidos, por intermédio da Casa Confúcio, um piano americano e uma máquina de costura. E, uma vez tudo pronto, tudo no seu lugar, passou uma revista geral na casa, desde a sala de visitas até o fundo do quintal, admirando com a alma cheia de satisfação a espécie de paraíso que ele próprio criara para si.

— "Sim, senhor, tinha cumprido rigorosamente o seu dever. Estava tudo que nem um brinco! Agora, sim, podia casar."

Lídia pasmou diante daquele novo mundo que se lhe oferecia à vista. Nunca pensara que o guarda-livros soubesse preparar uma casa com tanta graça. Pela primeira vez na sua vida, o Loureiro revelara-se um homem moderno e civilizado. Estava encantada! Já agora não invejava a sorte de Maria do Carmo: o Loureiro podia competir com o Zuza em bom gosto!

Quem diria? Supunha o guarda-livros mais tolo, mais ignorante e sensaborão. Agora estava convencida de que o seu homem era capaz de fazer figura em qualquer sociedade. Percorreu todos os aposentos, revistando os móveis, admirando a qualidade fina dos objetos, com exclamações de íntima alegria. Sentou-se ao piano e ensaiou uma escala, achando-o excelente.

— Esplêndido, hein, mamãe? Melhor que o das Cabrais!

Mirou-se ao espelho, numa peça magnífica, de cristal, que o guarda-livros comprara num leilão particular por um preço exorbitante. Subia de ponto a satisfação da rapariga. Esteve quase se atirando ao pescoço do noivo e beijando-o agradecida; conteve-se, porém. A viúva, essa acompanhava a filha, embasbacada, dando graças a Deus por ter encontrado semelhante genro — "Olha isto, menina, olha, aquilo!", dizia, muito gorda, chamando a atenção da Lídia.

Da sala de visitas, passaram à alcova. O guarda-livros guiava-as, na frente, explicando os menores detalhes, a procedência dos objetos, o seu valor. — "Oh! A cama!", saltou a Lídia, sentando-se no belo leito de ferro azul com esmaltes de ouro, armado à inglesa em forma de dossel."

Achava muito elegante as camas que se estavam usando. Experimentou o enxergão de arame calcando-o com o corpo. Magnífico! A viúva também se sentou um instantinho, e continuaram a visita.

Era quase noite quando se retiraram.

Agora, uma semana depois, num sábado, toda a gente falava no casamento da Campelinho como de um acontecimento extraordinário. A Campelinho, hein? Quem diria!...

Uma felizarda! E todos comentavam o fato com ruído, recapitulando a vida inteira da viúva e da filha, lembrando episódios, cochichando malícias, prognosticando o futuro da rapariga, admirando a boa-fé do Loureiro. Coitado, ele talvez ignorasse mesmo certos pormenores da vida da Lídia...

Daí quem sabia? Talvez fossem muito felizes. Conheciam-se moças malcomportadas que, depois, casando-se, tinham-se tornado verdadeiras mães de família.

O Guedes, da *Matraca*, esse logo às seis horas começou a beber no Zé Gato mais o Perneta, vomitando todo o seu despeito contra a Lídia que ele cobria de impropérios aguardentados.

Debalde, o Perneta procurava acalmá-lo, o Guedes estava fora de si, com os olhos ensanguentados, esbravejando como uma fera.

— Deixa-te disto, ó Guedes — aconselhava o Perneta. — Olha que te podem ouvir, homem!

— Que ouçam, que ouçam, cambada de infames!

E batendo no peito orgulhoso:

— Esse aqui beijou muito aquela tipa, sabes? Não preciso dela para coisíssima alguma, estás ouvindo? Aquilo é uma sem-vergonha muito grande, aquela fêmea!

— Cala a boca, menino...

— Cala a boca, por quê? Pensa você que tenho medo de caretas? Hei-de dizer o que eu muito bem quiser, fique você sabendo!

— Quem te diz o contrário, homem de Deus? O que não é bonito é estares aí a dizer asneiras.

De vez em quando, aproximava-se o Zé Gato e suplicava que não falassem tão alto, que na rua se estava ouvindo. Mas o Guedes não atendia a coisa alguma, com o pensamento na Lídia, transbordando cólera, possesso.

Escureceu e ele ainda lá estava no fundo da bodega esvaziando cálices de aguardente, a falar desesperadamente.

Às sete horas, dois foguetes queimados defronte da casa da viúva Campelo, no Trilho, deram sinal de que os noivos iam sair. Com efeito, daí a pouco surgiu na calçada Campelinho, caracterizada em noiva, afogada em seda branca, com uma auréola de imortalidade, cabisbaixa, pisando devagar, de braço com a firma Carvalho & Cia.

E àquela aparição levantou-se um rumor em todo o quarteirão. "Já vem, já vem!", era a voz geral.

Logo após, vinha o Loureiro com a viúva, em seguida, Maria do Carmo e um rapaz empregado no comércio, D. Terezinha, o Castrinho, e outras pessoas de mais ou menos intimidade, duas a duas.

O cortejo desfilou a pé, ante a curiosidade indiscreta da vizinhança que se debruçava nas janelas para ver melhor a noiva — "Como aquilo ia orgulhosa!", disse a Justina Proença, uma paraense equívoca, vizinha de João da Mata. — Tão besta é um quanto o outro — murmurou a mulher do barbeiro com um muxoxo.

Moleques com tabuleiros de doces na cabeça acompanhavam o préstito.

De repente, houve um fecha-fecha na esquina onde iam dobrar os noivos.

Que é? Que foi? Recomeçou o zunzum mais forte, como um zumbido de abelhas num cortiço, e os boatos circularam vertiginosamente. Toda a gente queria saber o que era, o que tinha sucedido. A verdade é que, ao aproximar-se o "casamento" da venda do Zé Gato, saltou de dentro o Guedes, bêbedo como uma cabra, espumando, sem chapéu e pôs-se no meio da rua a vociferar obscenidades contra a Campelinho mais o guarda-livros.

Um escândalo. Soaram apitos; compareceram guardas de polícia; o Zé Gato saiu à rua para acalmar o borracho; foi alterada a ordem do préstito; a Lídia ficou muito branca debaixo do véu e ia tendo uma síncope; o Loureiro quis avançar contra o desordeiro, mas foi detido por João da Mata...

Afinal de contas, depois de alguns segundos, fez-se a ordem e o "casamento" seguiu em paz, direito à igreja do Patrocínio.

O Guedes forcejava por evadir-se dos braços do Zé Gato e do outro sujeito, que procuravam conduzi-lo à venda.

— Sou eu quem te pede, ó Guedes, vamos. Deixa de tolices rapaz; estás dando escândalo, homem!

— Não vou, porque não quero, está ouvindo? Não vou, porque não quero. Eu hoje faço o diabo!

E agachava-se, caía para trás e tombava para os lados, sem gravata, os olhos esbugalhados, os cabelos em desordem, como um doido. Foi uma luta para acalmá-lo.

Por fim, o Zé Gato mandou vir uma xícara de café sem açúcar, deu-lhe a cheirar limão, e, em pouco, o redator da *Matraca* dormia beatificamente, debruçado sobre a mesa de ferro onde eram servidas as bebidas.

— Coitado! — lamentou o vendeiro. — Um talento famoso! É um segundo tomo de Barbosa de Freitas...

Cerca de uma hora depois voltaram os noivos com o seu bizarro cortejo de amigos e amigas, mas agora vinham os dois na frente abrindo caminho, conversando baixinho, com um belo ar de velha familiaridade. Nas fileiras do préstito, havia um rumor de franca liberdade.

Falava-se um pouco alto, ouviam-se risadinhas gostosas, tinha-se perdido a cerimônia grave de momentos antes. A volta não se parecia com a ida. A alegria dos noivos comunicava-se instintivamente aos circunstantes como se na verdade estes compartilhassem da íntima felicidade daqueles.

Outra vez a casinhola da viúva encheu-se que nem um ovo. No meio dos convidados, havia estranhos que invadiam a sala sem cerimônia, imiscuindo-se no tumulto de gente como se fossem amigos velhos, de paletó-saco e gravatas de cores espaventosas.

Ninguém os conhecia, mas ninguém ousava despedi-los, deixando-os ficar, por uma condescendência razoável. Curiosos de ambos os sexos se debruçavam da parte de fora da janela para dentro, espremidos uns contra os outros.

Os noivos tinham-se sentado no sofá, defronte da janela, aconchegados, prelibando as delícias do matrimônio na casinha de Benfica.

Loureiro limpava devagar com o lenço rescendendo opópanax o suor que lhe corria em gotas da testa, encarando com supremo orgulho a curiosidade pulha dos circunstantes.

Pousava os pés sobre o tapete deixando ver as meias de seda cor de carne com pintas de ouro.

Lídia estava divina com a sua suntuosa "toalete" de noiva comprimindo-lhe os quadris rijos e carnudos, muito séria, o rosto afogueado.

O guarda-livros contemplava-a de instante a instante com um profundo olhar apaixonado, de dono que acaricia um objeto querido, sentindo-se mais do que nunca irresistivelmente atraído pela formosura sensual da Campelinho.

D. Amanda, sempre muito solícita, veio convidá-los para a ceia: que estava pronto o chá, e logo toda a gente enfiou pelo corredor atrás dos noivos sequiosa de cerveja e vinho do Porto.

Um rubor de ocasião solene tomou as faces do Castrinho disposto já a brindar os noivos num grande rasgo de eloquência demostênica.

A saleta de jantar resplandecia à luz dos dois castiçais de vidro com mangas em forma de sino, colocados nas extremidades da mesa. A um canto, sobre uma mesinha de pinho, uma bateria de garrafas de cerveja desafiava a ganância dos convidados. Houve um assalto à mesa.

Todos se acercaram dela com a avidez de gastrônomos, e, antes que os noivos tomassem assento à cabeceira, já havia alguém sentado no extremo oposto. O Castrinho não pôde reprimir um — oh! de indignação, que felizmente passou despercebido. "— Sentem-se, sentem-se", ordenava a viúva, inquieta como uma barata à volta da mesa, indicando as cadeiras. Todos se sentaram com ruído, acotovelando-se. Ao lado dos noivos, os padrinhos, Carvalho & Cia e a esposa, tinham o ar modesto de quem se vê cercado de honras imerecidas.

O Castrinho, que não faltava a festa alguma dessa ordem, sentou-se ao centro com uma comoção visível no olhar agitado.

Os curiosos da rua tinham invadido o corredor e assistiam em pé, ao redor da mesa, àquela cena banal, de doze pessoas que comiam bolo à guisa de pirão de farinha; ao todo eram quatorze, mas o Loureiro e a Lídia, por um escrúpulo mal-entendido, apenas provaram o delicioso manjar e cruzaram o talher.

O Castrinho não se fez demorar muito. Quando menos se esperava, ei-lo de pé empunhando o cálice.

— Silêncio, silêncio! — advertiu uma voz.

O poeta das *Flores Agrestes* pigarreou solenemente abrangendo com um olhar vitorioso toda a saleta e, enfiando a mão direita no bolso da calça, com um grande ar de tribuno acostumado a falar às massas, começou:

— Meus senhores e minhas senhoras.

Fez-se um silêncio grave e recolhido, em que destacava apenas, muito de leve, o ruído dos talheres, que continuaram a funcionar ativamente.

— Eu faltaria ao mais sagrado dos deveres...

Uma voz: — Não apoiado.

— ... Se neste momento solene, em que toda a natureza veste-se de galas para receber em seu vastíssimo seio os noivos presentes... eu, o mais humilde amigo desta casa...

— Não apoiado...

— ... Não erguesse a minha fraca voz para... para saudar... para saudar o himeneu destas duas criaturas (apontando para os noivos) nascidas "no mesmo galho, da mesma gota de orvalho"... como diria o nosso Casimiro de Abreu...

— Bravo! — murmurou o mesmo apartista dos não apoiado numa voz cava, com a boca cheia.

O orador, visivelmente inquieto, sem tirar a mão de dentro do bolso, endireitou a gravata com pancadinhas suaves e, mergulhando o olhar na fruteira, continuou:

— Sim, meus senhores... e minhas senhoras, o casamento é a base de toda sociedade civilizada; o casamento, como dizia certo escritor, cujo nome não vem ao caso citar... o casamento é a mais nobre de todas as instituições, e o homem que se casa dá um passo para o infinito, isto é, para Deus!...

Uma salva de palmas cobriu as palavras do Castrinho, que agradeceu comovido. No peito de sua camisa, muito alva e lustrosa, reluzia uma pedra duvidosa.

Crescia a animação da festa. Os talheres batiam nos pratos com mais força e as palavras do liceísta comunicavam ao auditório certo entusiasmo sereno que se traduzia em apetite voraz e insaciável secura nas gargantas. Ouviam-se trabalharem as mandíbulas.

Houve uma pausa depois da qual o Castrinho, tomando o cálice cheio, concluiu com ênfase:

— ... Portanto, eu brindo ao ditoso par, desejando-lhe um futuro de rosas banhado pelos eflúvios do amor conjugal...

E, escorropichando o cálice:

— Aos noivos!

— Hip, hip, hurra!

Todos se levantaram.

— Loureiro...

— D. Lídia...

— Sr. Castro, não quer se servir de um pedacinho de bolo de mandioca? — ofereceu a viúva por trás do poeta.

— Agradecido, minha senhora, agradecido... Estou satisfeito.

— Então, mais um pouco de vinho...

Aceitava, pois não.

— Não façam cerimônia, minha gente — observou D. Amanda. — Já acabou, Sr. João da Mata? Um pinguinho de doce de caju, Sr. Alferes... E você, menina, coma sem cerimônia.

Maria do Carmo não podia disfarçar a tristeza, a ponta de inveja concentrada que lhe tomava de assalto a alma inteira. Sentara-se à mesa por civilidade, para corresponder aos reclamos da viúva, mas o seu único desejo era ir-se embora para casa; a festa da amiga fazia-lhe mal aos nervos, e, demais, o Zuza proibia-lhe de ir a qualquer parte onde ele não estivesse. Fora ao casamento da Lídia porque o padrinho a obrigara, não por sua espontaneidade. E agora ali estava casmurra, silenciosa, com um arzinho recolhido de filha de Maria, vendo sem ver, ouvindo sem ouvir as pessoas e os ruídos, numa abstração infinita, no meio de toda aquela gente que festejava o casamento da amiga. Agora, mais do que nunca, por um excesso de sensibilidade nervosa, doía-lhe no coração de pomba desolada não poder, como a Lídia e como outras tantas raparigas felizes, amar livremente, sem ter que obedecer aos caprichos de um padrinho atrabiliário e despótico como João da Mata. Enquanto os outros se divertiam sorvendo cálices de vinho, saudando aos noivos, ela, toda entregue a seus pensamentos, permanecia muda e bisonha como quando pela primeira vez apresentara-se à sociedade, logo ao chegar de Campo Alegre, menina ainda, matutinha. Ah! naquele tempo ela tinha o seu papai e a sua mamãe perto de si, não era como agora, anos depois, uma simples, uma pobre, uma desprezada órfã, assistindo com uma grande tristeza egoísta derramada na alma à felicidade alheia triunfante...

— Atenção, meus senhores! Atenção!

Desta vez, ia falar o alferes Coutinho, quartel-mestre do batalhão, um moreno, de costeletas, cabelo penteado em pastinhas, certo ar arrogante de pelintra acostumado a todas as festas, desde os sambas do Outeiro aos bailes do Clube Iracema; magricela, olhos cavados.

Nas horas de ócio, dava-se ao luxo de fabricar sonetos no gênero piegas dos últimos trovadores de salão.

Arrastava ao piano as valsas em moda e dizia-se exímio tocador de flauta.

Convidado a toda parte, não perdia ocasião de exibir-se na poesia ou na música. Tinha fama de primeiro recitador do Ceará, ninguém como ele sabia marcar uma quadrilha, todo enfezado, sempre de lenço na mão, metido invariavelmente na sua farda de alferes com colete branco.

Houve um silêncio profundo. Todas as vistas caíram de chofre sobre o militar como se de sua boca fossem sair preciosas revelações.

Era o alferes Coutinho? Oh! Magnífico! Psiu!... Psiu!... Silêncio!...

— Meus senhores. Respeitabilíssimas senhoras... Não dispondo de dotes oratórios, tão úteis nas ocasiões solenes como esta, eu, que tenho a honra de pertencer à falange dos discípulos de Castro Alves, Casimiro de Abreu, Varela e tantos outros astros de primeira grandeza, que brilham no firmamento da poesia brasileira, eu vou ler uns versos de minha lavra, que tomei a liberdade de dedicar aos donos desta festa inolvidável...

Nem um aparte. O mesmo silêncio cauteloso e recolhido. A noiva abaixou a cabeça afetando modéstia e Loureiro fixou o olhar atrevidamente no orador. Mas o Coutinho, calmo e desembaraçado, sacou do bolso da farda um papel, e lendo:

— *Noite de Núpcias* é o título dos pobres versos...

— Não apoiado...

— ... que tenho a honra de oferecer à Exa. Sra. D. Lídia, uma das estrelas mais fulgurantes que ornam o céu da sociedade cearense...

Lídia estremeceu com um belo sorriso de agradecimento.

— ... e ao Sr. Dias Loureiro, inteligente e zeloso guarda-livros da nossa praça, ambos, portanto, dignos um do outro e da nossa eterna amizade...

— Apoiadíssimo — confirmou Carvalho & Cia., palitando os dentes.

Sem mais preâmbulos, o alferes entrou a declamar com uma convicção admirável os tais versos de sua lavra, uma enfiada de palavrões antigos e bolorentos, que ele procurava animar com a sua voz de trovão, seca e cavernosa, brandindo o papel com a mão esquerda e a direita gesticulando como se estivesse a marcar compasso de música.

Ao terminar o último verso.

"Chovam bênçãos de amor sobre os que casam!"

Uma salva de palmas forte e prolongada ecoou na pequenina sala.

— Bravo! Muito bem! Muito bem!

E o poeta sentou-se agradecendo com repetidos movimentos de cabeça às manifestações de que era alvo. Diversas pessoas levantaram-se e foram cumprimentá-lo de perto. Um velho calvo, que se sentava a seu lado, lembrou-se de perguntar-lhe ao ouvido "se o Sr. Alferes era cearense".

— Não senhor — respondeu o Coutinho, voltando-se gravemente —; sou guasca, nasci na cidade de Porto Alegre.

E contou quando viera para o Ceará, disse a sua grande simpatia por essa província e que pretendia se casar com uma cearense.

O "brinde de honra" feito em duas palavras por Carvalho & Cia. à D. Amanda, "encarnação de todas as virtudes domésticas, senhoras de incomparável brandura e sisudez".

— Hip! Hip! Hip! Hurra!

Foi um delírio esse final de banquete nupcial, em que tomavam parte o exército representado pelo alferes Coutinho, a poesia na pessoa do autor das *Flores Agrestes* e o comércio em grosso simbolizado no ventre obeso de Carvalho & Cia. Esgotaram-se as botelhas de vinho do Porto e de cerveja com um açodamento de quem não bebia água há três dias e depara uma piscina abundante do precioso líquido. E, ao levantarem-se da mesa, os convidados olhavam com soberano desdém a toalha manchada de nódoas de vinho sobre a qual havia uma confusão grotesca de copos e pratos em desordem, abandonados ali como restos de um festim sardanapalesco. Uma coisa tinha sido respeitada e conservava-se no mesmo lugar em que fora colocada pela mão zelosa de D. Amanda, era o paliteiro de prata representando um alcaide com chapéu de três bicos e aspecto napoleônico, de braços cruzados, numa imobilidade de objeto de luxo que se receia tocar por escrúpulo.

Os espectadores intrusos evacuaram o corredor com a mesma facilidade e ligeireza com que se tinham introduzido, e depressa a sala de jantar ficou entregue à viúva e ao criado, que se ocuparam de cobrir os restos dos bolos recolhendo-os ao guarda-comidas. O troço dos comensais, homens e senhoras, enchia a sala de visitas, cujas cadeiras estavam todas ocupadas, e palrava agora desembaraçadamente numa atmosfera pesada de fumaça e heliotrópio — umas abanando-se com os grandes leques de cetim, outros com os lenços, porque o calor crescia. Transpirava-se por todos os poros, o que fazia o alferes Coutinho trazer constantemente o lenço no pescoço, resguardando o colarinho onde já havia sinal de suor. A janela estava tomada por algumas pessoas que formavam roda ao redor do Loureiro, em pé. Senhoras entravam e saíam da alcova com o ar desconfiado, compondo discretamente os vestidos.

Deram dez horas no relógio da Sé, cujas badaladas se faziam ouvir, graves e sonolentas, em todo o âmbito da cidade.

Dez horas! Carvalho & Cia. consultou o relógio. Havia uma pequena diferença de dez minutos. Safa! O tempo voava!

E, alto, levantando-se:

— Vamos, Quininha?

— É muito cedo ainda! — acudiu a Lídia, que conversava com Maria do Carmo, no sofá.

— É verdade, minha gente! — saltou D. Terezinha saindo da alcova. — Os noivos precisam descansar. Dez horas!

— Estávamos tão distraídos! — disse o alferes Coutinho puxando os punhos.

— Vamos, vamos, repetiram muitas vozes.

— É cedo, minha gente! — implorava a Lídia muito amável, com um sorriso de irresistível faceirice.

Imediatamente, todos se levantaram impulsionados pela mesma ideia à procura dos chapéus, num rebuliço crescente, aos encontrões, enfiando pela alcova e pelo corredor.

Estrondou um bocejo senil e demorado, que se propagou por ali afora — era o velho calvo, de óculos, que se tinha encafuado a um canto da sala cochilando, e que despertara agora num espreguiçamento, como se estivesse em sua própria casa.

As senhoras agasalhavam-se nos fichus, defronte do espelho.

Amanda, de um lado para outro, de dentro para fora da alcova, não descansava as pernas.

Começaram as despedidas.

Que de beijos estalados à queima-roupa! Em pé no meio da sala, os noivos competentemente formalizados, agradeciam reconhecidos a chuva de felicitações que caíam sobre eles à guisa de flores desfolhadas sobre suas cabeças, ao mesmo tempo que Lídia ia distribuindo a uns e outros botões de laranjeira.

Que fossem muito felizes; que tivessem uma eterna lua de mel; que fossem muito unidos sempre como dois irmãos; que não esquecessem as velhas amizades...

— Olhe, minha filha — aconselhou D. Terezinha com a mão no ombro da Lídia, depois de a ter beijado. — Olhe, seja sempre boa para seu maridinho, faça o que ele quiser, o que ele mandar. O homem é que faz a mulher e a mulher é que faz o homem. Adeus, ouviu?

Todos tiveram mais ou menos o que dizer aos noivos.

— Não esqueça o que lhe pedi, ouviu Lídia? — recomendou de fora uma voz de mulher.

— Boa noite!

— Sejam felizes!

— Durmam bem!...

Em pouco, todos tinham se retirado. Havia ainda alguns curiosos fora, na calçada.

Loureiro mandou aproximar o carro que o esperava. A rua estava silenciosa e escura como se fosse alta noite. Defronte, em casa de João da Mata, fecharam-se as portas apagando-se completamente a última luz que clareava aquele trecho da rua do Trilho.

Amanda chamou a filha à alcova onde estiveram conversando alguns minutos e, depois, abraçando-a ternamente com os olhos úmidos:

— Deus os conduza em paz...

Lídia beijou comovida a mão da viúva e, dando o braço ao Loureiro, entrou no carro que rodou em direção de Benfica, com a sua luzinha amarela tremeluzindo no escuro.

Minutos depois, D. Amanda recebia, como de costume, o Batista da Feira Nova.

CAPÍTULO X

Quando chegaria sua vez? — pensava Maria do Carmo nessa noite, sem poder conciliar o sono, com um desalento profundo no coração apreensivo. Que tal, hein? O Sr. Zuza não se resolvia a pedi-la em casamento, sempre com evasivas, pretextando tolices, como se estivesse tratando com uma biraia qualquer! Por que isso? Por que não se decidia logo a dizer a verdade fosse ela qual fosse!

Era sempre melhor do que estar perdendo tempo sem tomar uma resolução franca e definitiva. Quem sabe? Talvez o padrinho não fizesse questão agora que a tratava tão bem, que lhe fazia todas as vontades... Uma felizarda, a Lídia!... Casara com um guarda-livros, mas embora, casara...

E imediatamente vinha-lhe uma confiança ilimitada no estudante. Já estava tão acostumada com ele que nem era bom pensar numa deslealdade. Paciência, paciência — Roma não se fez em um dia... Consolava-se ao pensar nas confidências íntimas do futuro bacharel, embebidas de ingênua e tocante sinceridade, na franqueza altiva com que ele dizia todas as suas ideias e todas as suas ações, como se já fossem noivos. Zuza contava-lhe tudo com a maior simplicidade, dava-lhe conta de seus passeios, de seus planos, de suas intenções.

Pode-se mesmo dizer que não havia segredo entre os dois. Era lá possível que o Zuza, aquele Zuza tão amável, tão sincero, tão bom a esquecesse, ele que reprovava com frases repassadas de indignação o procedimento de certos indivíduos para quem a mulher outra coisa não é senão uma espécie de fruto amargo que a gente prova e deita fora? Qual! O Zuza era incapaz de descer até onde começa o rebaixamento do caráter de um homem...

Animava-se ao fazer essas considerações tão simples, tão espontâneas, saídas do mais íntimo de sua alma enamorada. Tinha momentos em que tudo afigurava-se-lhe uma comédia, cujo protagonista — o estudante — aprazia-se em vê-la rendida a seus pés por um simples capricho de rapaz do mundo que se diverte à custa de muitas raparigas como ela, ainda não corrompidas pelos costumes modernos. Nascida no interior de uma província essencialmente católica, educada num colégio religioso, o convívio com as suas colegas da Escola Normal não lhe apagara de todo essa bondade característica dos filhos do sertão, que se revela em uma confiança ingênua nos outros. Por isso é que ao mesmo tempo Maria não podia acreditar que o Zuza faltasse à sua palavra para com ela. Duvidava às vezes, mas não perdia de todo a confiança, porque amava deveras, e o amor transforma a pessoa ou o objeto querido numa espécie de ídolo, que a gente adora como a um modelo de virtudes incomparáveis.

Quando chegaria sua vez? E a figura de João da Mata surgia-lhe aos olhos como uma visão pavorosa, que a fazia estremecer da cabeça aos pés. Sim, o padrinho não gostava que se falasse no Zuza, implicava com ele, odiava-o gratuitamente, sim, gratuitamente, porque o rapaz nunca lhe fizera o menor mal, até pelo contrário uma vez emprestara-lhe cinquenta mil réis, e ela o sabia pela boca de D. Terezinha. Que infelicidade a sua, que caiporismo! Além de o padrinho não gostar do Zuza, aquela casa parecia agora um verdadeiro inferno: era o padrinho para um lado e a madrinha para outro, ambos de cara fechada, sem se trocarem palavras, e ela, Maria, para um canto, coitada, sem amigas, sem parentes, vivendo uma vida de criminosa...

Que maldito inferno!... Antes nunca tivesse nascido.

Onze horas... meia-noite! E ela ainda velava, sem um bocadinho de sono, a matutar na vida, a pensar em frioleiras.

Entrou a parafusar no casamento da Lídia, rememorando toda a festa, tintim por tintim, com a pachorra de quem procura armar um castelo de cartas. — Assim mesmo tinha ido muita gente, sim senhora, parecia até uma festa de gente rica, inegavelmente a Lídia estava encantadora debaixo do véu de noiva. Nunca vira a igreja de N. S. do Patrocínio tão cheia de povo! Ah! Mas fora uma coisa horrorosa o escândalo provocado pelo Guedes. Que horror! Se fosse ela, Maria do Carmo, teria caído no meio da rua com um ataque...

Palpitavam-lhe na imaginação, como num sonho, os menores acidentes daquela noite, em que todos tomaram o seu cálice de vinho e só ela, irresistivelmente mordida de inveja por ver a sua maior amiga num trono de felicidade, ela somente se deixara ficar esquecida como qualquer lagalhé, na impotência da sua tristeza. Entretanto, se não fora o padrinho, ela também podia breve estar de caminho para a igreja, ao lado de seu noivo, metendo inveja às outras. Então é que a festa seria de estrondo! O coronel Souza Nunes abriria o seu salão iluminado como um palácio real, e haveria dança e música e um banquete lauto. E iria o presidente da *Província* e toda a gente grande do Ceará. Que bom seria!...

Nisto, adormeceu e logo tornou-lhe a aparecer em sonho o negro Romão com as calças arregaçadas, um barril na cabeça, a gritar — Arre corno! Cercado de garotos que lhe atiravam pedras e sacudiam-lhe punhados de farinha-do-reino na carapinha, por detrás, no meio de gritos e assobios.

Depois, o preto deixou cair o barril, que se derramou, inundando a calçada de imundícias, e ei-lo montado num cavalo magro, a fazer de palhaço de circo, uivando uma porção de asneiras, que a molecagem replicava sempre com o mesmo estribilho, a uma voz: — É sim sinhô!

Depois... (não se lembrava do resto).

Davam duas horas no relógio do vizinho, quando acordou muito assustada e nervosa a olhar para todos os lados, sem consciência exata do ambiente que a cercava. Teve um sobressalto ao ver sobre uma cadeira, perto da rede, o vestido com que fora ao casamento. — Credo, que susto!

A luzinha da vela de carnaúba agonizava numa poça de cera derretida.

E essa! Era a segunda vez que sonhava com o Romão, sem quê nem pra quê... Com certeza estava para lhe suceder alguma desgraça. Que esquisitice! Um-um... A porta do quarto, que se conservara entreaberta, rangeu nas dobradiças, como se alguém a empurrasse de manso. Apoderou-se de Maria um pavor terrível; arrepiaram-se-lhe os cabelos, e uma extraordinária sensação de frio percorreu-lhe o sangue. Ficou assombrada, sem se mexer, com o ouvido alerta e os olhos fechados, numa prostração de quem está sem sentidos. Pareceu-lhe ouvir chamar por seu nome e então subiu de ponto o terror que lhe tapava a boca como uma mordaça de ferro. Abriu os olhos para verificar se com efeito estava acordada e tornou a fechá-los mais que depressa. Instintivamente fez um esforço supremo para gritar, para chamar alguém, mas não podia abrir a boca, estarrecida.

— Maria! — repetiu a mesma voz, que ela julgara ouvir, uma voz fina, mas abafada, como se saísse das entranhas da terra.

E logo:

— Sou eu, Maria. É o padrinho...

De feito, João da Mata vinha se chegando, pé ante pé, sutilmente, segurando-se à parede, equilibrando-se na ponta dos pés, como um ladrão, sem o menor ruído, com estalinhos de juntas.

Maria encolheu-se toda debaixo do lençol, duvidando. Tremia como um doente de sezões embiocada que nem caracol.

— Não grites, Maria, olha que sou eu, teu padrinho — tornou João da Mata agora quase ao ouvido da afilhada, agarrando-se ao punho da rede.

A rapariga respirou forte, como se saísse de dentro de um buraco, e pôde abrir os olhos, meio aliviada, presa ainda de uma grande comoção. Ao medo sucedera-lhe uma apreensão dolorosa, que o seu espírito repelia como impossível. Não teve tempo de associar ideias, porque o amanuense foi-se sentando na rede, a seu lado. — O padrinho por ali, no quarto dela, àquelas horas?... Estaria sonhando?

— Padrinho...

— Sou eu mesmo, minha flor... Olha, queres saber uma coisa?... Deixa-me descansar um bocadinho e eu te direi, ouviste?... Espera...

— Mas, padrinho!...

— Olha, não fales alto... Sou eu, estás ouvindo, eu, teu padrinho mesmo... Bico...

Maria do Carmo não compreendeu logo a presença de João da Mata ali, no seu quarto, àquela hora.

Fez-se uma confusão inextricável, caótica, no seu espírito subitamente assaltado por um turbilhão de ideias sem nexo, disparatadas; o coração pulsava-lhe forte, como se tivesse acabado de fazer um grande esforço; operava-se em seu duplo ser moral e físico um desses abalos extraordinários, que deixam a gente numa prostração invencível. Pela primeira vez em sua vida, achava-se frente a frente com um homem, alta noite, no silêncio de um quarto escuro. Mal acordada do terrível pesadelo que acabava de ter, vendo ainda esboçada na sua imaginação a figura hedionda do negro com os bugalhos injetados, a boca abrindo-se num riso nervoso e alvar, o peito à mostra, a venta chata, ela permanecia imóvel, olhando para o escuro como uma idiota.

A luz tinha-se apagado completamente. Ouvia-se a respiração asmática da criada no quarto pegado à sala de jantar. Longe, em algum quintal, ladrava um cão. Ao calor insuportável sucedia o friozinho bom da madrugada.

João estava em ceroula, nu da cintura para cima. Desde que chegara da festa do Loureiro não fechara os olhos, a fumar no seu cachimbo curto, que preferia às vezes aos cigarros, e andava-lhe na cabeça o plano, há muito formado, de ir ao quarto da afilhada uma noite. Nada mais fácil: da sala de jantar, onde dormia agora, ao quarto eram dois passos; o diabo era se a menina abrisse a goela a chamar por gente, isto é que era o diabo!... Qual! Ela não tinha coragem para tanto, mormente sabendo logo que era ele, o padrinho. — Mãos à obra, João; nada de pensar em asneiras. Isso a gente inventa uma história de embalar crianças, diz que a vida é esta, e... foi um dia uma donzela. Oh! Pois ela não é tua afilhada? Demais, meu besta, já lhe pegaste umas tantas vezes no bico dos seios, sem que ela reagisse, a Maria, naturalmente porque sabes encampar a tua autoridade de padrinho. E depois, que diabo!

Quem arrisca... Um, dois...

E, com um salto, o amanuense levantou-se, dirigindo-se ao quarto da rapariga, cosendo-se às paredes, macio, cauteloso, todo agachado, pisando devagar, no bico dos pés descalços.

A fresca da madrugada arrepiava-lhe o tronco magro e cabeludo.

Ah! Como se sentia bem agora, sentado na mesma rede em que ela dormia, sozinho com ela, adivinhando, no escuro, toda a incomparável perfeição de suas formas rechonchudinhas de rapariga nova! O calor brando do corpo dela comunicava-se agora a seu corpo, infiltrando-lhe no sangue um fluido bom e vigoroso.

Sentia-se forte como um touro, ali, assim a seu lado, ele, um pobre homem sem força, um magricela sem carnes.

E Maria esperava, numa aflição, o desenlace daquela trapalhada, que ela não compreendia bem.

Estiveram ambos calados alguns minutos até que o amanuense, escorregando para o fundo da rede, pousou a mão sobre o ombro da afilhada, segredando-lhe — se ela estava com frio?

— Frio?... Não...

— Pois olha, na sala de jantar faz um frio dos demônios. Por isso eu vim para junto de ti...

Maria não disse nada.

Então, o amanuense começou uma lenga-lenga, um despropósito de palavras murmuradas como uma oração, numa voz que mal se ouvia, inclinado sobre a afilhada, sufocando-a com seu hálito nauseabundo, roçando-lhe no rosto a ponta da barba.

— Olha, Maria — dizia-lhe —, tu não sabes quanto eu abomino o Zuza... Há muito que estava para te dizer umas certas coisas, mas era preciso segredo, muito segredo... Agora, que estamos sós, deixa que te fale com franqueza... Tu amas o rapaz, não é assim? Não mintas...

Sei que gostas muito dele, e até já se fala, na rua, em casamento. Ainda hoje alguém afirmou-me que vocês se beijam na Escola Normal. Eu sei de tudo, minha afilhada, eu sei de tudo.

Mas, olha bem o que te digo, tudo depende de ti, só de ti...

Maria estremeceu no fundo da rede, debaixo do lençol, e sentiu-se irresistivelmente presa às palavras de João da Mata. Se ele a quisesse deixar, nesse momento, ela não consentiria, tão viva era a sua curiosidade, agora que o padrinho lhe falara no Zuza; e o movimento quase imperceptível da rapariga não passou despercebido a João da Mata.

— Sim, minha cabocla, tudo depende de ti, porque eu também te quero muito bem e não consentiria nunca nesse casamento, se... Olha, deixa dizer-te ao ouvido...

E, colando a boca ao ouvido de Maria:

— ... se não fosses boa para teu padrinho.

Pouco a pouco, o amanuense ia-se deitando ao lado da rapariga, acotovelando-a, machucando-a com o seu corpo ossudo, devagar, cautelosamente:

"— Estava bem armada a rede? Era preciso comprar outra, mais larga, mais rica..."

Um grilo abriu a cantar monotonamente num canto do quarto — testemunha oculta daquela cena inacreditável.

Entretanto, Maria não dava palavra, com as pálpebras pesadas de sono, respirando a custo, numa espécie de inconsciência muda, como hipnotizada. Esse estado porém durou pouco; espreguiçou-se, repuxando o lençol para se cobrir melhor; e começou a achar certo encanto naquela intimidade secreta, ombro a ombro com o padrinho. Seu instinto de mulher nova acordara agora obscurecendo-lhe todas as outras faculdades, ao cheiro almiscarado que transudava dos sovacos de João da Mata. Coisa extraordinária! Aquele fartum de suor e sarro de cachimbo produzia-lhe um efeito singular nos sentidos, como uma mistura de essências sutis e deliciosas, desconcertando-lhe as ideias. Uma coisa impelia-a para o padrinho, sem que ela compreendesse exatamente essa força oculta e misteriosa.

E quando ele, num tom paternal e amoroso, lhe falou no Zuza, Maria teve um frêmito bom, como se tivesse caído por terra o paradeiro que mediava entre ela e o estudante. Tudo dependia dela, somente dela... Ficou a pensar nessas palavras, sem atinar com o seu verdadeiro sentido, alheada, os olhos fitos, quase sem pestanejar, na telha de vidro por onde escoava agora uma claridade tênue de alvorada.

João respirou e, passando-lhe o braço por trás do pescoço:

— Então?...

— É quase dia, padrinho, podem nos ver assim...

— E que tem! Já nos têm visto tantas vezes? Agora espera, só me vou se me deres uma boquinha...

E, sem esperar resposta, o amanuense beijou-a na face, apertando-a contra si, numa impaciência de quem não tem tempo a perder.

Maria repeliu-o brandamente.

— Juro-te — continuou ele —, juro-te que casarás com o Zuza, mas, por amor de Deus, deixa...

ou não contes mais comigo para coisíssima alguma. Por alma de tua mãe, que está no céu.

Olha, sou eu quem te pede... Ninguém saberá, o próprio Zuza não poderá saber nunca... É como se não tivesse havido nada, são segredos que não aparecem, sabes? Eu te peço...

Tinha-se feito a verdade aos olhos da normalista, como um clarão que de repente iluminasse todo o quarto, ao mesmo tempo que uma luta medonha travava-se dentro de si, sem lhe dar tempo a pensar. Estava justamente em vésperas de ter incômodo. Toda ela vibrava como uma lâmina de aço ao contato daquele homem que lhe comunicava ao corpo um fluido misterioso, transformando-a numa criatura inconsciente atraída por um poder extraordinário como o da cobra sobre o rato.

As palavras do padrinho, embebidas de voluptuosidade e ternura, o nome do Zuza pronunciado naquele instante e, mais que tudo isso, a invocação feita à alma de sua mãeconfundiam-lhe os sentidos, acordando no seu coração de donzela o que ele tinha de mais delicado. Teve piedade de João, como se ele fosse na verdade o mais desgraçado de todos os homens, sentia-o a seu lado, humilde como um ser desprezível que reconhece a sua baixeza, com uma tremura na voz, rendido, suplicante, e não teve coragem de o enxotar, de dar-lhe com a mão na cara e de desaparecer para sempre daquela casa imoral onde ela vivia tristemente com as doces recordações de seu passado, como uma flor que vegeta num montão de ruínas. Ao contrário disso, a visível submissão do padrinho doera-lhe n'alma como a ponta duma lanceta. Sem o saber, João da Mata encontrou a afilhada numa dessas extraordinárias predisposições de corpo e alma, em que, por mais forte que seja, a mulher não tem forças para resistir às seduções de um homem astuto e audacioso. Conhecia suficientemente o gênio de Maria — nada mais, e isto lhe bastava para que a vitória fosse certa, infalível.

De resto, algumas palavras à toa murmuradas à surdina, o contato morno de um corpo viril... e Maria do Carmo aumentava o número de suas dores.

A madrugada veio encontrá-la de joelhos, mãos juntas, duas grandes lágrimas no olhar, como um anjo de sepultura, defronte da oleografia de Cristo abrindo o coração à humanidade.

Nunca o doce e meigo olhar de Jesus pareceu-lhe tão doce e meigo.

Era domingo. Cantavam galos de campina nas ateiras do quintal. E enquanto, lá fora, a cidade acordava e a vida recomeçava o seu eterno poema de alegrias e dores, Maria procurava no coração de Jesus um conforto para o seu doloroso arrependimento.

CAPÍTULO XI

Maria do Carmo passou uma semana inteira, oito dias consecutivos, sem ir à Escola Normal, sem pôr os pés na rua, sucumbida, mortificada, com receios de encarar os conhecidos, sem ânimo para se apresentar em público.

Se até então a vida fora-lhe um nunca acabar de desgostos e contrariedades, o que seria agora, depois de se ter comprometido levianamente para todo o resto da sua existência, entregando-se, num momento de desvario dos sentidos, aos desejos concupiscentes do padrinho?

Estava doida, não havia que ver, estava doida naquele momento, não tinha um bocadinho de juízo! Devia ter visto logo que uma mulher de certa ordem não se entrega por força alguma deste mundo a outro homem que não seja o seu marido, o dono de seu coração, o legítimo esposo de seu corpo e de sua alma. Que desgraçada imprudência a sua! Que vergonha, santo Deus, que vergonha! Era para isso que se tinha coração, para se deixar cair numa armadilha daquela... Se fosse uma mulher forte e resoluta, capaz de todos os escândalos, contanto que soubesse guardar sua honra... bem, não teria sucedido nada. Mas, não: fora uma grandíssima tola, uma menina de escola, deixando-se levar pelo coração até o ponto de compadecer-se do padrinho! Que infelicidade!...

E chorava que nem uma criança, com a cabeça no travesseiro, metida no seu quarto, dizendo-se a mais infeliz de todas as mulheres, supersticiosa ao peso de sua culpa irremediável, com grandes manchas lívidas ao redor dos olhos, inconsolável na sua dor.

Às vezes supunha estar sonhando, como que procurava iludir-se a si própria, enxugava os olhos na ponta do lençol, via-se ao espelho e experimentava um bem-estar passageiro, um conforto muito íntimo; mas punha-se logo a pensar, a fazer consigo mesma mil conjecturas, e desandava outra vez num choro silencioso, que lhe sacudia o corpo todo em estremecimentos nervosos. Não sabia bem por que chorava; uma coisa, porém, dizia-lhe que nunca mais seria feliz em sua vida, desde o momento que, por uma condescendência imperdoável, entregara seu corpo àquele homem...

À proporção que os dias passavam, sucedendo-se numa monotonia aborrecida, uniformes como os elos de uma grande cadeia de ferro, crescia o desânimo em Maria do Carmo, cujas feições se transformavam a olhos vistos. Tomava-lhe o rosto uma palidez de reclusa macerada pelos jejuns, cavavam-se-lhe os olhos, onde se refletia visivelmente o estado de sua alma, e os cabelos iam perdendo aquele brilho resplandecente que era o desespero do Zuza.

Em uma semana, sua fisionomia adquirira uma expressão iniludível de dor concentrada.

No sábado, recebeu um bilhete da Lídia convidando-a para jantar com ela no dia seguinte.

"Espero-te sem falta. Todas as minhas amigas têm vindo me visitar, menos tu. Creio que não te dei motivo para procederes desse modo. Por andar incomodada é que ainda não fui te ver."

Quedou-se numa imobilidade profundamente triste, com a face na mão, a olhar para a letra da amiga, escrita em papel-amizade, e ficou assim muito tempo, como num êxtase.

Veio-lhe à mente o Zuza. Já não se lembrava dele, toda entregue à sua dor. Há uma semana que não o via, nem sequer tinha notícia dele, e agora o estudante aparecia-lhe vagamente na imaginação como a lembrança remota de uma coisa que se viu em sonho. As lágrimas começaram a cair-lhe dos olhos duas a duas, silenciosamente, sobre o bilhete da Lídia.

Uma... duas...

Duas horas da tarde. O amanuense ainda não tinha voltado da repartição. D. Terezinha costurava na sala de jantar, cantarolando uma modinha cearense, em desafio com o sabiá, que desferia o seu eterno e monótono dobrado, esquecido ao sol. Havia no tépido interior daquela casa a calma preguiçosa dessa hora do dia, em que se ouve o voar do moscardo impertinente e cantos de galo ao longe, nos quintais. Mariana suspirava na cozinha às voltas com as panelas, cachimbando. Sultão, esse dormia tranquilamente o seu sono do meio-dia, aos pés de D. Terezinha, orelhas murchas, deitado de banda.

Todos os dias, invariavelmente, era a mesma quietação, a mesma sonolência, o mesmo ramerrão, até que viesse o amanuense com as suas hemorroidas ou com a sua cachaça dar à casa o ar de sua graça. Frequentemente João chegava às quatro horas, demorando-se às vezes até às cinco, o que não era muito raro.

Nesse dia, porém, antes que o velho pêndulo da sala de jantar marcasse quatro horas, entrou de chapéu na cabeça, como de costume, para não constipar, e foi direito ao quarto da afilhada.

"— Como tinha passado o dia? Muito fastio ainda?" — E puxando uma cadeira sentou-se ao lado de Maria, que se conservava deitada.

Ao pé da rede, sobre a esteira gasta, eternizava-se uma tigela com resto de caldo, onde flutuavam moscas. João fez um gesto de aborrecimento e apanhando a tigela:

— Mariana!

Demônio de gente! Naquela casa ele é que fazia tudo, e, se havia uma pessoa doente, era o mesmo que nada.

— Mariana!

— *Inhô!*

— Não está ouvindo chamar, seu diabo!

D. Terezinha continuava a cantarolar, sem se dar por achada, por pirraça.

Mariana apareceu à porta do quarto, sem casaco, os seios moles dentro do cabeção da camisa tisnada, pés descalços, cabelos assanhados.

João mediu-a com o olhar, de alto a baixo, e entregando-lhe a louça:

— Por que ainda não tirou isto?

— Estava cuidando do jantar...

— Cuidando do jantar, hein? Cuidando do jantar?... Burra!...

A criada, porém, deu-lhe as costas e saiu rindo, com o seu ar idiota.

Uma pessoa somente interessava-se pela saúde de Maria do Carmo — era ele, João da Mata, cujos cuidados para com ela redobravam dia a dia.

D. Terezinha, essa nem sequer chegava à porta do quarto, resmungando sempre, rogando pragas, dizendo indiretas, que Maria do Carmo ouvia com lágrimas nos olhos.

Nunca João fora tão bom para a afilhada como agora. Trazia-lhe mimos da rua, bons-bocados, confeitos, rendas, com uma solicitude paternal, animando-a, prometendo-lhe muitas felicidades, contando-lhe tudo quanto ouvia dizer na rua, dando-lhe notícias dos conhecidos.

— Teve febre hoje? — continuou ele tornando a sentar-se.

— Não sei...

— Deixe ver o pulso... Não, nem um bocadinho... Bom, não se amofine, hein, não se amofine. Amanhã, se Deus quiser, pode levantar-se. E baixo:

— Tolice!... Morrendo sem quê nem pra quê! Se continuas, é pior... podem até saber...

Isso a gente faz cara alegre e vai para diante como as outras, minha tola... Olha a tua amiga, a Lídia... Casou e casou bem... E assim a maior parte... Deixa de tolices.

Logo no dia seguinte à noite do seu defloramento Maria do Carmo queixou-se de fortes dores na cabeça e nos quadris, indisposição geral e uma ausência quase absoluta de apetite.

Não podia ver comida de espécie alguma nem sentir ao menos o cheiro de guisados. Tudo a enjoava, provocando-lhe náuseas. Cada vez que se lembrava de João, vinham-lhe arrepios na pele e "agasturas na boca do estômago".

Pungia-lhe uma espécie de remorso, que a fazia passar horas inteiras num abatimento medonho, encafuada no quarto, sem coragem para continuar a vida como dantes. Lamentava-se como uma desgraçada: — Que vida! Que vida!

Não quis almoçar e passou o dia com uma xícara de café, que a Mariana lhe levara.

D. Terezinha não se abalava: era como se Maria do Carmo não existisse. Que fosse para lá com os seus faniquitos, não tinha obrigação de criar filhos de ninguém. Antes de ir para a repartição, João lhe recomendara: — Olhe: Maria amanheceu doente. Está com uma pontinha de febre, não a deixe morrer à fome, hein...

Foi como se não recomendasse, porque D. Terezinha nem sequer pôs os pés no quarto da rapariga. Limitou-se a dizer à criada: — Ouviste? Não deixes morrer de fome a mimosa...

Ah! Esse desprezo, essa indiferença da madrinha doía n'alma de Maria como um insulto.

Lembrava-se às vezes de a mandar chamar e pedir-lhe por amor de Deus que não a tratasse assim, que não a desprezasse... Mas ao mesmo tempo achava que isso era confessar a sua culpa, porque na verdade nunca houvera entre elas causa para o mais leve rompimento, a não ser as impertinências de João da Mata. Que culpa tinha ela que o padrinho dissesse desaforos à mulher?

E assim ia passando agora, abandonada, sem uma pessoa que se interessasse verdadeiramente por sua sorte, a não ser João da Mata.

— Trataram-te bem? — perguntava o amanuense ao voltar do trabalho.

— Trataram... — murmurava ela.

Mas a verdade é que Maria passava uma vida miserável. De manhã, enquanto João ainda estava em casa, ele mesmo ia levar-lhe café com torradinhas de pão, mas depois ela ficava entregue à preguiça da criada e à indiferença da madrinha, em termos de morrer de fraqueza.

Davam-lhe um caldo ao meio-dia, único alimento com que ela esperava o jantar às quatro horas, quando o padrinho viesse. Por fim, quase que não podia suportar aquilo, e nove dias depois, num domingo, levantou-se resolvida a ir jantar com a Lídia, ao menos por desfastio, que aquela casa era um horror! Mostrou a João a carta da amiga, acrescentando que até era bom para ela passar o resto do dia fora, no Benfica, ouvir tocar piano, distrair, enfim, porque andava muito triste.

O amanuense aprovou prontamente: que sim! Mas era preciso saber se já estava completamente boa, se não sentia mais nada.

— Mais nada, passei bem a noite.

João tomou-lhe o pulso com carinho.

— Pois bem, vista-se e vamos. Amanhã pode ir até à escola, não é assim?

E, noutro tom:

— Não vale a pena a gente se amofinar por qualquer coisa, filha. A vida é isto mesmo — andar para adiante sempre com cara alegre. Vamos, vá se vestir.

Ainda não tinha dado meio-dia no pêndulo. Maria foi ao quarto, abriu baús, mais consolada, escolheu o melhor dos seus vestidos de cretone, um azul de riscados brancos, em pouco saiu ao lado do padrinho, traçando o fichu, sem dar palavra a D. Terezinha.

Ninguém na rua do Trilho, deserta àquela hora como uma rua de aldeia.

Seguiram para a Praça do Ferreira a tomar o bonde de Pelotas. Pouca gente na praça ensombrada por suas enormes mungubeiras. Dois sujeitos, sentados um defronte do outro, jogavam silenciosamente o dominó no Café Java. Às portas da Maison Moderne famílias esperavam os bondes em pé, silenciosas, com ar de infinito aborrecimento. Dentro jogava-se bilhar. Muitas pessoas rodeavam uma das mesas para ver jogar o presidente, que, em colete, escanchado num ângulo da mesa, calculava o efeito das bolas. Maria teve um estremecimento ao vê-lo. Certo o Zuza também andava por ali... Instintivamente procurou-o com o olhar, mas ninguém que se parecesse com o estudante. O José Pereira tomava cerveja a um canto mais o Castrinho.

Os bondes iam chegando uns atrás dos outros, enfileirados.

Antes de subir para o de Pelotas, Maria lançou um último olhar à sala dos bilhares. O José Pereira sem o Zuza! Era realmente assombroso!

Mas daí a pouco o bonde rodava outra vez caminho do Benfica, e invadiu-lhe o coração uma melancolia sem causa, uma tristeza vaga que lhe deu vontade de estar só, de voltar à casa.

Lídia veio receber a amiga de braços abertos, muito alegre, de branco, com papelotes no cabelo e sandálias de cetim. — Ora, até que enfim! Já não a esperava mais, Sra. D. Maria.

Noiva de fidalgo... pudera!

— Não diga isso, minha negra, não vim há mais tempo porque tenho andado adoentada.

Tu não imaginas...

Cobriram-se de beijos.

Lídia mandou-os entrar para a sala de visitas.

— Como vai D. Terezinha, Sr. João? — perguntou maliciosamente escancarando as janelas.

— Bem — respondeu o amanuense num tom seco, pondo o chapéu sobre uma cadeira. E logo: — Homem, isto está que nem um paraíso!

— Qual paraíso! Está nos debicando?...

— Não senhora, longe de mim tal pensamento. O que digo é a verdade: O Loureiro preparou isto à fidalga!

E ia examinando, através dos detestáveis óculos escuros, os quadros, o papel da sala, o piano, os bibelôs, com uma curiosidade infantil, estendendo o olhar de vez em quando até o interior da casa disfarçadamente.

Maria tinha-se sentado no sofá e por sua vez confirmava a admiração do amanuense. — Sim senhora, tudo muito bem arranjadinho, muito chique...

— Vejam só, vejam só a graça! — repetia a outra, sentando-se ao lado da amiga.

"E o Sr. Loureiro, como ia?" — inquiriu Maria.

— Bem, menina, muito atarefado com o emprego. É uma vidinha cansada, esta de guarda-livros.

O Loureiro, coitado, não tem sossego de espírito. Vive na loja e ainda por cima trabalha em casa. Um horror! Tu é que estás magrinha; estou te achando tão abatida, tão pálida...

— Saudades tuas...

— Saudades, eu sei de quem...

Riram.

— Agora é que reparo — continuou Lídia muito amável —, tira o fichu e vamos ver a casa.

E levantando-se:

— Preciso conversar muito contigo. Já não te lembravas de mim, hein?... Sr. João tenha a bondade de esperar um pouquinho — o Loureiro não tarda: está às voltas com a papelada.

— Oh! Minha senhora...

João da Mata deliciava-se a observar os quadros e as estatuetas de terracota, de mãos para trás, como se estivesse numa exposição. Depois chegou à janela por onde entrava um arzinho puro impregnado de essência de resedás. Defronte enchia a vista o verde sombrio duma esplêndida floresta de cajueiros onde oscilavam pequenos pontos amarelos e vermelhos quebrando a monotonia da paisagem larga e igual, batida de sol. O palacete azul do Loureiro perdia-se num fundo de verdura. À direita, lá longe, na esquina de um grande sítio, passava a linha de bonde. E que frescura! Dava vontade à gente pecar muitas vezes por dia, como Adão no Paraíso, ali, assim, naquele pedacinho do Ceará, sem seca e sem política, entretendo relações sentimentais com a natureza agreste e sincera.

— Bom para se copiar um balanço, isto aqui — costumava dizer o ingênuo guarda-livros.

João pôs-se a contemplar, com um enlevo n'alma, toda essa poesia selvagem iluminada por um sol implacável.

De súbito:

— Olá, seu Mata, como vai você? Que milagre foi este?

Era o guarda-livros, em chinelos, calça branca e paletó de seda amarelo. João voltou-se.

— Oh!... Estava admirando a grandeza do Criador... Você assim mesmo tem gosto, seu Loureiro, você é um danado, homem! Sim senhor, isto aqui é um maná! Faz vir água à boca...

— Escolhi este local por ser muito isolado da civilização. Detesto o ruído da cidade...

— Tens também a tua veia poética, hein?

— Qual veia poética! Isso de versos não é comigo. Tenho até horror à poesia. O que eu quero é o sossego, o bem-estar, o conforto...

— Fazes muito bem, filho, não há nada como se viver no seu cantinho, com a sua mulher e os seus filhos, comendo com o suor de seu rosto. Eu, se pudesse, fazia o mesmo — desertaria da capital, do centro da civilização, para viver comodamente, bem longe de toda essa porcaria que se chama sociedade. Fazes muito bem. Quem não quer ser lobo não lhe veste a pele.

— E você, como vai?

— Homem, assim mesmo: nem para diante nem para trás, remando contra a maré... Têm me aparecido umas dorzinhas do lado esquerdo...

— Por que não usa você o vinho de caju?

O guarda-livros fez a apologia do vinho de caju, citando casos de curas assombrosas produzidas pelo uso cotidiano desse depurativo. Ele mesmo, Loureiro, tinha-se curado radicalmente de um dartro na perna esquerda. Na sua opinião, o vinho de caju era muitíssimo superior à salsa, ao iodureto e a quanta panaceia receita-se por aí sem resultado.

O amanuense, porém, afirmou que o seu mal era no pulmão, que já tinha consultado ao Dr. Melo.

— Não te fies em médicos do Ceará, que dão cabo de ti. Olhe o Calado, conferente da Alfândega: diagnosticaram-lhe lesão cardíaca, e o pobre homem, coitado, estirou a canela no Rio de Janeiro, com uma enfermidade nos rins. Uns ignorantes, seu João, uns magarefes da humanidade é o que eles são. Meta-se no vinho de caju, que é o grande remédio para as moléstias do sangue.

Enquanto os dois, sentados no sofá, de pernas trançadas, iam discutindo banalidades, Lídia e Maria do Carmo comunicavam-se como boas amigas, numa intimidade franca e expansiva, abrindo-se mutuamente em confidências de colegiais felizes. Primeiro tinham percorrido toda a casa. Lídia mostrara à outra todos os seus confortos e todas as suas joias, desde a cama de casados, ampla e fresca, até o presente de noivado, um magnífico jogo de pulseiras cravejadas de pérolas, em forma de serpente, o guarda-vestidos, os vidros de essências, os chapéus, as toalhas de labirinto, feitas no Aracati e tudo mais que o Loureiro comprara com aquela bondade ingênua que o caracterizava.

Maria via tudo aquilo embasbacada, com surpresas no olhar, falando por monossílabos, examinando com inveja cada objeto que seus olhos deparavam, achando tudo muito bom, muito fino, de muito bom gosto. E a outra: olha isto, vê lá, aqui está o meu relógio de algibeira, comprado no Jaques, tu ainda não viste a minha cinta de tartaruga; é verdade, e o meu tinteiro de prata, presente do Carvalho, e o meu leque de plumas...

Foram sair na sala de jantar, e aí, uma defronte à outra, em cadeiras de balanço, Lídia entrou indiscretamente a falar no Zuza.

— Ainda o amas muito? Então fica para a volta?...

Maria não compreendeu a pergunta.

— Como fica para a volta?

— Sim, de certo, creio que vocês não se casaram...

— Não te compreendo...

— Olha a engraçada!... Quer um peitinho?!

— Por Deus como te não entendo...

— Pergunto se o casamento é quando o Zuza voltar, não te faças de tola...

— Quando o Zuza voltar?

— E então?...

— Mas voltar de onde?...

— Estás hoje muito misteriosa, minha espertalhona.

Maria teve um pressentimento: — "E o Zuza tinha ido embora?"

— Pois não embarcou anteontem?

Olhavam-se as duas sem se compreenderem, como se estivessem jogando o disparate.

— Para onde?

— Para o Recife, ora adeus! Para onde havia de ser?... A estas horas anda ele bem longe do Mucuripe.

Maria do Carmo empalideceu, como se acabasse de saber uma notícia funesta.

— Estás gracejando — murmurou com voz trêmula.

— Não sabias?

— Não, não sabia...

— Pois a *Província* deu a notícia.

— Infame!

E Maria não pôde resistir à comoção que lhe sufocava, os olhos umedeceram-se-lhe de lágrimas, e desatou a chorar com o rosto mergulhado no lencinho de rendas.

— Que é isso, criatura? Tolice!

Lídia não contava com esse pieguismo da amiga. Ora adeus, o rapaz havia de voltar, que asneira!

Era preciso paciência para tudo, e então? Ela mesma, Lídia, não esperara pelo Loureiro quase um ano? Tolice...

— Deixa-te disso, filha, vamos tocar piano. Estás nervosa.

Inclinada sobre a pobre rapariga, que soluçava como se lhe tivesse morrido alguém, Lídia procurava carinhosamente arrancar-lhe o lenço dos olhos alisando-lhe os cabelos, comovida.

— Então?... Levanta, vamos para a sala, que está mais fresco. Não sê criança, vamos...

— Sou uma desgraçada — disse Maria enxugando os olhos com força.

— Que desgraçada o quê, estás feito criança...

Isso acontece a todo o mundo, criatura. Vamos, vamos para a sala. Já viste o meu álbum?

Maria levantou-se devagar, preguiçosamente, com as faces escarlates, as pestanas úmidas, assoando-se; e arrependida:

— Não, fiquemos aqui mesmo; depois se toca. Não foi nada — um nervoso...

— Bem, mas não te ponhas a choramingar por aí, como uma tola. Tu sabes, a família do Zuza não quer o casamento, quem sabe se o rapaz foi obrigado a embarcar à última hora?

Espera cartas, se ele não te escrever, então sim, podes ficar certa de que não te ama.

Tornaram a sentar-se.

A criada, alta como um pau-de-sebo, veio saber da Sra. D. Lídia "se a sopa era de macarrão ou de arroz".

— De macarrão mesmo, Tomázia, faça de macarrão, mas faça uma sopa gostosa, ouviu?

E para a amiga.

— Não imaginas quanto aborreço a cozinha. Há dias em que não ponho lá os pés.

Felizmente o Loureiro arranjou uma boa criada, que até já foi cozinheira do Dr. Paula Souza, da Estrada de Ferro. É assim como viste, seca e ríspida, mas uma excelente criada. Faz tudo a meu gosto.

— Mas, então, o Zuza embarcou, hein? — tornou Maria voltando à conversa.

— Não falemos mais nisto. Estás hoje muito sentimental e eu não quero que passes mal o resto do dia em minha casa, sabes? Não falemos mais nisto.

— Mas diz-me... aquilo foi uma tolice... diz-me, não o viste mais?

— Não. O José Pereira é que está muito nosso amigo, sabes? Tem vindo aqui duas vezes nesta semana. E que amabilidades, menina, que delicadeza! Ofereceu-se para apresentar o Loureiro ao presidente da *Província*, mandou-nos outro dia um camarote para o teatro...

— E tu, como passas a nova vida?

— Perfeitamente. Desejava antes morar na cidade, mas o Loureiro é muito impertinente, diz que prefere isto — paciência. Agora quando vierem os filhos, isso então... Por enquanto estou muito satisfeita. Um bocado triste isto aqui no Benfica, mas... vai-se passando. É verdade, precisas vir passar uns dias comigo, estás muito magra; o ar aqui é melhor que na cidade. Tens ido à Escola?

— À Escola? Qual! Passei oito dias em casa, como uma freira, sem ir a parte alguma.

Creio que não irei mais àquilo.

— Eu no teu caso faria o mesmo. Agora então, que estou casada, olha...

Fez um gesto com as mãos.

— ... bananas, não estou para suportar desaforos daquela canalha. Porque tudo aquilo é uma canalha, menina. Fazes muito bem não pondo os pés naquela feira de reputações. As raparigas ali aprendem a ser falsas e imorais. Conheço muito o tal Sr. Berredo, o tal Sr. Padre Lima e mais os outros todos. O próprio diretor... eu cá sei...

Maria estava mais consolada ante a solicitude da amiga. Achava-a mais amável e mais expansiva.

Foram para a sala de visitas de braço trançado, nas cinturas, e Lídia cantou ao piano "Non m'amava", a velha romanza sentimental, que encheu de lágrimas os olhos de Maria.

E os dias passavam uns após outros, longos, intermináveis, como uma repetição monótona que faz mal aos nervos.

Vieram as festas, o Natal e o Ano-Bom.

Maria do Carmo cada vez mais magra, sentindo-se definhar dia a dia, descrente de tudo, tinha agora uma certeza cruel que a torturava barbaramente, a certeza de que estava para ser mãe, de que muito breve o seu nome estaria completamente desmoralizado. Sentia bulir dentro de si uma coisa estranha, que lhe incomodava como uma perseguição, e mais de uma vez nos seus momentos de grande desânimo, atravessara-lhe a mente a ideia sinistra do suicídio. Sim, preferia matar-se a assistir às exéquias de sua honra na praça pública, em todas as ruas da cidade, em todas as bocas. Estava irremediavelmente perdida, não tinha pai nem mãe, nem alguém que lhe fosse sincero no mundo, pois bem, acabar-se-ia de uma vez, sem ter que dar satisfação a ninguém por isso. Era um pecado, mas não era uma vergonha, porque não teria que corar nunca diante da sociedade, como uma criminosa, como uma culpada. Não, mil vezes não! Outra, que não ela, preferisse arrastar uma existência vergonhosa a morrer fosse como fosse.

Uma ocasião esteve prestes a ingerir uma dose de láudano, mas faltou-lhe coragem.

Começou a imaginar mil coisas. Via-se morta, dentro de um caixão azul, de mãos cruzadas sobre o peito, numa sala onde havia gente chorando e um crucifixo à cabeceira entre velas de cera que ardiam lugubremente. Que horror! Recuou espantada fazendo em pedaços o vidro de veneno.

Às vezes vinham-lhe resignações, um desejo místico de ser irmã de caridade, depois que desse à luz a criança, arredar-se para sempre do mundo e ir viver na Santa Casa de Misericórdia, curando os enfermos, metida nas suas vestes azuis, debaixo de um grande chapéu de asas, dedicar-se toda a Deus, como uma santa.

Dera para devota; não faltava à missa aos domingos, na Sé, vestida com muita simplicidade e rezava sempre com uma contrição admirável, ao deitar-se e ao acordar, defronte da oleografia do Coração de Jesus.

Foi em casa da Lídia que ela teve a certeza de achar-se grávida. Até então ignorava certos segredos da maternidade, certos fenômenos da fisiologia amorosa, que nunca lhe tinham dito, nem mesmo as companheiras de Escola, "aliás versadas em assuntos dessa natureza".

Tinha ido passar uma semana com a amiga, nas festas, e um dia a Lídia disse-lhe que "estava pronta" e que ela, Maria, havia de ser a madrinha do primeiro filho.

Então, aproveitando a oportunidade, Maria do Carmo quis saber como as mulheres tinham a certeza de estar grávidas.

Lídia explicou tudo minuciosamente: a suspensão das regras, os antojos, as dores na madre e, finalmente, os primeiros movimentos do feto no útero. Depois leram junto a *Fisiologia do matrimônio* de Debay, que o Loureiro tivera o cuidado de comprar, especialmente o capítulo — "Da Calipedia ou Arte de Procriar Filhos", o mais importante, na opinião da esposa do guarda-livros.

— Todo meu desejo — dizia a Lídia com o livro sobre a perna —, todo meu desejo é que o pequeno menino ou menina se pareça com o presidente da *Província*. Ainda no último baile em palácio não tirei os olhos dele.

E Maria nesse dia, ao jantar, teve um grande enjoo da comida, cruzando o talher logo no primeiro prato, inapetente. Não havia dúvida, "estava pronta" também, como a Lídia, e esta ideia tornou-se uma ideia fixa, de todos os dias, de todas as horas, de todos os minutos. Ela com um filho, Jesus! Decididamente estava perdida para sempre no conceito honesto da gente séria. Não passaria mais de uma simples rapariga que "já teve filho"! As revelações da Lídia tinham-lhe aberto os olhos; sentia agora perfeitamente bulir a criança, e até, na sua alucinação, parecia-lhe ouvir os vagidos do bebê. Se fosse possível evitar o seu desenvolvimento, matá-lo mesmo no ventre... Mas, não: seria uma barbaridade, uma malvadez. Afinal de contas, era seu filho, filho de suas entranhas, embora fruto de um crime...

E Maria agoniava-se, fazendo essas considerações e mil outras conjecturas absurdas, sem coragem para esperar o desenlace daquele drama secreto de que ela era a protagonista. Vivia assombrada e não raro caía num desfalecimento que lhe tirava a ação do corpo e do espírito.

Por uma espécie de instinto, previa todas as consequências do seu estado e pressentia o desprezo acerbo que havia de lhe cair sobre a cabeça implacavelmente, como uma grande mão de ferro, esse desprezo convencional e hipócrita de uma sociedade ávida de escândalos, cevando-se da desgraça alheia, banqueteando-se em torno da vítima, como para torturá-la ainda mais.

E, enquanto a Lídia ganhava, com sorrisos de triunfo as simpatias dessa mesma sociedade que a poucos meses a maldizia, ela, Maria do Carmo, sobre cuja reputação nunca pairara a sombra de uma nódoa, via-se pouco a pouco ludibriada, tratada como uma mulher à-toa, num abandono completo, sem amigas, sem honra, pobre, sem pai nem mãe, mísera cadela que a gente enxota a pontapés de dentro de casa por safada e indecente.

CAPÍTULO XII

O Zuza abalara de feito numa sexta-feira, dias depois do casamento da Lídia. Por toda parte se comentava, com risinhos sublinhados, o escandaloso namoro com a normalista, e o pai, o coronel Souza Nunes, escrupuloso em tudo que lhe dizia respeito, exigiu do filho que embarcasse no primeiro vapor, sob penas severas.

— Mas, meu pai...

— Tenha santa paciência, vossemecê embarca ou diz por que não embarca. Fala-se em toda a cidade nos seus namoros com a rapariga e eu não quero, não consinto em semelhante escândalo. Sei muito bem o que isso é. Não pode ser boa mãe de família uma rapariga educada em companhia de um safardana reconhecido, como o tal Sr. João da Mata. Prepare as malas e deixe-se de histórias, que é perder tempo.

Nessas condições, o estudante não teve jeito senão resignar-se ante a vontade imperiosa do pai e anunciar ao José Pereira o seu embarque daí a dois dias.

— De acordo — aprovou o redator da *Província*. — Deves tratar quanto antes da tua formatura e então podes voltar ao Ceará e fazer um figurão na nossa magistratura, que já conta em seu seio bons talentos, rapazes da tua estatura, inteligentes e resolutos.

Sentia muito que o Zuza não se demorasse mais algum tempo, mas, enfim, como esperava em breve tornar a vê-lo formadinho, com o seu título de bacharel, "dando sorte" na capital cearense, que diabo! Era preciso abafar a saudade e consolar-se.

O Zuza, porém, estava contrariado. Agora que as coisas lhe corriam tão bem, que a rapariga entregava-se-lhe de corpo e alma, é que o obrigavam a embarcar da noite para o dia, sem ao menos ter tempo de despedir-se dela, de dar-lhe uma beijoca, um abraço sequer, às escondidas. É verdade que o seu amor não era lá para que se dissesse um amor extraordinário, uma dessas paixões incendiárias que decidem do futuro de um cristão, mas tinha a sua simpatia por aqueles olhinhos ternos como os de uma santa, lá isso tinha... Tão boas as palestras ao meio-dia, na Escola Normal, enquanto as outras normalistas se divertiam lá para dentro, à espera dos professores! Uma gentinha levada da breca, essas normalistas! Com que facilidade a Maria do Carmo, aliás, uma das mais comportadas, entregava-lhe a face para beijar e escrevia-lhe cartinhas perfumadas, cheias de juras e protestos de amor! Se fosse outro, até já podia ter feito uma asneira... Arrependia-se agora de não ter aproveitado os melhores momentos... Grandíssimo calouro! Podia ter desfrutado a valer.

E concluiu, preparando-se para sair:

— Ora sabem que mais? Há males que vêm para bem. A cidade está cheia do meu nome e do nome da rapariga, o verdadeiro é ir-me embora mesmo, sem dar satisfação a ninguém.

Meu pai é um homem de juízo. Eu podia muito bem engraçar-me deveras com a menina para casar e depois... sabe Deus as consequências. Já se foi o tempo de um homem sacrificar posição e futuro por uma mulher pobre. Concluo o meu curso e sigo para a Europa, é o verdadeiro, ora adeus!

Enfiou a manga do redingote, atabalhoado, e saiu a despedir-se dos amigos.

Toda a cidade soube logo da viagem intempestiva do estudante. A notícia propalou-se com a rapidez de fogo em palha, por todos os botequins, por todos os cafés e restaurantes, avolumando-se, como se se tratasse de um grande acontecimento.

Quem, o Zuza, o filho do coronel Souza Nunes? Então não se casava com a normalista?

— Por esta já esperava eu — diziam uns convictamente.

— E eu — repetiam outros.

— Pela cara se conhece quem tem lombrigas, seu Sussuarana — afirmava um sujeito reles na botica do Travassos. Aquele tipo sempre me pareceu uma bisca. Agora a pobre rapariga é quem fica por aí com cara de besta, sem achar quem lhe roa os ossos.

— Pode dizer, seu compadre. Esses fidalgos o que querem é isso mesmo — desfrutar e pôr-se ao fresco. Todo o nosso mal é recebermos em nossas casas qualquer sunga-neném que chegue a esta terra. Nós, os pais de família, é que somos os culpados.

— E o compadre João da Mata o que pretende fazer?
— Eu sei lá, homem de Deus, aquele é outro...
A viagem imprevista do Zuza assumia proporções de escândalo. Nas fileiras políticas especialmente, entre os partidos contrários à administração presidencial, alardeava-se o fato: que o rapaz era um produto da política do governo, que todos os amigos do presidente se mediam pela mesma bitola, que era tudo uma súcia de bandidos de casaca, usurpadores da honra cearense, o diabo!

Os jornais da oposição rosnaram contra a moralidade dos governistas, responsabilizando o presidente pelo "desmembramento de caracteres" que ia pela sociedade cearense, alcunhando-o de negro Romão. Tal dizia que "S. Exa. era homem de costumes dissolutos, acostumado a beber cerveja nos cafés cantantes de Paris e a passear de braço com as cocotes no Bois de Boulogne". Tal outro afirmava que "S. Exa. sabia manobrar perfeitamente um *phaeton*, montava muito bem a cavalo, mas não tinha capacidade para dirigir os destinos de um país".

Insinuava aquele que "a viagem inesperada de certo bacharel por formar-se era um atentado contra os nossos brios e contra a moral pública"; aquele outro confirmava que "a polícia devia dar caça a um tal Sr. bacharel de nome açucarado contra quem pesavam as mais sérias acusações no tocante ao seu procedimento para com a família cearense".

E toda a gente sabia que se tratava do Zuza e da Maria do Carmo.

O estudante, azucrinado por todos os lados, numa roda viva de indiretas, perdia a cabeça, indagava na agência se o vapor já tinha chegado, esbaforido, às carreiras, doido já por se ver barra afora, debruçado, tranquilamente, na amurada, a ver sumirem no horizonte, como visões de uma noite maldormida, as areias do Mucuripe.

Uf!... Estava cansado de suportar tanta sujidade! Decididamente não voltaria mais ao Ceará por preço algum. Diabo de província onde ninguém está livre da calúnia e da descompostura pela imprensa desde que não se submeta às imposições duma política de interesses pessoais.

Revoltava-se de novo contra o Ceará, contra os costumes cearenses, contra a política, "essa política sem ideal e sem patriotismo, que só servia para nos rebaixar, obrigando o indivíduo a vender-se por amor de sua mulher e de seus filhos". Que diabo tinha ele com a política para que se viesse meter com a sua vida? Só porque era amigo do presidente da *Província* e filho de político? Sebo! Então não se podia ter amigos no Ceará, decididamente.

E por que tanto barulho em torno do seu nome, por que, não lhe diriam? Por causa de um simples namoro com uma pobre normalista sem eira nem beira? Era o cúmulo!

Com que deliciosa alegria ele ergueu-se da rede no dia do embarque, de manhã muito cedo, as malas no meio do quarto prontas, a passagem comprada no bolso, sem dívidas, sem compromissos, completamente pronto a deixar o Ceará! Quando vieram lhe chamar para o banho, às seis horas, já há muito estava de pé, em chambre, muito bem-disposto, fumando o seu cigarro, passando uma vista de olhos na maleta do camarote onde refulgia, numa frescura capitosa, a roupa branca — ceroulas, camisas, meias e toalhas de rosto —, tudo arrumado cautelosamente, com um cuidado feminino, umas cheirando ainda a sabão, passadinhas a ferro outras.

Ah! Ia deixando fora a Casa de Pensão. Tomou do livro que se achava sobre a mesa e colocou-o na maleta, ao lado, para ler em viagem.

Agora sim, não faltava mais nada. Só pedia a Deus que não chovesse, porque um embarque debaixo de aguaceiro era um desastre horroroso.

De feito ameaçava chover. Era janeiro. Há dias caía sobre a cidade uma chuvinha sintomática de inverno, persistente e miúda, acompanhada de trovões longínquos, lavando a atmosfera, encharcando as ruas, alentando a população, enverdecendo as árvores. Os longos meses de seca iam ser compensados por uma abundância de chuvas consoladoras e refrigerantes. As manhãs iam se tornando frescas e já se viam passar, em tabuleiro, feixes de feijão verde e hortaliças para a feira.

Zuza tinha aberto a vidraça para consultar o tempo. Os telhados, defronte, estavam úmidos e o céu, de uma cor esmaecida de safira, arqueava-se, sem uma nuvem na penumbra da antemanhã. Passava um fiscal da Câmara com o seu boné, jaqueta com botões dourados, chapéu de chuva debaixo do braço, assoando-se com estrondo.

— Tudo fechado ainda, com efeito! — pensou o Zuza. Entretanto, já tinham dado seis horas.

Entrou e pôs-se a reler as cartas de Maria do Carmo, trincando a ponta do bigode.

"Meu querido Zuza..."

Nesta, a normalista jurava como não tinha ido ao Clube Iracema; que era uma calúnia o que tinham dito ao estudante...

"Tua querida Maria".

Zuza meneou a cabeça com um ar de riso e abriu outra.

"Zuza do meu coração..."

Nesta outra, Maria lamentava que o rapaz não tivesse aparecido na Escola Normal na véspera.

"Tu já não me amas, Zuza; não queiras matar-me de saudades. Todo os dias peço a Deus por ti e tu nem sequer te lembras da tua futura esposa!"

E assim, uma a uma, o futuro bacharel releu toda a série de cartas da normalista, enfeixando-as depois, dobradinhas, com um cadarço.

Que horror, meu Deus, quanta banalidade! E ela a tomar a coisa a sério! A gente sempre faz asneiras de criança nessa idade!...

E guardando o maço de cartas no fundo da maleta: "— Magnífico rol de asneiras para fazer rir a rapaziada de Pernambuco."

As horas passavam vertiginosas. A larga claridade do sol penetrava no quarto pela janela aberta, como uma visita sem-cerimônia, anunciando um dia seco e esplêndido.

Já lá fora, na rua, recomeçava a labuta cotidiana. Um barbeiro, que morava defronte, amolava as navalhas assobiando um trecho de Fandango, com as pernas cruzadas, de frente para a rua. Passavam burricos com cargas de água, procurando as coxias. Meninos apregoavam o Cearense.

José Pereira ficara de vir almoçar com o Zuza, mais cedo que de costume, para seguirem juntos ao ponto de embarque.

D. Sofia andava numa faina, da sala para a cozinha, com os olhos empanados de lágrimas, esquecendo as suas dores de útero para pensar no Zuza, no seu filho que se ia embora.

O coronel, esse não se alterava, calmo, consultando o relógio de vez em quando, bem-humorado nesse dia, passeando o seu grande ar de homem independente.

Cerca de 10 horas entrou o redator da *Província* anunciando a chegada do vapor.

— A que horas sai? — perguntou o estudante.

— Está marcado para as duas. Em todo caso é prudente ir mais cedo...

— Sem dúvida. Ao meio-dia, o mais tardar, devo estar a bordo. Qual é o vapor?

— O Espírito Santo.

— Diabo, uma carroça!

José Pereira entrara para o quarto do Zuza, e, sentado na larga rede de varandas encarnadas, perna traçada com desembaraço, passeava o olhar morosamente naquele tabernáculo de rapaz solteiro, agora em desordem, como um ninho abandonado, enquanto o estudante acabava de fazer a toalete no aposento contíguo.

Na frente das duas malas, uma grande e outra menor, lia-se em letreiros impressos e nítidos — José de Souza Nunes — Recife. Perto estava um caixote com livros e o mesmo dístico no alto.

— Dez e meia! — fez o redator levando o relógio ao ouvido.

Imediatamente surgiu o Zuza lépido, esfregando as mãos, como se saísse de um banho de perfumes.

— Prontinho — disse ele.

E misteriosamente:

— Então, com que a canalha tem-se divertido à minha custa, hein?

— Como assim?

— Oh! Homem, inventaram por aí que eu deflorei a Maria do Carmo. Não leste o *Pedro II* e o *Cearense*?

— E tens culpa no cartório?

— Não, com os diabos, mas isso é um horror! Ninguém pode mais gracejar, ninguém tem mais o direito de chegar-se a uma rapariga honesta sem intenções malévolas. Cada vez me convenço mais de que isso é uma terra de selvagens, seu José Pereira! Isto é um país de bárbaros. Vocês da imprensa devem civilizar este povo, devem ensinar esta gente a pensar e a ter juízo, do contrário...

— Mas, fala a verdade — interrompeu o outro com um ar de riso malicioso —; tu nunca... — Palavra como não! É verdade que lhe dei alguns beijos, mas o nosso namoro nunca foi além disso, mesmo porque tu compreendes a minha responsabilidade... Depois, só fui à casa do padrinho umas três vezes, no máximo. Calúnia, simples calúnia...

— É. Este povo é muito indiscreto...

— Indiscreto não — alcoviteiro, mentiroso, ignorante e besta, é o que ele é.

E depois de uma pausa:

— Bem, vamos almoçar que deve ser hora.

Uma vez instalado a bordo, no seu camarote do lado do mar, o futuro bacharel, de binóculo a tiracolo e boné, respirou a todo pulmão e foi assistir da tolda à manobra do vapor que suspendia o ferro.

Eram duas horas em ponto. O tempo estava magnífico. Ventava forte e o mar em ressaca atirava sobre o quebra-mar uma toalha de espuma que se desmanchava em poeira tenuíssima irisada pelo sol. A cada golpe de mar havia uma algazarra na praia coalhada de gente.

Escaleres navegavam para terra puxados a remo, destacando a bandeira do escaler da Capitania do Porto.

Zuza assestou o binóculo e, sacando do lenço, correspondeu aos acenos que lhe faziam de um escaler que se afastava. Sentia agora uma ponta de saudade espicaçar-lhe o coração.

Através da confusão que reinava no seu espírito, como um ponto luminoso por entre um nevoeiro denso, via mentalmente e nitidamente a cabeça branca de D. Sofia, de sua boa mãe, e só então sentiu que uma coisa prendia-lhe ao Ceará, atraía-lhe a essa terra que ele tanto detestava — sim, queria mal ao Ceará não sabia mesmo por que, por índole, por sistema, por pedantismo, mas não podia esquecer nunca o Ceará, porque nele ficava a sua velha que ainda há pouco, abraçando-o entre lágrimas, metera-lhe no bolso uma nota de cem mil-réis lisa e cheirando a fundo de baú.

Boa a santa velhinha! — pensava ele, e já não enxergava coisa alguma, porque os vidros do binóculo estavam úmidos e enevoados...

Depois, enquanto o vapor singrava em direção ao Mucuripe, começou a examinar a costa cearense, como se nunca a tivesse visto de fora, da tolda de um navio. Viu passar diante de seus olhos arregalados todo o litoral da Fortaleza, desde o farol de Mucuripe até a ponta dos Arpoadores...

Primeiro, o farol, lá muito ao longe, esbranquiçado, cor de areia, ereto, batido pelos ventos; depois, a extensa faixa de areia que se desdobra em zigue-zague até à cidade; a praia alvacenta e rendilhada de espumas. Em seguida, o novo edifício da Alfândega, em forma de gaiola, acaçapado, sem arquitetura, tão feio que o mar parece recuar com medo à sua catadura.

Noutro plano, coqueiros maltratados pelo rigor do sol, erguendo-se da areia movediça que os ameaçava soterrar, uns já enterrados até a fronde, outros inclinados, prestes a desabar; o torreão dos judeus Boris, imitando a torre de um castelo medieval, cinzento e esguio; o seminário, por trás no alto da Prainha, com as suas torres triangulares; as torres vetustas e enegrecidas da Sé; o Passeio Público, com os seus três planos em escadarias; a S. C. de Misericórdia, branca, no alto; o Gasômetro; a Cadeia; e, por ali afora, o arraial Moura Brasil, invadido pelo mar, reduzido a um montão de casebres trepados uns sobre os outros...

— "Sim, senhor, pensou o Zuza, bonito aspecto para se ver de longe, barra afora..."

Dentro em pouco, o vapor começou a tombar desesperadamente. Fortaleza já não era mais do que uma pintura microscópica, diluindo-se muito ao longe na tinta alvacenta do horizonte...

...E só agora, três dias depois da partida do Zuza, é que Maria do Carmo sentia a dor do seu abandono, ao mesmo tempo que adquiria a certeza esmagadora de que estava para ser mãe; sim, para ser mãe de um filho espúrio, concebido num momento de desvario, mal acordada de um pesadelo horrível. Era demais, era! Se dissesse que ela tinha deixado o seu quarto para ir ter à rede do padrinho, oferecendo-se-lhe como uma fêmea desavergonhada, vá; era justo que caísse sobre si toda a cólera dos homens, mas, ao contrário, ele, o infame do padrinho é que fora alta noite ao seu quarto, provocar-lhe, impor-lhe, para bem dizer, uma coisa daquelas, e ela, coitada, tão inexperiente, tão tola que nem ao menos tivera coragem para dar um escândalo, expulsando-o, como se expulsa um ladrão, dando-lhe com a mão no focinho, embora com sacrifício de sua vida.

Chegavam a seus ouvidos, indistintamente, como um surdo rumor de cochichos, os ecos de maledicência. Na Escola Normal, as outras raparigas atiravam-lhe indiretas fortes, que ela já não tinha ânimo de repelir como dantes.

Viam-na triste, para um canto, muito desconfiada, com grandes olheiras. Todas notavam as alterações de sua fisionomia e certo desleixo no trajar, que faziam dela outra Maria do Carmo, albardeira e insociável, inimiga da convivência das companheiras, egoísta, intratável.

— Aquilo é coisa... — comentavam maliciosamente as normalistas.
— A Maria viu alma do outro mundo, não é possível.
— Que o quê, menina, são desgostos de família. Dizem que o padrinho a maltrata.
— Quem, o João da Mata? Um grandíssimo miserável. Daí talvez seja isso mesmo.
— Não se iludam, meninas — insinuou a zarolha —, a Maria ficou assim depois que o Sr. Zuza foi-se embora. Ela dantes era até uma rapariga muito alegre, vocês não se lembram?
— Coisas deste mundo, mulher, coisas deste mundo. Ninguém deve fazer mau juízo das pessoas.

O diretor um dia maltratou-a. Ao chegar, viu desenhada na pedra da aula, a giz, uma obscenidade. Ficou furioso, disse muitas grosserias às raparigas e quis saber quem era a autora de semelhante indecência.

Silêncio profundo. Ninguém se atrevia a responder.

— Tenham a bondade de dizer quem fez isto! — repetiu o diretor e, de relance, viu, na última fila, um dedo que apontava para Maria do Carmo.

— Ah! Foi a senhora, D. Maria do Carmo?

Maria empalideceu.

— Eu, não senhor!

— Tenha a bondade, faça o favor de vir apagar isto.

— Mas não fui eu, Sr. Diretor — tornou ela erguendo-se.

— Embora, venha sempre: a senhora paga pelas outras.

— Não senhor, não posso responder por uma falta que não cometi.

— Não vem?

— Não senhor.

Toda a aula estava voltada para Maria do Carmo, medindo-a de alto a baixo, como se vissem nela uma transfiguração extraordinária.

— Então a senhora não vem? — repetiu o homem fazendo uma carranca medonha.

— Não senhor...

— Retire-se da aula! — fez ele apontando a porta. A senhora é uma insubordinada, desobedeceu à primeira autoridade deste estabelecimento. Vamos, retire-se!

Houve um silêncio grave, e Maria, tomando os livros, séria e resignada, sem olhar para as colegas, retirou-se taciturna, ouvindo atrás de si o atrito da esponja na pedra.

E tudo mais era assim, sucediam-se as contrariedades como um castigo. Crescia-lhe na alma o desgosto, como uma nuvem que sobe no horizonte vagarosamente alastrando pouco a pouco toda a vasta cúpula do céu para se desfazer em chuva caudalosa. Tinha pena de não ser, como as "outras mulheres", indiferente a tudo, até nos momentos mais difíceis da vida.

Vinham-lhe às vezes alegrias intermitentes, uma resignação infinita animava todo seu ser, e dispunha-se a enfrentar todas as consequências do seu desatino com uma calma heroica, sem dar mostra da mais leve tristeza.

Nesses momentos, abria-se em efusões de ingênua bondade para com D. Terezinha, procurando-a, puxando conversa, oferecendo-se-lhe para pentear o cabelo, gabando-lhe os vestidos, com uma humildade de escrava. Mas a madrinha, seca e indomável, aborrecia-se com aquilo, enfadava-se, sempre de cara fechada, respondendo por monossílabos às perguntas da afilhada. Quando amanhecia mal-humorada, com as suas desconfianças, enquizilava-se demais. — "Deixe-me, criatura, deixe-me, por amor de Deus, oh!" Maria não dizia palavra, recolhia-se ao silêncio do seu quarto a costurar ou a ler o *Almanaque das senhoras* por desfastio, para se distrair.

Entretanto, João da Mata progredia no vício de beber aguardente. Andava agora muito chegado ao Perneta e ao Guedes, de quem se dizia amigo do coração.

A bodega do Zé Gato continuava a ser o ponto de suas reuniões, onde se demoravam às vezes até alta noite a jogar a bisca num esquecimento absoluto de família e de deveres, saturados de álcool, lívidos à luz de um miserável candeeiro de querosene. O triste ordenado que lhes pingava no bolso em cada fim de mês escorria-lhes por entre os dedos como azougue, transformando-se em fichas na banca do jogo e desaparecendo como por encanto, sem que eles próprios soubessem como.

Quantas vezes sucedia entrar em casa sem um real no bolso para mandar à feira no dia seguinte!

Era preciso então tomar dinheiro a juros aos agiotas, correr toda a cidade atrás de alguém que lhe emprestasse alguns mil-réis até o fim do mês, contar as suas necessidades, as pequeninas misérias domésticas, inventar situações incríveis. Porque os seus "amigos do coração", o Perneta e o Guedes, da *Matraca*, também eram pobretões e perdulários, sentiam muito as necessidades do Janjão, mas não lhe podiam ser úteis por forma alguma, senão dando-lhe a ganhar no jogo quando a sorte não os protegia.

— É. Eu bem sei que vocês também têm família como eu e precisam também. É o diabo, é o diabo!

Daí as dissensões, os conflitos, em casa, com a mulher por causa de dinheiro. Ele já não conseguia impor à D. Terezinha a sua autoridade de chefe de casa, como dantes; ao contrário, agora lhe suportava as impertinências, as saraivadas de impropérios, com uma passividade de animal submisso.

— Tenha vergonha, homem de Deus, tenha vergonha, que você já não é criança — dizia-lhe ela nas bochechas, quase lhe abanando o queixo. — Olhe para as barbas que tem na cara, porte-se como gente!

E ele ouvia tudo aquilo sem dizer água vai, caladinho como um prego, murcho, impotente!

Como os tempos mudam! Há poucos dias era ele forte, o mandachuva naquela casa; bastava um olhar seu, por cima dos óculos escuros, para que todos, D. Terezinha, Maria do Carmo e a Mariana, estremecessem com medo, porque sabiam de quanto ele era capaz nos momentos de cólera; agora não, tinham-se trocado os papéis: bastava um olhar de D. Terezinha para que ele lhe desse as costas disfarçadamente para evitar barulho.

— Basta, basta, basta! — costumava dizer quando a mulher dirigia-se para ele com os olhos chamejantes, de mãos fechadas.

E escafedia-se até o fundo do quintal para não lhe ouvir os disparates. Estava magro, muito magro, e queixava-se de dores nos intestinos.

Diabo da repartição não lhe deixava tempo para nada. Era um trabalhar sem descanso, sentado a uma banca, das nove às três, copiando ofícios, riscando papel estupidamente. Se ao menos tivesse quem lhe arranjasse com o ministro uma aposentadoria ainda que fosse com a metade do ordenado... Mas, qual! Tudo uns políticos sem importância, uns lagalhés que iam para a câmara proferir barbaridades, a repetir que o país estava à beira de um abismo e nada mais! Até estimava que lhe demitissem do emprego, porque iria fazer pela vida noutra parte, e escusava perder tempo e emporcalhar papel, para no fim do mês — tome lá o seu ordenado, uns míseros vinténs que mal chegavam para o boi. Uma desgraça!

De resto, a Maria não lhe dava muito cuidado. A princípio ainda lhe fizera uns carinhos, dera-lhe uns cortes de chita e um rico vestido de cassa da Índia "para agradar", porque também seria uma ingratidão vê-la para um canto a se acabar, magra e amarela que nem uma lesma. Achava até que tinha feito muito. Outros havia piores do que ele, ora!

— Meu bem, tristezas não pagam dívidas. É andar, é andar sem olhar para trás.

Mas quando, um belo dia, Maria declarou-lhe positivamente que estava prenhe, que sentia "uma coisa" bulir-lhe na barriga, João estremunhou. — Que se há de fazer, filha? Agora é ter paciência. Foi uma fatalidade, foi uma fatalidade. Há de se arranjar a coisa do melhor modo possível. Vais aí para qualquer sítio, fora da cidade, e ninguém saberá de coisa alguma. Dá-se tanto disto...

— E depois? — murmurou Maria mordendo a ponta do lenço, cabisbaixa.

— E depois? E depois... ora adeus! E depois dá-se a alguém para criar o trambolho e tu voltas à tua santa vidinha.

Maria soluçava baixo, fungando numa crise nervosa.

— Já te pões a chorar como uma criança! Tolice! Estou a dizer-te que o caso é muito simples.

Uma tarde em que os Mendes, o juiz municipal e a mulher, tinham ido passear ao Trilho, João da Mata entrou alvoroçado, sem fôlego, com uma notícia a escapulir-lhe da boca. — Sabem quem está muito doente?

Todos se voltaram surpreendidos, com o olhar cheio de curiosidade.
— Não, ninguém sabia. Algum conhecido?

— O presidente, o Dr. Castro, teve um ataque há pouquinho. A rua está cheia. Diz que está bem mal.

— De quê, menino? — interrogou o juiz muito admirado e já nervoso.

Houve logo um interesse comovido nos circunstantes.

E João, sentando-se, sem apertar a mão aos Mendes, pálido, limpando a testa, foi dizendo o que sabia: — Muita gente defronte do palácio. Tinham sido chamados todos os médicos, e todos, menos o Dr. Melo, eram de parecer que se tratava de um caso de febre amarela. O presidente tinha acabado de jantar e lia à cabeceira da mesa a correspondência do sul chegada naquele momento, quando começou a sentir-se mal — embrulho no estômago, tonteira, calafrios. Imediatamente, ergueu-se lívido e, ao dar o primeiro passo, caiu fulminado!

— Ai! — fez D. Terezinha cruzando as mãos sobre o regaço. — E depois?

— Depois conduziram-no à cama, sem sentidos, vomitando uma coisa preta...

João fez esgares de nojo. Todos cuspiram.

— ... E quando os médicos chegaram já o encontraram sem pingo de sangue no rosto, vomitando ainda golfadas de bílis sobre a esposa, que o amparava, coitada, nem sei mesmo como...

— Coitado! — lamentaram num tom arrastado as duas senhoras.

Maria do Carmo ouvia silenciosa e compungida a narração do padrinho, ao lado do piano, com os olhos úmidos e o ar assustado.

— Mas, João, isto é sério? — perguntou o juiz municipal erguendo-se com os braços cruzados, estupefato.

— Oh! Senhor, pois eu havia de inventar uma coisa desta? Admiro até como vocês ainda não sabiam, porque a rua está cheia. Eu soube ali, na bodega do Zé Gato.

Fez-se um silêncio repassado de suspiros.

— Um homem tão forte, vendendo saúde! — fez o juiz.

— Mas bebia muito, coitado — tornou João da Mata respirando com força. — Era homem que não bebia água!

— Por isso não — atalhou D. Terezinha. — Que asneira! Tanta gente se embriaga todos os dias e não lhe sucede nada...

— Daí pode ser que escape — murmurou D. Amélia; não queriam sepultar o homem em vida.

— Pode ser...

— Pode ser — repetiu o juiz. — A ciência faz milagres.

— Que dúvida!

Então, o Mendes tomando o chapéu, muito impressionado, as mãos trêmulas:

— Bem, vamo-nos, Amélia. Esta vida, esta vida!

Era cedo, insistiu D. Terezinha triste. Mas os Mendes pretextaram afazeres, lembraram as crianças que tinham ficado com a criada e despediram-se.

Maria do Carmo passou a noite nervosa, com insônias, sentida com a doença do Dr. Castro, muito apreensiva.

Não podia se conformar com a ideia da morte do presidente, o homem da moda, o "querido das moças", o grande amigo do Ceará, que tantos benefícios fizera a essa província, mandando construir açudes no sertão, reconstruindo o Passeio Público, ativando as obras do porto, facilitando a emigração, prodigalizando esmolas, e, finalmente, introduzindo em Fortaleza certos costumes parisienses, como, por exemplo, o sistema de passear a cavalo a chouto, de aparar a cauda aos animais de sela. Lembrava as qualidades pessoais do fidalgo paulista, o seu modo de falar num sotaque aportuguesado, muito moderado na conversação íntima, as suas maneiras delicadas, os belos dentes branquejando sob um bigode sedoso e bem tratado. Uma vez, no baile oferecido à oficialidade do cruzador "1º de Março" dançara com ele uma quadrilha, por sinal bebera muita champanha nessa noite a ponto de ficar um pouco tonta da cabeça. Coitado! Uma alma boa. É verdade que tinha demitido o Pinheirão mais os filhos, deixando-os na miséria, mas no dia seguinte mandara-lhes um envelope com cinquenta mil-réis. Tudo por causa da política; a política é que o fazia mau. Tinha rasgos de generosidade fidalga, lá isso era inegável, tanto assim que um dia dera ao negro Romão, um negro sujo como aquele, cinco mil-reisinhos. Era uma pena se morresse, coitado, havia de fazer uma falta tão grande! — Compadecia-se como se fosse seu parente. Balbuciou uma promessa às almas do purgatório e só muito tarde, pela uma hora da manhã, conseguiu adormecer.

Ao outro dia procurou saber logo como ia o presidente. As notícias eram cada vez mais desagradáveis. As janelas do palácio continuavam fechadas e os transeuntes olhavam contristados o casarão ao redor do qual pairava uma melancolia lúgubre. Os boatos multiplicavam-se penetrando todas as casas como um vento de desgraça. A *Província* suspendeu a publicação por condolência, e os jornais da oposição fizeram uma pausa nos seus ataques à administração provincial.

As filhinhas do presidente estavam em casa do José Pereira, na rua Major Facundo, duas crianças louras e inteligentes, que falavam francês, uma nascida em Paris e outra, no Rio de Janeiro. Às duas horas já se dizia que o "homem" não escapava. Um cabo de ordem arrastando o chanfalho passava a toda pressa em direção do telégrafo. O espírito público começava a inquietar-se com a sorte do presidente, e os próprios adversários políticos enchiam-se de penas concentradas.

Pela noite desabou um formidável aguaceiro, e toda a população, por assim dizer toda, aguardava ansiosa, dentro da casa, ao sussurro da chuva que caía fora, sacudida pelo vento sul, notícias sobre o estado do Dr. Castro.

Maria, como toda a gente, sentia um peso no coração ao lembrar-se daquele homem sadio e robusto, a seus olhos a síntese da mais requintada elegância, que tanto amara o Ceará, e cujo nome andava gravado a canivete até no tronco dos cajueiros, nos sertões por onde tinha andado, tão moço ainda e já às portas da morte acabando-se como qualquer mortal! — A providência às vezes era injusta, como os homens: poupava um ente abominável como o padrinho e um pelintra desleal como o Zuza para aniquilar, enquanto se esfrega um olho, um homem da força do Dr. Castro, "útil ao país e benfeitor da humanidade"!

Indignava-se com essa preferência injusta das cortes celestes e, de si para si, concluía que não valia a pena uma pessoa ser honesta, trabalhar noite e dia, dedicar-se a uma causa nobre, engrandecer-se aos olhos da humanidade para um belo dia — toma! Vá para a cova que é o seu lugar! Uma coisa estúpida a vida, afinal de contas.

Entretanto, outros viviam aí a cometer mil desatinos, a roubar, a assassinar, a iludir os incautos e tinham vida para um século inteiro, livres de congestões, de febre amarela, e de quanta doença há.

Acordou cedo e foi-se pôr à janela à espera de alguém que lhe desse notícias do presidente. O céu estava carregado de nuvens compactas e neblinava. A casa da viúva Campelo, defronte, estava fechada; a viúva tinha ido passar uns dias com a filha no Benfica.

Passou um empregado da Estrada de Ferro, condutor de trem, com as calças arregaçadas, comendo pão. Maria chamou-o: — O Sr. sabe me dizer como vai o presidente?

— Faleceu às duas horas da madrugada — respondeu o sujeito mastigando, indiferente.

— Obrigado — disse Maria, empalidecendo, e entrou imediatamente, batendo o postigo. — Coitado! — foi dizendo pela casa com grande mágoa na voz. Coitado! Que pena!

— Que foi? — perguntou o amanuense, que subia o corredor em ceroula.

— O presidente, que morreu!...

João parou assombrado como se lhe tivesse caído um raio defronte.

— Morreu, hein?!

— Disse-me agora mesmo um empregado da Estrada de Ferro.

— Realmente! E vá a gente se fiar na justiça divina! Morre um homem daqueles, da noite para o dia, como qualquer bêbado!

E lá se foi resmungando contra Deus e contra os padres.

Os sinos da Sé começaram a dobrar a finados. Aumentava a chuva, que já se ouvia chiar nas calçadas, como uma panela fervendo.

Maria entrou para o seu quarto, aflita. Essa manhã foi para ela de tristeza e desânimo.

Acudiam-lhe à imaginação lembranças extravagantes, ideias lúgubres, como aves negras que pousavam de chofre num arvoredo, alvoroçadas, cantando sinistramente. Caía em abstrações prolongadas em que se punha a contar os dedos maquinalmente, como se fosse ensandecer.

Apoderou-se dela um medo pueril, um inexplicável pavor das coisas sombrias, um supersticioso receio de almas do outro mundo, um mal-estar, um quer que era que lhe trancava a respiração, que lhe oprimia o peito.

Procurava disfarçar as apreensões, arrumando os trastes do quarto, mexendo nos baús, numa inquietação crescente, num vira e mexe cada vez mais açodado, abrindo e fechando gavetas, atarantada, com o coração aos pulos.

— O enterro! O enterro! — bradou da porta a Mariana, que ia às compras.

Todos correram à janela. D. Terezinha na precipitação deixou cair um copo, que se esfarinhou, e João da Mata esquecera os óculos, enfiando as mangas da camisa.

Maria arrancou como uma louca, dando um encontrão na mesa do centro da sala de visitas.

Continuava a chover, agora devagar, com uma insistência importuna, o sol a espiar por trás duma nuvem, frio indeciso, mandando, com um supremo desdém pelas coisas cá de baixo, uma réstea de luz tímida e complacente sobre a manhã úmida.

O enterro do presidente passava na esquina a caminho do cemitério.

Maria do Carmo assistia com a respiração suspensa e um nó na garganta ao desfilar do préstito, o caixão levado por seis homens de preto, coberto de galões dourados debaixo da chuva miúda, o acompanhamento — uma comparsaria dispersa de gente de todas as classes de chapéu de chuva aberto, marchando resignadamente ao som da música do batalhão que tocava a funeral.

Os padres já tinham passado, na frente, com os seus acólitos, muito graves, olhando para o chão, evitando as poças de água. Um carro seguia atrás todo fechado, devagar.

E a chuva a cair e a música a tocar o funeral deixando por onde passava uma tristeza vaga que lembrava um dia de finados entre sepulturas...

D. Terezinha enxugava os olhos com a aba do casaco e João da Mata pigarreava disfarçando a comoção.

Maria ficou à janela vendo passar o resto do acompanhamento, sujeitos sem paletó, de chapéu de palha de carnaúba, outros sem chapéu...

— Que triste, meu Deus!

E entrou muito inquieta, com um frio na medula, as pupilas dilatadas, pálida, toda trêmula. Mas no meio da sala perdeu o equilíbrio

— escureceu-lhe a vista, tropeçou numa cadeira e estendeu-se no chão pesadamente, como morta.

— Chega! A Maria teve uma coisa! — gritou D. Terezinha, correndo para a afilhada. — Chega Janjão, chega depressa!

— A água-flórida, a água-flórida, em cima da cômoda.

O amanuense precipitou-se pelo corredor a grandes passadas, atônito, aterrado, sem saber o que fizesse, seguido pelo Sultão, que lhe tomou a frente ganindo.

— Jesus, o que foi?

— Sei lá, uma coisa que lhe deu de repente... Segura aí nos braços...

E ambos, João da Mata e a mulher, pálidos, muito vexados, conduziram a rapariga para a alcova, arrastando os pés com o peso.

— Chega depressa a água-flórida — mandou João abanando o rosto à doente.

D. Terezinha trouxe a garrafa e começou logo o afanoso trabalho de umedecer as têmporas de Maria, dando-lhe a cheirar o líquido, friccionando-lhe a testa com força, numa aflição.

— Um copo com água, um copo com água, Janjão.

Maria deu um grande suspiro, entreabrindo os olhos, estendida ao comprido na larga cama de jacarandá.

— Cheira mais, cheira mais — recomendava D. Terezinha, agora mais aliviada.

Maria murmurou que estava melhor.

— Já pode se sentar? — perguntou o amanuense, chegando o copo.

— Vá, faça um esforçozinho... Upa!

— Não seria bom chamar o médico? — lembrou D. Terezinha.

Maria fez com a mão "que não", e com a voz fatigada, apoiada ao espelho da cama: — "Não era preciso, já estava boa..."

— Sentes alguma coisa? — quis saber o amanuense. — Se sentes, dize.

— Apenas uma dorzinha aqui... — E indicou o flanco esquerdo.

— Bom, bom, bom, quietinha...

E desde esse dia aumentaram as suspeitas de D. Terezinha, que observava agora os menores movimentos da afilhada, insistentemente, examinando-lhe a roupa usada, medindo-lhe o volume da barriga, perseguindo-a com os olhos.

— Isto, isto ainda acaba mal! — pensava ela.

CAPÍTULO XIII

Em poucos meses, o estado interessante de Maria do Carmo foi carecendo de cuidados mais sérios, e João da Mata assim o julgou, tratando logo de arranjar uma casa, um sítio nos subúrbios onde ela pudesse, tranquilamente e sem escândalo, alijar a carga, desembuchar a criança. Mas onde e como poderia ele dispor as coisas do melhor modo, sem despertar a curiosidade pública? Essa era a grande questão que afligia o amanuense, cada vez que o seu olhar vesgo descia sobre o ventre da afilhada, vendo-o crescer dia a dia, tomar uma forma esférica iniludível, arredondar-se, arquear-se para fora numa convexidade característica e esmagadora. — "E agora?", interrogava-se ele, passando a mão na calva. O caso ia se tornando grave, urgia fazer qualquer arranjo logo e logo, antes que a Teté rebentasse por aí com quatro pedras a acusá-lo violentamente, atirando-lhe em rosto a sua infidelidade, o seu crime, a sua pouca-vergonha. A rapariga engordava a olhos vistos; só um cego não veria dentro daquela redondeza uma criatura humana em formação.

Toda ela — o ventre, os seios, os braços, o rosto — inchava, adquiria um cunho extraordinário de maturidade precoce. Notava-lhe agora asperezas na pele, uma cor seca de folha sazonada e certo ar amolentado que se traduzia numa sonolência infinita e na prematura tendência para o abandono de si mesma.

Com efeito, Maria, apenas com quatro meses de grávida, tinha perdido muito da antiga expressão insinuante e viva de sua fisionomia. Na idade em que a mulher, como a flor, em plena exuberância dos tecidos, desabotoa numa singular alacridade de cores toda frescura e beleza, ela, que não transpusera ainda os dezoito anos, olhava a vida com uma indiferença única, estiolando ali assim entre as paredes daquela casa sem ar e sem luz, esperando resignadamente o seu fim. Queria ver até quando duraria aquele estado de coisas, até onde a queriam levar!

Já não chegava à janela com vergonha de ser vista pela vizinhança e pelos conhecidos — refugiara-se, como uma culpada, no ádito misterioso do seu quarto, egoisticamente, sem ao menos lembrar-se da Lídia, que não a esquecia e que lhe mandava de onde em onde presentinhos, recados e abraços.

E João inquietava-se, procurando meios de evadir-se da alhada em que se metera com risco de um escândalo medonho!

Havia um mês que Maria do Carmo caíra com o ataque no meio da sala. D. Terezinha ruminava sutilidades para descobrir uma sombra sequer, um vestígio que confirmasse de uma vez as suas suspeitas. Batera todos os aposentos, todos os cantos da casa, indagara da lavadeira se não vira alguma nódoa, alguma mancha na roupa da afilhada; acordava vezes sem conta, alta noite, prestando ouvidos a qualquer ruído, por mais leve, e nada!

Absolutamente nada! Faziam-lhe espécie os modos reservados de Maria, esse impenetrável desgosto que a punha triste, com um ar esquisito de "galinha choca". Alguma coisa havia, por força, era capaz de jurar.

D. Terezinha nunca mais dormira com João da Mata e era só quem passava bem naquela casa; até estava criando banha no pescoço. Pudera! Uma vida relativamente calma, senhora absoluta de seu nariz, ganhando um dinheirão com o negócio de rendas que mandava para o norte pelo despenseiro do vapor, tudo lhe corria às mil maravilhas. Queria ter um pezinho para rusga, isso queria. E se ainda "fazia vida" com o Janjão, era por condescendência, para não dar escândalo; achava feio uma mulher deitar-se com um homem e depois — passe muito bem — abalar por esse mundo afora, como uma doida, atrás de aventuras. Não era mulher para essas coisas; o que queria era o seu descanso — comer bem, dormir bem, passar bem; não admitia que a fizessem de tola.

Tinha uma amiga sincera — a Amélia, senhora do Dr. Mendes. Essa, sim, sabia-lhe apreciar as virtudes, dar-lhe importância, tratá-la com consideração, mesmo porque ela,

Terezinha, trabalhava para ganhar a vida honradamente.

— Você é tola, Teté, a gente não deve se matar — dizia-lhe a mulher do Dr. Mendes.

— Lá isso é verdade, mas você o que quer? É fado, é mania...

As conhecidas admiravam-lhe a boa disposição para o trabalho. Sentava-se à máquina às dez horas do dia, cabelos úmidos sobre a toalha de banho estendida nos ombros, e labutava três, quatro horas consecutivas a cantarolar modinhas, costurando para o fornecedor da polícia.

E sempre gorda, sadia e forte!

— Mulher mouro! — dizia João da Mata aos amigos.

Uma tarde, ao voltar da rua, o amanuense entrou alegre, como se tivesse tirado a sorte grande na loteria, saboreando um charuto mau que lhe dera o Guedes. Vinha um pouco toldado.

— Olha esse jantar! — bradou para dentro, atirando fora a ponta do charuto. E começou a cantar desafinadamente os Sinos de Corneville, então, muito repisados:

Vai marinhei... ro,
voa ligei... ro,
velas à brisa
no espelho do mar!
E logo:
Nunca percas a esperan... ça,
quando houver temporal,
que há de vir a bonan... ça,
e depois o... final!

— À cena a Naghel, à cena a Naghel! — bradava o amanuense batendo as palmas com fúria.

— Ainda mais esta! — resmungou D. Terezinha na sala de jantar.

— Olha essa lambugem! — tornou João enfiando pelo corredor.

Estava num de seus dias felizes. Foi até à cozinha acompanhado pelo Sultão, que lhe pulava às pernas, ganindo alegre. Mariana mexia o pirão escaldado de farinha num velho alguidar de barro, com a saia arrepanhada na cintura, o casaco desabotoado, exibindo, como de costume, o seu detestável colo nu.

— Como vai isto, ó estafermo! — rosnou o amanuense, espalmando a mão em cheio nas ancas da rapariga.

— Sô Janjão!... — fez esta pudicamente.

E João, trauteou, fazendo festa ao cão:

Mariana diz que tem
sete saias de veludo...

— Tenha modos, homem de Deus — repreendeu D. Terezinha. — Tenha juízo, dê-se ao respeito!

— É boa! Então já não se pode ser alegre?! Ora muito obrigado!

Durante o jantar, declarou que a Maria, no dia seguinte, domingo, iria passar uma semana ao Cocó, em casa da tia Joaquina, conhecida pela *velha dos cajus*.

— Faz ela muito bem — aprovou D. Terezinha com enfado, cortando o cozido.

E João, muito meigo, olhando por cima dos óculos:

— Você compreende, ela anda adoentada, teve outro dia aquele ameaço... não tem apetite, e o médico, o Dr. Azevedo, disse-me a mim que aquela gordura não vale nada, é toda postiça, é uma gordura falsa... Sim, a rapariga, coitada, precisa tomar o seu leitinho, descansar um pouco...

Maria, que se sentara defronte da madrinha, não pôde ocultar seu embaraço. Fez-se escarlate e muito submissa:

— É, se a madrinha consentir...

— Ainda mais esta! Podes ir até para a China quanto mais para Cocó!...

— E tu, não queres ir também? — perguntou João com certa frieza.

Mas D. Terezinha torceu o beiço com desdém: — "Só se estivesse doida, credo!"

— Vá você com a sua afilhada...

— Ah! Se eu pudesse passar uma temporadinha fora... — suspirou João. Mas qual, minha filha, não posso faltar um só dia à repartição que o chefe não venha logo com os seus arrebatamentos: que o governo não sustenta vadios, que o empregado público deve ser infalível como o papa, e tanta asneira!... Coitado, já está velho e suspira, como eu, por uma aposentadoria.

Houve um ligeiro silêncio.

— Pois é isto — tornou o amanuense limpando o bigode com a toalha. — Está ouvindo, Maria?

Prepara o seu bauzinho, a sua roupinha. Amanhã, depois da missa da madrugada. É para lá do Outeiro, na Aldeota, um sitiozinho, um lugar muito bom, muito saudável. A casa é que é pobre, mas ora! Pobres somos nós também...

Os talheres batiam nos pratos com força, João falava mastigando, com a boca cheia, cortando o invariável e sediço lombo assado com uma voracidade espantosa.

Galinhas debicavam debaixo da mesa, cacarejando. Sultão, muito rechonchudo, sentado nas patas traseiras, orelhas em pé, alongava o olhar súplice para cima, à espera que lhe caísse um osso ou uma pelanca. Ouvia-se o miar desesperado de um gato na cozinha. De onde em onde a voz de Mariana punha em debandada os parasitas de crista: — "Xô, galinha! Xô..."

Havia um rumor de asas pesadas, e um velho galo de cauda furta-cor estendia o pescoço num cocorocó estridente e prolongado que fazia João fechar os ouvidos, berrando para a Mariana que enxotasse "aquele demônio".

A sala de jantar era uma espécie de alpendre assentado sobre grossos pilares de tijolo, abrindo toda para o quintal, onde, àquela hora, via-se roupa lavada a enxugar, de uma brancura de hóstia, ao redor da cacimba. Fazia ângulo à esquerda com a cozinha, e, à direita, um velho muro escalavrado separava o quintal de outros quintais, com uma medonha dentadura de cacos de garrafas.

Desde as três horas começava a fazer sombra no alpendre e às quatro já se podia respirar ali a frescura das ateiras.

Sobre a mesa nada mais que uma toalha com manchas de gordura, pratos e copos em desordem, uma moringa muito estragada, bananas e laranjas.

D. Terezinha fazia bocados de pirão com os dedos em pinha e atirava ao Sultão.

— Boa alma aquela tia Joaquina — continuou o amanuense acendendo o cigarro. — O mestre Cosme, esse é um homem pobre, coitado, mas honesto como poucos. Vive de vender lenha na feira... Bom velho!

— Leva estes pratos, Mariana — disse D. Terezinha erguendo-se.

Tinha jantado num momento.

A tia Joaquina, conhecida no mercado pela *velha dos cajus*, e mais o mestre Cosme eram um pobre casal que morava na Aldeota, cerca de um quilômetro da cidade, numa casinhola de taipa, dentro de um largo cercado de pau a pique plantado de cajueiros, todo verde no inverno, com um grande poço no centro, cavado toscamente, e ao fundo do qual sangrava um veio de água cristalina.

Era aí que viviam, há anos, desde a seca de 1877 — entre brenhas de camapus e matapasto, à sombra dos cajueiros, felizes, sem filhos. Corria-lhes a vida como um abundante manancial de águas límpidas em leito de areia.

Pela manhã, muito cedo, mestre Cosme saltava da rede armada no alpendre, enfiava a grossa camisa de algodão e lá ia com uma xícara de café no estômago, atrás da jumenta, da sua inseparável jumenta, que lhe dava o pão de cada dia e que carinhosamente a chamavaCoruja. O dócil animal costumava pastar à beira da cerca, tão feliz quanto o dono cuja presença lhe punha uma expressão reconhecida no olhar manso. Mestre Cosme metia-lhe o focinho no freio, armava-lhe a cangalha, e abalava para o morro do Cocó a explorar a mata, a fazer lenha para vender no mercado a dez tostões a carga. Um dinheirão!

Mestre Cosme não queria vida melhor. Ao pôr do sol voltava com os seus ricos dobrões na ponta do lenço, escanchado na Coruja, sem cuidados, debaixo de seu grande chapéu de palha de carnaúba.

Tia Joaquina ficava trocando os bilros na almofada. Mas, em chegando o fim do ano, ia também à cidade fazer o seu negócio, com uma grande cuia na cabeça: — "Olha o cajuzinho bom do Cocó! Olha o cajuzinho bom!" E voltava com a cuia vazia e com a isquinha de fígado para a ceia ou com o cangulinho fresco de alto-mar.

Chamavam-na a *velhinha dos cajus* porque os cajus que tia Joaquina vendia tinham um sabor especial, eram doces como açúcar.

Queriam-se os dois como um casal novo em lua de mel. "Meu velho" e "minha velha" — é como se tratavam.

João da Mata conhecia-o de longa data, desde a seca, por sinal naquele tempo tinham uma filha moça — também Maria (Maria das Dores) que morrera das febres em 1877. João era comissário de socorros e fazia-lhes muitos benefícios. Mestre Cosme morava, então, no Pajeú, numa palhoça miserável.

— Tempo de calamidades! — murmurava o velho ao lembrar-se da seca.

O amanuense viu o mestre Cosme no mercado e teve a ideia de lhe falar na ida de Maria do Carmo para a Aldeota. — "Tinha um grande favor a pedir ao mestre Cosme", começou, pousando a mão no ombro do velho.

— Pois diga lá... Seu Joãozinho, sabe que a gente vive no mundo para servir uns aos outros...

— É isto, mestre Cosme. A Maria, minha afilhada, tem andado doente, coitada, está fraquinha, precisa tomar um pouco de leite fora da cidade... Eu queria que ela fosse passar uns tempos no Cocó, a rapariga tem um fastio que até mete pena...

O bom velho ficou admirado: "— Só isso?... Ora, seu Joãozinho, isso não é favor! Eu até estimo. A menina pode ir quando quiser. É casa de pobre, vossemecê bem sabe, mas a gente sempre *veve*..."

— Pois está bem, mestre Cosme, a pequena vai domingo cedo. Diga à tia Joaquina. Deixe estar que não lhe esquecerei. Lembra-se da seca?...

— Se me *alembro*? Ora, ora, ora, como se fosse hoje. Comi muita farinha do seu Joãozinho, pois não hei de me *alembrar*? Aquilo é que foi morrer gente!...

— Bem. Você ainda mora na mesma casa, não é assim?

— Sim, senhor, pra lá do Osil; na Aldeota, à direita de quem sobe...

— Muito bem, adeus. Domingo, sem falta. Tome, é para você comprar de fumo.

E João deu um níquel ao velho.

Estava tudo arranjado.

O amanuense começou a ver claro na espessa caligem de seu espírito. Decididamente era um homem de recurso!

No domingo, com efeito, depois da missa da madrugada na Sé, Maria do Carmo e o padrinho seguiram para a Aldeota, a pé.

Ainda tremeluziam estrelas no alto. Para as bandas do Coração de Jesus, por entre coqueiros que se avistavam da praça do Colégio, nuvens esfarripavam-se numa soberba apoteose de púrpura e violeta.

Tinham-se apagado as luzes da cidade e pouco a pouco, imperceptivelmente, como numa mágica, sucediam-se as nuances, cada vez mais claras, esbatendo o contorno das coisas há pouco difundidas numa meia-tinta escura. Ia-se fazendo gradativamente a majestosa *mise-en--scène* do dia, clarões rasgavam-se de um e de outro lado do horizonte, incendiando a fachada dos edifícios e o cabeço dos montes longínquos, iluminando tudo...

Ao passarem pela Imaculada Conceição, a normalista olhou por entre as grades do colégio. Lá estavam, como antes, sombrios e silenciosos, os quatro pés de tamarindo, numa imobilidade tímida e respeitosa. Ouvia-se lá dentro o coro abafado das educandas — ora-pro-nobis... ora–pro-nobis. Maria teve um estremecimento, um vago desejo de viver como as irmãs de caridade; mas passou logo...

Ia vestida de preto, com o pescoço e a cabeça envolvidos num fichu cor de creme, segurando o *Manual da Missa*.

João ao lado fumava distraidamente, muito preocupado.

Chegaram à praça do Asilo. O grande edifício, à esquerda, abria as janelas sonolentas para o descampado. Havia luz dentro. À direita, no meio da praça, a "cacimba do povo", cor de tijolo, em forma de quiosque, desolada àquela hora, tinha um aspecto misterioso quase lúgubre. E adiante, lá longe, por trás da floresta baixa e espessa, branquejavam os morros do alto Cocó.

Já era dia. Mulheres em tamancos passavam para a cidade falando alto, de cachimbo no queixo, cuia de hortaliças na cabeça, ar desenvolto, xale trançado.

João da Mata perguntou a uma delas "se ainda estava longe o mestre Cosme?"

— Hum, hum — respondeu a mulher, meneando a cabeça, sem tirar o cachimbo da boca.

E voltando-se:

— Está vendo aquele cercado lá adiante, aquela casinha branca na encruzilhada? Pois é ali.

— Obrigado.

Corria um ar fresco e matinal. Revoadas de periquitos, num voo de flecha, cortavam a limpidez da atmosfera e desciam de um e de outro lado da estrada sobre o matagal espesso e verde. As primeiras chuvas do ano tinham fecundado a terra cuja exuberância se ostentavaagora prodigiosamente na esplêndida paisagem que os olhos de Maria do Carmo viam com admiração. Sentia-se um fartum de terra úmida que fazia gosto. As matas da Aldeota, de um verde-gaio pitoresco, estendiam-se por ali afora, a perder de vista, eriçadas pelo terral, sob a larga irradiação do sol nascente.

Aquela estrada branca de areia, larga e interminável, desenrolava-se aos olhos da normalista como uma Via Láctea de ilusões, como um caminho de ouro que a conduzisse a uma outra vida, completamente outra daquela que até ali vivera, a uma vida sossegada, sem hipocrisias e sem traições, sem dores e sem lágrimas...

Fazia-lhe bem, como um tônico, o ar fresco da manhã que lhe bafejava o rosto. Sentia-se melhor respirando aquele ar, bebendo toda a selvagem frescura do campo, todo o delicioso, o inefável perfume que se levantava dos crótons e das salsas-bravas.

— Que dizes a isto, hein? — perguntou João bruscamente, apontando o campo. — Vais engordar, minha filha, vais passar bem. Para longe a tristeza, para longe as mágoas, e deixa correr o marfim.

E descrevendo um círculo com a mão espalmada:

— Como está isto bonito! Não há notícia de inverno igual. Mete inveja a quem mora naquele inferno da cidade. Uma delícia, Maria, isto é que é vida! O que vais engordar!

Aproximaram-se da casinha de mestre Cosme. Vacas babujavam silenciosamente e voltavam a cabeça com uma vagarosa melancolia no olhar.

Os velhos já estavam de pé na porteira do cercado.

— Ora, muito bom dia! — saudou o amanuense.

— Louvado seja N. S. Jesus Cristo — correspondeu tia Joaquina recuando. — Então, é esta a sua afilhada?

— Esta mesma, tia Joaquina. Moça feita e... bonitona, como está vendo.

— Entrem, entrem — convidou mestre Cosme solícito.

— Sim, senhor! — fez a velha admirada. — Bonita mesmo, pode dizer! Coitadinha, parece que vem tão cansada...

Maria teve um sorriso consolado. Estava, com efeito, cansada e pálida.

Houve logo um princípio de intimidade entre ela e os velhos, que não cessavam de contemplar o seu belo perfil de noviça envolto numa penumbra de melancolia.

Provisoriamente instalada no seu bucólico e nemoroso retiro da Aldeota, longe de tudo que lhe arreliava o juízo, a um bom quilômetro das rabugices de D. Terezinha e do mau hálito de João da Mata, outra foi com efeito a vida de Maria do Carmo. O viver simples e sossegado de mestre Cosme e da tia Joaquina, o aspecto úmido da mata resplandecendo num fundo verde-claro e onde variados matizes da flora agreste punham efeitos surpreendentes, o bom leite puro e fresco bebido pela madrugada à porta do curral, e, à tardinha, quase ao anoitecer, o violão de mestre Cosme gemendo saudades de um país remoto e abençoado, a liberdade que se bebia ali na larga convivência da natureza, tudo isso lhe robustecia o corpo e a alma, inoculando-lhe no sangue um conforto viril, ressuscitando-lhe o quase extinto amor à vida, à alegria, à mocidade e às apagadas reminiscências do bom tempo em que ela, ainda inocente, em Campo Alegre, ia esperar o papai que voltava da vazante!

Que mudança na sua vida, que transformações desde 1877! Antes nunca tivesse saído da Imaculada Conceição para se meter numa escola sem disciplina e sem moralidade, sem programa e sem mestres, e onde uma rapariga, filha de família, é expulsa da aula porque outra de maus costumes escreveu obscenidades na pedra!

Mil vezes a Imaculada Conceição com os seus claustros, com as suas capelas, com o seu silêncio respeitoso, com a sua disciplina austera; ao menos não teria voltado à casa dos padrinhos, àquela maldita casa de hipócritas, e não teria dado espetáculos com o Sr. Zuza.

Ah! O Zuza... Vinha-lhe um forte desejo de vingar-se do estudante, de caluniá-lo, de culpá-lo pela sua desgraça. Àquela hora o que não estariam dizendo dela na cidade?...

Pensava essas coisas no seu pobre quartinho de taipa abrindo para a natureza, enquanto a tia Joaquina fazia rendas.

Dentro de um mês, era notável a influência do campo na sua saúde. Criara novas cores, novo sangue, muito solícita agora nas preocupações domésticas.

— A menina Maria está criando banha! — admirava a tia Joaquina.
— Sim senhora!
— O leite, tia Joaquina, o leitinho é que tem me feito bem.

João da Mata aos domingos, invariavelmente, ia ver a afilhada, afetando grande interesse por seu estado. Dizia-lhe as novidades, os escândalos, dava-lhe lembranças da Lídia

Campelo, e, ao retirar-se prevenia: — "Se houver necessidade mandem-me dizer."

— Vá descansado, seu Joãozinho, vá descansado, que há de chegar o dia...

Mas o estado de Maria do Carmo não inspirava cuidados. O útero revigorava, funcionando com a regularidade precisa duma excelente máquina moderna, por sinal, Maria, desde que se mudara para a Aldeota, nunca mais sentira pontadas.

O amanuense exultava, alegre e feliz. A princípio receara um aborto, mas agora tinha a certeza de que triunfavam as qualidades procriadoras da rapariga.

— É — pensava ele —, roendo o canto das unhas. Um bom útero é tudo na mulher: equivale a um bom cérebro!

E esquecia-se a filosofar na vida intrauterina, admirando-se muito de que uma simples gota de esperma pudesse gerar um homem!

CAPÍTULO XIV

A ausência de Maria do Carmo não passou despercebida às rodas de calçada e aos frequentadores do Café Java, cujo tema cotidiano — a política — não lhe satisfazia o prurido de entrar pela vida alheia a esmiuçar escândalos como quem procura agulha em palheiro.

Nas portas de botica, nos cafés, nas repartições públicas, no mercado, em toda parte se comentava o desaparecimento da normalista, em tom misterioso e com risadinhas sublinhadas a princípio, depois abertamente, sem rebuços, com uma ponta de perfídia traindo a sisudez convencional da burguesia aristocrata.

Que tinha ido tomar ares a Maracanaú, afirmavam uns acentuando a ironia; outros — que andava adoentada de uma pneumonia "proveniente de arranjos na madre"; outros — que estava proibida de sair à rua e de chegar à janela por desconfianças do amanuense. Alguns, porém, como o José Pereira, comunicavam secretamente, pedindo toda cautela, que a rapariga tinha sido raptada por um paraense e que se achava depositada no Cocó, em casa de uma tal Joaquina Xenxem, por sinal o Manoel Pombinha, tipógrafo, "os vira passar uma noite embuçados numa capa preta", caminho do Outeiro.

Na Escola Normal, rebentavam suspeitas à flor das discussões que preenchiam o intervalo das aulas.

Quem, a Maria do Carmo? Aquela mesma não era mais moça, não, meu bem... Ela sempre fora muito metida a aristocrata, por isso mesmo caíra nas mãos de um Zuza. Era bem feito! Uma grandíssima orgulhosa com carinha de santa. Aí estava a santidade...

Vinham à baila casos análogos de filhas-famílias que tinham ido para fora da cidade tomar ares e, no fim de contas, iam mas era "desembuchar" onde ninguém pudesse ver...

— Então, já apareceu a rapariga? — perguntava-se com interesse.

O Guedes ardia em desejos de saber a verdade nua e crua. Diabo de tantas histórias e ninguém descobria a incógnita do problema.

Aproveitou uma ocasião em que João da Mata jogava a bisca no Zé Gato. O amanuense estava já um pouco atordoado pela cachaça.

— É agora! — pensou o redator da *Matraca* e formalizou-se, carregando o chapéu para a nuca.

— Então é verdade o que se diz por aí, ó João?

— Sobre os amores secretos do falecido presidente?

— Não, homem, não é essa a ordem do dia. Isso passou. A questão é outra.

— Desembucha!

— Pergunto se é verdade o que corre sobre...

— ... Sobre a Maria do Carmo? Uma calúnia, seu Guedes, uma calúnia! Você bem conhece este povo.

— Eu já tinha dito isso mesmo a alguns amigos: que a D. Mariquinha era incapaz de semelhante procedimento.

— Idem, idem — atalhou o Perneta embaralhando as cartas. — Essa é a minha opinião.

— E que fosse verdade — continuou João da Mata partindo o baralho —, e que fosse verdade, não era da conta de ninguém!

— Que dúvida! — confirmou o Guedes.

— Mando copas — rosnou a amanuense.

E o jogo continuou sem que o Guedes soubesse a verdade.

Mas, ao retirarem-se cerca de meia-noite, interpelou novamente o amanuense na esquina, à luz de um lampião. João da Mata cambaleava, equilibrando-se, a praguejar contra o calçamento das ruas e contra a Câmara Municipal. A rua do Trilho perdia-se na escuridão, silenciosa como um subterrâneo.

O Guedes tinha tomado pouco nessa noite e fumava o seu cigarro com um grande ar de superioridade, pisando forte, o gesto largo e o paletó aberto num abandono frouxo de boêmio.

— Cuidado, não vá cair, avisava com as mãos nos ombros do outro.

— Qual cair nada, homem! Pensas tu que estou bêbado, hein? Estás muito enganado! O diabo dos óculos escuros é que não me deixam ver bem...

— Por aqui, por aqui — guiava o Guedes, cauteloso. — Espera, vais fumar um cigarrinho fino...

Pararam. Um polícia passou do outro lado da rua, sonolento e lúgubre.

Então o redator da *Matraca* abraçando o amigo pelo pescoço, depois de lhe ter dado o lume:

— Tu não me quiseste ser franco ainda agora na presença do Perneta, mas nós somos amigos... tu sabes... Aonde diabo meteste tu a rapariga?

João cuspinhou para o lado.

— Hein?

— A Maria do Carmo, onde anda ela?

— Ah! Seu marreco, você quer saber onde está a rapariga, hein? Pois não lhe digo, não...

— Fala sério, homem. Dizem que está no Cocó, que teve um filho?... Juro-te como esta boca não se abrirá... Sentemo-nos aqui um pouquinho, que ainda não deu meia-noite.

Sentaram-se à beira da calçada, debaixo do gás, e o amanuense, encostando-se à coluna do lampião, o chapéu, o inseparável chile enterrado na cabeça, foi dizendo à meia-voz.

— A coisa não é como se diz, seu Guedes, a verdade é esta, que eu lhe confio, porque sei que você é meu amigo: a menina está no Cocó, mas ainda não teve a criança...

— Ah!

— Sim, quero dizer, você bem sabe o que eu quero dizer...

O Guedes era todo ouvidos.

Luziam-lhe os bugalhos no fundo das órbitas, parados, imóveis, caindo sobre o amanuense com a fixidez de claraboias de vidro. Sentia um prazer especial, uma comoçãozinha esquisita, um extraordinário bem-estar ao ouvir a história, a verdadeira história do escândalo, narrada por João da Mata, pela própria boca do padrinho da rapariga, gente de casa, testemunha ocular.

Encolhia-se todo de gozo, ante aquelas maravilhosas palavras do amanuense.

— E o pai?

— Que pai? O pai morreu no Pará...

— Não, homem, o pai da criança...

— Sim... O pai da criança, o Zuza? Pois não se foi embora para o Recife? Aquilo é um infame, um biltre.... Eu cá previa tudo quando proibi formalmente que a pequena lhe mostrasse o nariz, logo a princípio, mas que querem? Encontravam-se na Escola Normal, no Passeio Público, e, afinal, foi o que resultou...

Soaram doze badaladas graves e dormentes na Sé. João contou uma a uma.

— Meia-noite, seu compadre, vou-me embora, adeus. Perdi hoje tanto como dez pintos.

E separaram-se friamente, como dois desconhecidos.

Perto de casa, o amanuense esbarrou com um vulto que se movia no escuro — era um burro, o pobre animal babujava a rama da coxia, solitário e mudo.

Uma vez senhor do segredo, o Guedes não se conteve, disse-o ao ouvido do Perneta e com pouco ninguém ignorava na cidade "que a normalista do Trilho fora desembuchar, ao Cocó, um filho do Zuza".

— Do Zuza!? — exclamou o José Pereira ao saber a novidade na redação da *Província*, pela manhã.

— Sim, do Zuza — confirmou o Castrinho pousando a pena atrás da orelha. — É o que diz o público. *Vox populi...*

— E esta!

José Pereira arrepanhou as abas da sobrecasaca e, passeando o olhar sobre a banca de trabalho, onde destacavam dois grandes dicionários de *Aulete*, sentou-se vagarosamente, voltando para o poeta.

— Admira-se você — tornou este. Oh! Homem, pois um fato que toda a gente previa!...

O outro recomendou que falasse mais baixo por causa dos tipógrafos...

E o Castrinho, à meia-voz, estrangulado por uns colarinhos extraordinariamente altos:

— Qual! O fato está no domínio público, não há por aí quem não o saiba. Dizem que o velho Souza Nunes só falta perder a cabeça.

Em todo caso, sempre era prudente guardar certo sigilo, negar mesmo, se possível fosse, uma vez que se tratava da reputação do Zuza...

Meninos de bolsa a tiracolo questionavam com o agente da folha, do outro lado do tabique que dividia a sala da redação e onde se viam empilhamentos de jornais sobre uma velha mesa gasta.

Daí a pouco entrou o Elesbão, outro redator, um sujeito lúgubre, muito pálido, faces encovadas, olhar triste, tossindo devagar. Foi perguntando, numa voz sumida e lenta, de que se tratava.

O Castrinho disse, impertigando-se na cadeira, que se tratava "dos brios da sociedade cearense".

O outro arregalou os olhos com ar de espanto. — Como assim? E explicou: Tinha estado fora, na Guaíuba, a leites, não sabia as novidades.

— Um fato muito natural — disse José Pereira, nada mais que a reprodução de fatos velhos... Não valia a pena tocar na ferida...
Mas o Elesbão estranhou que "os colegas" tivessem segredos para ele. E depois de saber "o mistério":
— Magnífico assunto para folhetim realista, hein?
Escrevia folhetins realistas para o rodapé da *Província* e trabalhava num livro de fôlego, os *Mistérios de Arronches*, com que, dizia, pretendia fundar uma escola "mais consentânea com o estado atual da ciência".
A sua opinião sobre o novo escândalo que preocupava agora a população cearense era que "nós ainda não tínhamos compreendido o importante papel da mulher na civilização".
— A educação feminina — acrescentou com cansaços na voz —, a educação feminina é um mito ainda não compreendido pelos corifeus da moderna pedagogia. Queríamos introduzir no Ceará os dissolventes costumes parisienses, a *forciori*, mas não eram essas as tendências do nosso povo essencialmente católico e essencialmente crédulo. Não admitia a teocracia tal como aceitavam os padres — "essa corja de especuladores" —, mas era preciso respeitar as crenças populares, o verdadeiro sentimento religioso, sem hipocrisia, sem preconceitos.
De quando em quando a tosse o interrompia, uma tossezinha seca e pigarreada; levava a mão ao peito e expectorava. — "Diabo de catarro não o deixava em paz!"
E, continuando:
— O que é a Escola Normal, não me dirão? Uma escola sem mestres, um estabelecimento anacrônico, onde as moças vão tagarelar, vão passar o tempo a ler romances e a maldizer o próximo, como vocês sabem melhor que eu...
José Pereira contestou, lembrando o Berredo, "uma ilustração invejável", o padre Lima, "um excelente educador em cujas aulas as raparigas aprendiam ao mesmo tempo a ciência e a religião".
— Mas não têm método, não fazem caso daquilo, vão ali por honra da firma, por amor aos cobres — rebateu o Elesbão, forcejando por falar alto.
Aquilo é uma sinecura, não temos educadores, é o que é.
— Você deste modo ofende o atual diretor da Escola Normal, tido e havido como um pedagogista de *primo cartello*! — advertiu o Castrinho, que se conservara calado.

— Não ofendo a ninguém, ao contrário, folgo em reconhecer nele um homem estudioso e bem-intencionado, mas isto não basta, meu caro...

Novo acesso de tosse, desta vez mais prolongado.

— ... É preciso orientação e muito bom senso, isto é, justamente o que falta aos nossos corpos docentes...

— Tudo isso é inútil, Elesbão, tudo isso é completamente inútil quando uma mulher tende fatalmente para um homem. Foi o que se deu com a Maria do Carmo...

— É verdade — gabou o Castrinho roendo as unhas desesperadamente. — Dizem que é inteligente e bem-educada.

— E além disto — acrescentou José Pereira —, uma rapariga até morigerada...

— Não creio — duvidou o Elesbão batendo com o pé, curvado, já com uma poça de cuspo ao lado da cadeira, no chão. — O amor tem suas exigências incontestavelmente, mas, quando a mulher é bem-educada e tem noções exatas da vida, dificilmente se entregará a qualquer mariola que se lhe chegue.

E sentenciosamente:

— Todo fenômeno é consequência de uma causa. Não há efeito sem causa. No caso vertente, a causa é a falta de educação, a falta absoluta de quem saiba dirigir a mocidade feminina. A nossa educação doméstica é detestável, os nossos costumes são de um povo analfabeto.

Um tipógrafo aproximou-se e pediu licença ao Sr. José Pereira para perguntar uma palavra.

— O que é?

O rapaz mostrou o original. — "Está aqui", disse apontando com o dedo sujo de tinta.

— *Crápula* — disse o José Pereira.

O tipógrafo foi repetindo — *crápula, crápula...*

— Que é isso? — inquiriu Elesbão curioso.

Era um artigo contra o *Pedro II*, uma formidável descompostura a um dos redatores da folha oposicionista.

Entraram a falar do novo presidente da província.

A notícia do escândalo chegou até ao Benfica, à casa do Loureiro. A Lídia ficou estupefata.

— A Maria, hein?! Tão calada, tão sonsa...

E repetia:

— Este mundo, este mundo!...

Ao mesmo tempo apoderava-se dela um pesar sincero pela amiga. Tão moça ainda, coitada, tão boazinha...

— São coisas, são coisas — rosnava o Loureiro. — Eu nunca me enganei com aquela gente.

Uma súcia de doidos, a começar pelo tal Sr. João da Mata, um tipo que anda caindo nas ruas bêbado como uma cabra.

— Que é isso, Loureiro! — ralhava a Campelinho empinada, carregando os seus oito meses de prenhez.

Pensou em escrever à Maria lamentando o deplorável acontecimento, mas não sabia ao certo onde ela parava. Ouvia falar no Outeiro, na Aldeota, no Cocó... Se fosse possível, até iria, ela mesma, dar um abraço na sua amiga de escola, consolá-la. Imaginava-a muito triste, cortada de desgostos, num abandono pungente, em casa de alguma mulher à-toa, sem ter quem lhe aparasse as lágrimas...

Pobre Maria! É assim — uns tão felizes e tão maus, outros ao contrário, bons e infelizes...

E Lídia soltava uns suspiros vagos, transpassados de pena ao lembrar-se da sua velha companheira agora atirada ao desprezo como um ente nulo e prejudicial à sociedade!

— Este mundo, este mundo!...

Entretanto, corria-lhe a vida deliciosamente, não lhe faltava coisíssima alguma, o Loureiro a estimava cada vez mais, comia e vestia do melhor, tinha relações com as principais famílias da capital, ia ao teatro e frequentava o Clube Iracema; gozava!

Se pudesse repartir a sua felicidade com a Maria, coitadinha...

Ultimamente andava muito preocupada com o enxoval do seu primeiro filho. Até já havia escolhido um nome para ele, para o pequeno — chamar-se-ia Julieta ou Romeu. O Loureiro tinha-lhe dito que Romeu era nome de gato, mas ela teimava em batizar o filho com esse
nome, se fosse "menino". Os padrinhos também já estavam designados — o comendador Carreira e a esposa.

Por sua vez, a mulher do juiz municipal correu logo à casa de João da Mata numa ânsia de saber como as coisas tinham se passado. Era da escola de S. Tomé — ver para crer. Vestiu-se às pressas, atabalhoadamente, e voou para o Trilho de Ferro, como uma seta, atirando-se nos braços de D. Terezinha, esfalfada, sem fôlego, o rosto quente do mormaço.

A mulher do amanuense saudou-a com o seu invariável — salvou-se uma alma! proferido entre beijos.

Sem esperar oportunidade, D. Amélia foi direito ao móvel da sua inesperada visita. — "Então era mesmo certo o que se dizia na rua?"

— De quê?

— Da Maria...

— Se era? Tão certo como dois com dois são quatro. Jurava sobre os Santos Evangelhos.

O demônio metera-se-lhe em casa com a rapariga, e por tal modo que, de certo tempo àquela parte, nem fazia gosto a gente viver.

A Amélia não fazia ideia — uma vergonha! Criatura, uma vergonha! Ela, Terezinha, estava cansada de sofrer desapontamentos, nem sequer saía à rua para não ser olhada com maus olhos. Haviam de pensar que ela era outra...

— E onde está a Maria?

— Sei lá, menina, sei lá... No Cocó, na Aldeota, no inferno. Tomara que aquela peste não me entre mais em casa.

— E tu não viste logo se ela estava grávida?

— Vi lá o quê! Andava aqui toda espremida com um arzinho de mosca morta, metida no quarto que nem uma freira. Uma sonsa, Amélia, uma sonsa é o que ela é.

— O tal do Sr. Zuza, hein?!

— Qual Zuza, mulher, elas é que são as culpadas, porque não se dão ao respeito, não têm vergonha.

— E o que diz a isso o Sr. Joãozinho? Furioso, hein?

— É o que tu pensas, indiferente como se não fosse com gente dele...

E o diálogo continuou animado, sem que D. Terezinha revelasse à amiga as suas suspeitas acerca de João da Mata e Maria do Carmo.

Amélia falou sobre o José Pereira, queixando-se de que ele há muitos dias não aparecia em sua casa, "todo embebido com a outra, com a Lídia". O redator da *Província* não tirava os pés do Benfica e, às vezes, voltava depois das nove, no último bonde.

A Teté não achava feio isso, um homem ir diariamente, às mesmas horas, à casa duma senhora casada! Era feíssimo! Já andavam até dizendo coisas... E então o José Pereira que não era tolo e tinha fama...

— Queira Deus que a tal Sra. D. Lídia não vá se arrepender... É verdade, a mãe, a viúva

Campelo, como vai?

— Naquilo mesmo — respondeu D. Terezinha com um sorriso de malícia, piscando um olho.

Riram baixinho e a conversa recaiu sobre D. Amanda àquela hora entregue ao seu delicioso *farniente* de mulher solteira que dispõe do tempo a seu bel-prazer e da algibeira de um capitalista generoso.

Toda a cidade vivia agora do escândalo, dando-lhe vulto, criando novelas de romance, esmiuçando pequeninos acidentes domésticos, com um olho na política e outro na normalista, à espera de chuvas e de novos acontecimentos sensacionais.

João da Mata não se inquietava muito, de resto, e continuava a sua vida inalterável de empregado subalterno, sem prestar ouvidos à maledicência, encantonado no seu absoluto desprezo à sociedade e à opinião pública, cada vez mais submisso à mulher, que o cobria de injúrias e labéus.

— Sedutor de filhas alheias! — dizia-lhe ela na cara, ameaçadoramente. — Peste! Coisa-ruim!

Sem-vergonha!

E ele punha-se a cantarolar, com os ouvidos arrolhados, o olhar no teto, estendido na rede, mudo, impotente como um eunuco.

Uma noite, pela madrugada, despertou com o desejo veemente de ir ter com D. Terezinha, na alcova. Há meses não se chegava a mulher alguma, cheio de aborrecimento pelo outro sexo, frio, mole, inacessível quase às carícias da fêmea. Agora, porém, renascia-lhe a virilidade, sentia uma forte vontade indomável e impetuosa, de amar fisicamente, de crucificar-se nos braços de uma mulher que não fosse de todo mundo e confundir o seu sangue com o dela num demorado e indescritível espasmo. Tremiam-lhe as carnes como ao contato de um condutor elétrico, uma formidável ereção a distender-lhe os nervos, escabujando na rede em espreguiçamentos lúbricos, vergando, como um vencido, ao poder irresistível da animalidade humana. O sangue pulava-lhe nas artérias numa hipernésia que lhe atordoava os sentidos, que lhe tirava a respiração, impelindo-o para a mulher.

Pensou na Mariana, que dormia ali perto, mas a Mariana era uma criada que não se lavava, um estafermo sem sexo, incapaz de satisfazer os apetites de um homem. Não havia jeito senão tentar a Teté. E lá se foi, sutilmente, pé ante pé, corredor afora, direito à alcova da infeliz senhora.

A alcova tinha uma porta para o corredor. João olhou pelo buraco da fechadura, mas não pôde ver senão o espelho do velho toucador, defronte, inclinado para a frente, refletindo um vaso noturno, e roupas espalhadas no chão.

Bateu de leve e, receoso da criada, deu volta pela sala da frente, tateando no escuro, sem ruído. A outra porta da alcova se conservava entreaberta: empurrou de leve enfiando a cabeça para dentro.

— Teté! — chamou numa voz quase imperceptível.

Silêncio profundo. Os cortinados da cama estavam cerrados. João foi entrando devagar, equilibrando-se no bico dos pés.

— Teté! — repetiu à meia-voz.

Ninguém respondeu. Adiantou-se e escancarou as cortinas, mas — oh! — o leito matrimonial, largo e fresco, branquejava desolado, sem sombra de mulher.

João ficou boquiaberto, muito admirado. "— Que significava aquilo?" Os lençóis revoltos acusavam o desespero de uma pessoa que não teve tempo a perder. Ante a clarividência assombrosa da realidade, o amanuense rodou sobre os calcanhares e, resignado como um boi, sem proferir palavra, murcho, sentiu desaparecer-lhe subitamente o forte desejo que ainda há pouco o espicaçava como uma urtiga. Retirou-se macambúzio a pensar nos caprichos da sorte.

CAPÍTULO XV

Quando mestre Cosme, uma manhã, foi avisar a João da Mata que "a menina estava com as dores", o amanuense dormia ainda sob os lençóis e nem sequer sonhava na afilhada.

Ergueu-se da rede, com um pulo, enfiou as calças, lavou-se num instante e abalou mais o velho para a Aldeota, sem dizer palavra a D. Terezinha.

— "Já tinham arranjado parteira?" — inquiriu acelerando o passo.

— Já, *inhôr* sim, a comadre Joana Pataca, uma do Outeiro.

— Boa?

Mestre Cosme não afirmava porque não a conhecia bem, mas era limpa e não tinha má cara. Diz que era a melhor parteira do Outeiro. Agora, se seu Joãozinho não quisesse... A mulher já estava cuidando da menina...

— Quando apareceram as dores? — Se Maria gemia muito...

O velho informou tudo minuciosamente sem ocultar um só detalhe, juntando às palavras os seus gestos rudes de homem do campo.

A rapariga há dois dias queixava-se de umas dores nas "ancas e no pé da barriga", acompanhadas de fraqueza nas pernas e grande falta de ar... Se gemia? Muito, coitada, metia até pena. Pudera! Novinha ainda... A parteira dissera logo que a criança estava no nascedouro.

Àquela noite, as dores tinham piorado, ninguém dormira, velando a pobre moça. Eram chás e fricções, e — corre daqui e chega depressa — todos com cuidado, rezando à N. S. do Bom Parto.

Logo da porteira do sítio João escutou os gemidos de Maria do Carmo, trêmulos, sentidos, longos... e aquilo apertou-lhe o coração.

No pequeno quarto de taipa, com uma janelinha para o descampado, achava-se tia Joaquina, à cabeceira da normalista, alisando-lhe os cabelos, com carinho, e uma outra mulher gorda, pançuda, sem casaco, muito trigueira, com marcas de bexiga no rosto, meio idosa.

— Dão licença? — murmurou João da Mata descobrindo-se com respeito.

A mulher gorda tomou o casaco, às pressas, e Maria volveu os olhos úmidos e profundamente melancólicos para o padrinho, gemendo.

Mestre Cosme trouxe um tamborete.

Sentia-se um cheiro ativo de alfazema queimada: encostado à parede fumegava o braseiro:

— Então, como vai? — perguntou João tomando a mão da afilhada. Muitas dores, hein?

— Assim... — respondeu a rapariga mordendo o beiço com um gesto doloroso, revirando-se na rede, e continuou a gemer alto.

— A senhora é que é a parteira? — tornou João para a mulher gorda que se conservara imóvel com o queixo na mão.

— Sua criada, Joana Pataca.

— Já verificou se a criança está perfeita, se não há novidade?

— Ora, ora, ora... há que tempo! Daqui a pouquinho o menino está fora, se Deus quiser.

O amanuense encarou por cima dos óculos, com ar de desconfiança, o todo obeso da mulher. E, sentando-se:

— A senhora tem licença para assistir?

Não era preciso licença, não senhor. No Ceará, qualquer mulher podia ser parteira contanto que merecesse confiança. Ela, Joana Pataca, era muito conhecida no Outeiro, por sinal tinha partejado uma vez a mulher do comandante do batalhão...

— Vossemecê duvida?

— Não, não... é que eu queria saber... Então não é preciso licença?

— *Inhôr* não. É qualquer uma.

— Está bom, está bom... Mas não se descuide... Olhe, não vá esquecer...

A parteira pousou no chão o cachimbo, que estivera fumando, e foi aquecer uns panos.

Deu meio-dia e a rapariga não teve a criança. As dores tinham melhorado um pouco. Tia Joaquina batia os beiços rezando "— Tenha paciência, minha filha, tenha fé no Senhor do Bonfim", dizia ela muito solícita.

João da Mata passou todo esse dia na Aldeota, aguardando o sucesso, bebendo aguardante e acendendo cigarros, esquecido da repartição.

Mestre Cosme armara-lhe uma rede no alpendre e fora-se a desbastar a mata, escanchado na Coruja.

Fazia um belo dia de sol, calmo e luminoso. O arvoredo imóvel dormitava na esplêndida pulverização da luz que o narcotizava para beber-lhe a seiva. O passaredo aninhava-se na verde espessura dos cajueiros em flor, contubernal e gárrulo; rolas bravas debicavam nas clareiras os minúsculos diamantes que o sol punha na areia. E no silêncio e na beatitude daquela espécie de eremitério João pôde dormir um sono bom de duas horas, embalado pelos gemidos da afilhada como por um vago e monótono estribilho trespassado de melancolia.

Às sete horas da noite, ao acender-se a primeira vela, Maria teve um sobressalto e ergueu-se bruscamente com uma fortíssima dor no baixo-ventre, muito branca, o olhar desvairado e os cabelos em desordem.

— Que é isso, comadre! — repreendeu a parteira agarrando-a.

— Minha filha! — fez tia Joaquina.

E em pé, entre as duas mulheres, com a cabeça arqueada para trás, contorcendo-se numa aflição suprema, a rapariga soltava gemidos estrangulados, cortada de dores, agarrando-se como uma louca ao pescoço das velhas, no bico dos pés, em camisa.

Houve uma confusão extrema.

— Sente-se, comadre, sente-se, por amor de Deus! — suplicava a parteira, agarrando-a com jeito.

— Sente-se, minha filha — repetia a outra.

João da Mata acudiu gelado.

— Calma! Calma! — bradou estacando à porta do quarto.

Mas era tarde. Ouviu-se uma pancada surda no chão, como a queda de um bolão de barro úmido, e, imediatamente, rios de sangue jorraram aos pés da parteira, e no linho branco da camisa de Maria do Carmo desenhou-se larga faixa rubra, de alto a baixo, como uma bandeira de guerra desdobrada.

— Louvado seja Nosso Senhor Jesus Cristo! — rosnou Joana Pataca estremecendo.

E Maria tombou como um fardo, sem sentidos, na rede fria.

Passou-se a noite às voltas. O amanuense resolveu não chamar médico — que era uma asneira, o perigo tinha passado. A parturiente adormecera, profundamente, depois de lhe terem ministrado um hidromel de aguardente.

Sobre uma grande caixa de pinho, a um canto do quarto, envolvido em panos, o recém-nascido — uma criança nutrida e robusta — dormia o sono eterno, roxo, de olhos fechados, as gordas mãozinhas cruzadas sobre o peito, com um fio de sangue a escorrer-lhe do nariz.

João não pregara olhos, pensativo, com a calva entre as mãos, ao lado da afilhada. — Era o diabo, era o diabo! Até lhe doía a cabeça! Grandíssima besta, a parteira, que nem ao menos soubera apanhar a criança! Estúpida! Deixar morrer uma criança tão bem-feita e nutrida!

Isso só acontecia a ele, João da Mata.

De meia em meia hora acendia um cigarro automaticamente e punha-se para ali a ruminar silenciosamente, à luz duma triste vela de carnaúba, que pingava a sua cera denegrida, no gargalo duma velha botija de genebra, esbatendo ao fundo do quarto o perfil do recém-nascido.

Diabo! — pensava o amanuense quebrando a cinza do cigarro. Um caiporismo! Tantos cuidados, tanta aflição, e, afinal de contas, lá ia tudo águas abaixo. Por um lado, era uma felicidade o pequeno ter morrido, porque isso de filho natural sempre dava que falar às más línguas e até podia-se descobrir a verdade.

Consolava-se com esta ideia.

Perto, numa palhoça vizinha, havia um samba que durava desde o anoitecer. No silêncio da noite, ecoava um alarido medonho, vozes aguardentadas, sapateados que estremeciam o chão, cantos, desafios ao som duma viola cansada.

Maria ressonava docemente, com o rosto voltado para a parede, o tronco repousando sobre chumaços de pano onde brilhavam manchas de sangue. Cerca de onze horas moveu-se devagar, abrindo os olhos e soerguendo-se, como quem acorda de um pesadelo; mas faltaram-lhe as forças e repousou novamente.

— "Queria alguma coisa?" — perguntou João.

— Onde está meu filho?

— Não te lembres disso agora, vê se descansas...

— Mas onde puseram ele? Está vivo?

— Qual vivo, filha! Pois querias tu que escapasse?

E em tom lamentoso:

— Coitado, ao menos está no céu, livre das misérias deste mundo...

Maria não se conteve: repuxou o lençol, e, com os olhos cheios de água, murmurou numa voz entrecortada pelos soluços:

— Pobrezinho!... Por que não me disseram logo?...

— Já te pões a chorar!

Maria do Carmo soluçava com desespero, sentindo crescer dentro de si, no íntimo do seu coração, avassalando-a, abalando todo o seu ser, toda a sua delicada alma de mulher, como um sopro violento e devastador, esse inestimável desgosto que as mães sentem ao ver o filho morto. Ela, que desejava tanto criá-lo, amamentá-lo com o seu leite, que era o seu próprio sangue, a sua própria vida, amá-lo, adorá-lo, com toda a força do seu coração!... Era um filho natural, mas era seu filho, nascido em suas entranhas, carne de sua carne, sangue de seu sangue, havia de amá-lo muito...

— Quero vê-lo, deixe-me vê-lo! — pediu aflita.

— Que tolice! — fez João agasalhando-a melhor. — Não pense nisto agora, criatura, os médicos recomendam toda a calma. A criança está morta, que se há de fazer?...

Continuavam os soluços, um choro estugado, interrompido por uma tossezinha convulsa.

— Mau! mau! — tornou João.

E, imediatamente, foi buscar o cadáver do filho, depondo-o carinhosamente sobre os joelhos.

Tia Joaquina apareceu, envolvida numa larga coberta de chita feita de retalhos. "— O que era?..."

— Nada, tia Joaquina. Ela que desejou ver o filho — explicou João. — Uma imprudência. Até pode lhe fazer mal...

— Vejam a vela, por favor — pediu Maria. — Quero ver meu filho...

E ao mirar o rosto lívido da criança, os bracinhos rechonchudos, o filete de sangue escorrendo do nariz como um veio de rubi, a rapariga sentiu um calafrio e um grande vácuo no peito, como se lhe tivessem arrancado um pedaço do corpo. E entrou a soluçar outra vez de um modo tão penoso e comovente que João da Mata não pôde recalcar duas lágrimas, as primeiras de sua vida, que rolaram vagarosas nas suas faces magras, como duas linfas cristalinas na aspereza tosca duma rocha.

No dia seguinte, antes do sol nascer, mestre Cosme foi ao fundo do sítio cavar uma sepultura para o pequenino cadáver. João acompanhou-o taciturno. Pararam ao pé de um grande cajueiro, que ficava defronte da casa, e, com pouco, o amanuense viu sumir-se debaixo da terra úmida o corpo do seu primeiro filho.

Mestre Cosme socou bem a areia, nivelou o terreno com os pés e suspirou com força, como depois de um trabalho penoso.

João assistiu em pé, sem dar palavra, mãos para trás, olhos cravados na terra.

— Pronto! — fez o velho pousando a enxada no ombro.

— Bem — murmurou João. E seguiram por entre as ateiras calados e graves.

Seriam seis horas da manhã. No alto de um coqueiro que farfalhava à beira do cercado, cantava uma graúna, e as notas límpidas do seu canto vibravam demoradamente na transparência do ar, sobre a verde monotonia do campo, como um toque de alvorada!

Tinha-se calado o samba havia pouco.

Meses depois, quando Maria do Carmo apresentou-se na Escola Normal para concluir o curso interrompido, estava nédia e desenvolta, muito corada, com uma estranha chama de felicidade no olhar. A sua presença foi como uma ressurreição. — A Maria do Carmo, hein?!

Nem parecia a mesma! — Houve um alarido entre as normalistas: abraços, beijos, cochichos... Até o edifício tinha-se pintado de novo como para recebê-la!

O programa era outro, mais extenso, mais amplo, dividido metodicamente em Educação Física, Educação Intelectual, Educação Nacional ou Cívica, Educação Religiosa... pelos moldes de H. Spencer e Pestalozzi; o horário das aulas tinha sido alterado, havia uma escola anexa de aplicação, estava tudo mudado!

A esse tempo um grande acontecimento preocupava toda a cidade. Liam-se na seção telegráfica da *Província* as primeiras notícias sobre a proclamação da república brasileira.

Dizia-se que o barão de Ladário tinha sido morto a pistola por um oficial de linha, na praça da Aclamação, e que o imperador não dera uma palavra ao saber dos acontecimentos, em Petrópolis.

O Ceará estremecia a esses boatos. Grupos de militares cruzavam as ruas, ouviam-se toques de corneta no batalhão e na Escola Militar. Tratava-se de depor o presidente da província, um coronel do exército. Os canhões La Hitte, da fortaleza de N. Sra. d'Assunção, dormiam enfileirados na praça dos Mártires, defronte do Passeio Público guardados por alunos de patrona e gola azul.

Ninguém se lembrava de escândalos domésticos nem de pequeninos fatos particulares.

Um homem revoltava-se, indignado com o novo estado de coisas — era João da Mata.

— É boa! — bradava ele na bodega do Zé Gato, esmurrando a mesa. — Isto é um país sem dignidade, uma nação de selvagens! Expulsar do trono um monarca da força de Pedro II, mandá-lo para o estrangeiro doente e quase louco, é o cúmulo da ignorância e da selvageria!

E Maria do Carmo, agora noiva do alferes Coutinho da polícia, via diante de si um futuro largo, imensamente luminoso, como um grande mar tranquilo e dormente.

Impressão e acabamento
Gráfica Oceano